DIE TOTE AUS SALZBURG

Mathias Klammer wurde 1988 in Lienz geboren und hat Kommunikationswissenschaft und Philosophie in Graz und Salzburg studiert. Er lebt und arbeitet derzeit als Texter und Autor in Salzburg. Seine bisherigen Buchveröffentlichungen wurden mehrfach ausgezeichnet und prämiert.
www.em-ka.at

MATHIAS KLAMMER

DIE TOTE AUS SALZBURG

Kriminalroman

emons:

Bibliografische Information der Deutschen Nationalbibliothek
Die Deutsche Nationalbibliothek verzeichnet diese Publikation in der Deutschen Nationalbibliografie; detaillierte bibliografische Daten sind im Internet über http://dnb.d-nb.de abrufbar.

MIX
Papier aus verantwortungsvollen Quellen
FSC® C083411

Umschlagmotiv: mauritius images/Alexander Semkin/Alamy
Umschlaggestaltung: Franziska Emons-Hausen, nach einem Konzept von Leonardo Magrelli und Nina Schäfer
Umsetzung: Tobias Doetsch
Gestaltung Innenteil: César Satz & Grafik GmbH, Köln
Lektorat: Susanne Bartel
Druck und Bindung: CPI – Clausen & Bosse, Leck
Printed in Germany 2018
ISBN 978-3-7408-0294-3
Originalausgabe

Die Entstehung dieses Romans wurde gefördert vom
BUNDESKANZLERAMT ÖSTERREICH.

Für alle, die dieses Buch möglich gemacht haben

Wenn die Toten wiederkommen,
sind die Lebenden die Verlierer.
Die Hofer Michi

Prolog

Und gleich am Anfang wieder zurück ans Ende. Gehe nicht über Los, ziehe keine zweihundert Euro ein. Sie wollen, dass ich mich vorstelle, dass ich ein paar Sätze über mich verliere. Aber ich habe nichts zu sagen, weiß nicht, wo ich anfangen, wo ich aufhören soll. Also beginne ich zu reden, erneut. Der Hofer Andi bin ich. Als würde ich neben mir stehen. Erneut.

Der Hofer ist schlaftrunken. Von der Welt abgekapselt. Ganz weit weg. Wie tot.

Der Hofer kämpft sich zurück. Will nicht sterben. Noch nicht. Es wäre viel zu früh.

Der Hofer gibt alles. Würde er immer. Für seine Liebsten, für sich, für alle.

Der Hofer wird beständig älter. Die Uhr tickt unaufhaltsam. Sie zerdrückt einen beinahe.

Der Hofer hofft auf bessere Zeiten. Mögen diese bald eintreten, denn gleichzeitig hofft er auf ein wenig Unterstützung, auf gegenseitige Rücksichtnahme, auf Liebe. Auf alles, was einem als Menschen guttut. Ist das denn zu viel verlangt?

Der Hofer denkt nicht. Nein, er denkt wirklich nicht viel nach in letzter Zeit. Zu viel ist passiert, was ihn bedrückt, was ihn am Denken hindert.

Der Hofer wartet. Schon wieder. Und er weiß noch immer nicht, auf was.

Der Hofer will weiterleben. Das sieht man. Indem er seinen Körper von links nach rechts und wieder zurück schüttelt, indem er beginnt zu zittern und versucht, die einzelnen Finger zu bewegen. Auf und ab, nur ganz langsam, ganz vorsichtig. Er probiert es, kämpft dagegen an, gegen diese Allmacht, diese Schwerelosigkeit, die ihn umgibt. Weil er zurückwill. Zurück ins Licht, in die normale Welt.

Der Hofer kämpft. Für das Gute im Menschen. Für das Gute im Leben.

Der Hofer hat noch viel vor.
Das kann noch nicht alles gewesen sein. Bitte nicht.
Das wäre der Wahnsinn.
Deshalb gilt die Devise: weitermachen.
Denn der Hofer gibt nicht auf. Niemals.
Niemals, niemals, niemals.
Wo kämen wir denn da hin, wenn alle aufgeben würden?
Der Hofer macht so etwas nicht.
Der Hofer macht weiter.
Immer weiter.
Weiter.
Immer.

Teil 1

Morgenrot

1

Stell dir vor: Das ist die Gegenwart.

Langsam wache ich auf. Ich bin in einem kargen Krankenhauszimmer, alles wabert: die Gedanken, die Ströme, die Energie. Durch meinen Körper, durch den Raum, in dem ich liege. Ich stelle mir vor, dass das das Leben ist. Das Leben, das ich mir immer gewünscht habe, irgendwie. Die Farben, die Formen der Dinge, dieses Zimmer. Alles ist so schön, so anders als sonst. So, wie ich es wollte.

Immer wieder drängen sich verschiedenste Bilder in meine vernebelten Träume. Entführte, geknebelte Männer, Holzsärge, rumänische Mafiosi und Ähnliches. Mit nichts davon kann ich etwas anfangen, nichts verarbeiten. Mit Ausnahme von einem Bild: der Tote im Kofferraum. So realistisch, fast zum Greifen nah. Die weiße Haut, der dunkle Pullover, die geschlossenen Augen, die vier Finger der einen Hand. Alles so echt. Als wäre es gestern gewesen. Diese Leiche, wohl ein Symbol für etwas. Wofür auch immer. Nur dieses eine Bild: wie ich die Leiche vom Bundschuh entsorge, wieder diese Böschung, wieder dieser Fluss. Oder war das 1999? Ich weiß es nicht mehr und will nicht länger darüber nachdenken. Denn in diesem Moment zählt nur eines: dass ich noch lebe. Ganz sicher.

2

Ein komisches Geräusch hat mich zurück ins Tal der Lebenden geholt.

Ich halte die Augen geschlossen, konzentriere mich voll und ganz auf das gleichmäßige Piepsen der Maschinen, mein Atem ist flach, ruhig. Ich presse die Lippen aufeinander, atme einmal tief durch die Nase ein, dann aus, dann öffne ich die Augen.

Mein Blick, verschwommen.

Es dauert ein paar Sekunden, bis aus den schemenhaften Umrissen erkennbare Gegenstände werden. Ich sehe: einen weiß gestrichenen, großen Raum mit gelben Linien auf mittlerer Höhe der Wände. Drei robuste Betten aus Metall. Außerdem ein riesiges porzellanenes Waschbecken, eingebaut in ein Holzregal. Und: das Kreuz an der Wand und das PVC am Boden.

Ich sehe aber auch, dass ich selbst in einem dieser Betten im weißen Bettzeug liege. Beiges Krankenhaushemd, Infusion im Arm. Und plötzlich sehe ich da diese Frau, höchstwahrscheinlich eine Krankenschwester, die sich an meinem Arm zu schaffen macht. Sie löst die Pflaster, setzt die Spritze neu, tauscht den Infusionsbeutel, greift nach meiner Hand und befühlt sie. Drückt sie an den verschiedensten Stellen auf der Suche nach einer Regung, nach irgendwas.

Ich versuche, mich zu bewegen, doch mein Körper ist schwer. Schwerer, als ich es mir jemals hätte vorstellen können. Erst jetzt bemerke ich, wie stark meine Glieder schmerzen, wie sehr mein Kopf dröhnt, wie meine Beine sich in die Matratze stemmen, mein ganzer Körper fühlt sich schwer an, zu schwer zum Aufstehen.

Ich will die Hand der Schwester fassen, die noch immer meine Fingerkuppen betastet, indem sie mit der anderen Hand meinen Handballen umfasst. Bis es endlich gelingt. Mein Gehirn sendet die richtigen Impulse an meine Hand, und meine Finger krümmen sich um die der Krankenschwester.

Sie erschreckt, blickt mich an. Jetzt sehe ich: in wundervolle meerblaue Augen. In diesem Moment fühle ich mich frei. Ganz kurz nur.

Bis sie sagt: »Sind Sie wach?«

Ich versuche zu nicken, röchle: »Wo bin ich?«

»Keine Angst. Sie sind im Landeskrankenhaus in Salzburg. Können Sie sich an irgendetwas erinnern?«

Ich schweige.

»Können Sie sich daran erinnern, wie Sie heißen?«

»Andi«, flüstere ich. »Andi Hofer.«

Die Schwester nickt, lächelt, hält meine Hand ganz fest. »Ich bin gleich wieder da, Herr Hofer. Versprochen. Ich hole schnell Ihren Arzt. Er wird froh sein, dass Sie endlich aufgewacht sind. Und ich freue mich auch, Herr Hofer, wirklich, ich freue mich so für Sie.«

»Aber –«

»Kein Aber, Herr Hofer. Versuchen Sie, wach zu bleiben. Ich bin sofort wieder zurück.«

Sagt sie, betätigt den orangefarbenen Rufknopf neben meinem Bett und stürmt aus dem Raum. Ich schaue ihr nach, angestrengt, den Kopf ein wenig vom Polster erhoben. Der Arzt wird in Kürze kommen, doch ich kann nur an die meerblauen Augen und das das Licht reflektierende Silberschild denken, das an dem Krankenschwesterkittel befestigt war.

Denn darauf stand: »Lilly«.

3

»Wie geht es ihm?« Ihre Stimme, laut und rau auf dem verlassenen Krankenhausflur. Diffuses düsteres Licht fällt von draußen durch ein dreckiges Fenster. Es ist gerade genug, um eine kleine Spur von Helligkeit in dieses triste Dasein zu zaubern.

Ihre Haare, die sie sich aus dem Gesicht streicht. Schwarz, lang, zerzaust. Die abgebrochenen Fingernägel, der Dreck unter ihnen, der sich in diesen wilden Stunden, die ihr schon wie eine Ewigkeit erscheinen, abgelagert hat. Der abblätternde Nagellack, jeder Finger in einer anderen Farbe. Nur nicht der Daumen, der bleibt farblos, der wird nicht lackiert, das hat sie früher oft gesagt. Der ist quasi heilig.

Der Hofer hat das nie verstanden, hat sie nie verstanden. Hat sich immer über sie geärgert, über ihre Flausen im Kopf und ihr Benehmen, unpassend, manchmal fast aufdringlich.

Warum ist sie so?, hat er sich gefragt. Warum muss sie so sein? Warum sind Geschwister manchmal so verschieden? An welcher Gabelung des Lebens war sie anders abgebogen als er, sodass sie jetzt so viele Welten trennen? In jeder Hinsicht.

Das alles hat er sich immer und immer wieder gefragt. Hat versucht, Antworten zu finden, den Fehler. Vielleicht lag es an ihm. Vielleicht hat er sich zu wenig angestrengt, sie zu verstehen, so zu fühlen wie sie. Vielleicht funktioniert es aber auch einfach nicht zwischen ihnen. Vielleicht muss es so sein.

Vielleicht. Vielleicht. Vielleicht.

Das alles hat ihn so lange beschäftigt, bis vor einigen Tagen auf einmal alles drunter und drüber ging. Tohuwabohu, das Leben wurde auf den Kopf gestellt, innerhalb eines Momentes war alles anders.

Wie schnell das gehen kann. Wenn man mittendrin steckt und keinen Ausweg mehr findet, wenn man versucht, gegen sie anzukämpfen, gegen die Windmühlen, aber keinerlei Chance hat.

Wenn die Mühlen einen gegen die Wände drücken und man zitternd seine letzte Kraft aufbietet, um von den unsichtbaren Mächten nicht vollends zerstört zu werden.

Erst dann wird einem bewusst, wie schnell alles vorbei sein kann. Die Gesundheit, die Freude, die Liebe, das Leben. Erst dann weiß man das.

So denkt der Hofer, während er in seinem Krankenbett liegt und versucht, die Schmerzen zu ignorieren. Während draußen vor dem Zimmer seine richtige Schwester darauf wartet, ihn zu sehen: Michi.

Seine temporäre Schwester Lilly hat es ihm erzählt. Dass Michi auf den abgewetzten Stühlen hockt und mit ihrem Hintern nervös von Sitzfläche zu Sitzfläche rutscht, weil sie nicht in sein Zimmer darf. Noch nicht.

4

»Zuerst müssen noch ein paar Checks durchgeführt werden«, teilt Lilly ihr mit, als sie aus dem Zimmer kommt und die Tür behutsam hinter sich schließt.

»Aber ich muss ihn sehen. Jetzt!«, erwidert Michi, doch Lilly schüttelt nur den Kopf.

»Der zuständige Arzt wird in Kürze hier sein. Er wird Ihren Bruder noch einmal genauer untersuchen und steht Ihnen anschließend für Fragen zur Verfügung. Danach können Sie ins Krankenzimmer.«

Die Hofer Michi nickt unwirsch.

»Okay?«, hakt Lilly nach.

»Habe ich denn eine Wahl? Was, wenn ich es nicht okay finde?«

Schwester Lilly lacht nur kurz und heiser auf, tätschelt ihr die Schulter und stapft in Richtung Schwesternzimmer davon.

Weil Geduld noch nie ihre Stärke war und sie es hasst, warten zu müssen, setzt die Hofer Michi sich wieder auf einen Plastikstuhl, stützt den Kopf in ihre Hände, reibt sich die verweinten Augen und starrt auf den schmutzigen Boden vor sich. Auf ihre schwarzen Schnürstiefel, ebenfalls dreckig von der Sohle bis zum Schaft.

Dann steht sie auf. Plötzlich, fast ruckartig. Geht ein paar Schritte, schaut sich um. Ihre Augen, wie sie den Gang absuchen, nach Menschen, nach einer Bewegung, nach etwas Lebendigem. Wie die Hofer Michi einen Schritt vor den anderen setzt, ganz behutsam. Sich der Tür zum Krankenzimmer nähert, nach der Klinke greift, sie vorsichtig nach unten drückt und versucht, die Tür zu öffnen. Doch nichts rührt sich. Sie versucht es noch einmal, vehementer, aber die Tür bewegt sich keinen Zentimeter. Weil sie verschlossen ist. Weil Patienten in einem kritischen Zustand Ruhe brauchen, hat Schwester Lilly gesagt. Und Michi hat sich gedacht: Falsch, weil es immer eine Ausrede dafür gibt, Türen abzusperren und Menschen den Zutritt zu verweigern. Und dann noch: Krankenhaus-Nazis. Aber das hat sie für sich behalten. Weil sie sich ändern möchte, nicht mehr die Alte sein will. Die nichts auf die Reihe bekommt und nur eine Belastung ist. Für sich, für ihren Bruder, für ihr ganzes Umfeld. Und wegen dieser beabsichtigten Änderung will sie jetzt zu ihm. Um ihm zu zeigen, dass sie für ihn da ist, dass sie sich geändert hat, eine gute Schwester sein kann, eine echte, die sich kümmert.

Sie stemmt sich gegen die Tür und versucht erneut, sie zu öffnen. Als wieder nichts passiert, ballt sie ihre rechte Hand zur Faust und schlägt mit aller Kraft auf die Tür ein, sodass es knackt. Einmal, zweimal, dreimal. So lange, bis zwei Krankenschwestern aus ihrem Aufenthaltsraum stürmen, die Michi an den Schultern packen und sie von der Zimmertür wegzerren.

»Jetzt hören Sie doch damit auf, Frau Hofer!«, ruft die eine.

»Sie müssen verstehen, dass …«, brüllt die andere. Der restliche Satz geht im wütenden Geschrei von Michi unter.

»Verdammte Scheiße!« Sie ist aufgebracht. »Lasst mich doch einfach kurz zu ihm!«

»Das geht nicht.« Wieder die erste Schwester.

»Aber …«, presst Michi noch heraus und lässt sich dann fallen. Wie ein leerer Sack in die Arme der beiden Frauen, die sich panisch anblicken.

Und auf einmal ist da eine Träne in Michis Augen. Ganz plötzlich. Und dann noch mehr.

5

Wenn man alles, was geschehen ist, Revue passieren lassen müsste, würde man es nicht glauben. Niemand würde einem diese Geschichte abkaufen. Für kein Geld der Welt. Dass so etwas überhaupt passieren konnte, unglaublich.

Dass der Rauscher, der Miro Rauscher, der prominente Netzwerker mit rumänischen Wurzeln, sich selbst entführt hat. Einen teuflischen Plan hatte der beliebte Adabei ausgeheckt. Obwohl, so ganz stimmt das nicht einmal. Denn der Plan war eigentlich von einem gewissen Michalski. Einem rumänischen Obstexporteur mit österreichischer Diplomatenabstammung. Rauscher und Michalski waren jung und brauchten das Geld. Oder zumindest so ähnlich. Der Rauscher war vor ein paar Monaten wirklich ein wenig knapp bei Kasse. Nachdem die alte Meißelburgerin aus Bad Gastein gestorben war, war er wieder allein und finanziell nicht gerade gut gestellt. Die ehemals sehr reiche Grande Dame des Gasteiner Tals war zum Ende ihres Lebens nicht mehr ganz so liquide gewesen wie vor einigen Jahren noch, und die vererbte Villa fraß den Großteil der zur Verfügung stehenden Mittel vom zurückgelassenen Rauscher auf. Natürlich ließ dieser sich das nicht anmerken und versuchte mit allem, was ihm zur Verfügung stand, wieder in einen normalen Alltag zu finden.

Genau in diesem Augenblick lief ihm sein alter Freund Michalski über den Weg, der die glorreiche Idee hatte, dass der Rauscher zu diesem Zweck seine eigene Entführung inszenieren könnte. Lösegeldforderung inklusive.

Und weil der Michalski mit einem gewissen Hofer Andi noch eine alte Rechnung offen hatte, die ihm erst durch ein zufälliges Techtelmechtel mit der Hofer Michi im rumänischen Timişoara wieder bewusst geworden war, kam eins zum anderen: Sie täuschten die Entführung vor, forderten Geld und stellten den Hofer an den Pranger.

Fast hätte die Inszenierung sogar geklappt, wäre ihnen nicht der Birnberger in die Quere gekommen. Ein ganz, ganz alter Freund vom Rauscher und vom Michalski, noch aus der guten Gasteiner Zeit, der zufällig herausgefunden hatte, dass der Manager vom Rauscher, der Bundschuh Manfred, eine Affäre mit der Meißelburgerin unterhielt. Und den Bundschuh daraufhin mit eindeutigen Fotos von ihm und der Meißelburgerin erpresste.

Was dann dazu führte, dass der Bundschuh dem Birnberger prekäre Informationen über den Rauscher zukommen ließ. Die er eher zufällig als gewollt bei einem Gespräch zwischen dem Michalski und dem Rauscher aufgeschnappt hatte. Darunter auch die Geschichte der vorgetäuschten Entführung, in die der Bundschuh natürlich eingeweiht war.

Dass der Michalski in der Zwischenzeit beschlossen hatte, möglichst alle Zeugen verschwinden zu lassen, konnten der Rauscher, der Birnberger und der arme Bundschuh – der schon gar nicht – zu diesem Zeitpunkt natürlich nicht wissen. Und dass das alles ohnehin auffliegen würde, weil der Baum und der Bob, Hofers beste Freunde, alles daransetzen würden, die Unschuld ihres Kumpels zu beweisen, damit hatte auch niemand gerechnet.

Was aber unbedingt noch gesagt werden muss, ist, dass der Bundschuh seitdem nicht mehr gesehen worden ist. Die Ermittler gehen davon aus, dass der Michalski einen Mord begangen hat, doch das kann zum gegenwärtigen Zeitpunkt nicht mehr eruiert werden. Denn der Michalski ist tot. Den Verletzungen erlegen, die ihm der Birnberger zugefügt hat, als er das übergebene Lösegeld an sich reißen wollte. Und selbst wenn das nicht passiert wäre, hätte er wohl nicht geredet: Michalski, der Schweigsame.

Lässt man sich jetzt jedes unwirkliche, unglaubliche und hinterhältige Detail der Geschichte noch einmal durch den Kopf gehen, dann kann man es immer weniger glauben. Dass der Birnberger jetzt in U-Haft sitzt, wo der Hofer Andi noch vor ein paar Wochen gesessen ist. Weil er der Entführung vom Rauscher beschuldigt wurde. Weil ihm der Michalski und der Rauscher das Ganze in die Schuhe schieben wollten. In dem Verhörraum mit diffusem Licht und der neugierigen Stimme des nervösen Ermittlers, dem Goldberger. Der übrigens mittlerweile in eine psychiatrische Anstalt eingeliefert wurde. Verdacht auf Burn-out mit schizophrenen Auswüchsen. Zu groß war wohl die Belastung, zu unerträglich der berufliche Misserfolg, zu verstörend der unabsichtlich gefallene Schuss, der den Hofer traf. Versehentlich. Und ihn trotzdem mitten ins Koma warf. Von einer Sekunde auf die andere.

Das alles ist passiert. Binnen kürzester Zeit. Ein Auf und Ab der Gefühle, eine Achterbahn der Dramatik. *Leben und sterben lassen* sozusagen.

Und das alles hat genau hierhergeführt. An diesen Ort, in dieses Zimmer, zu diesen Menschen.

Während der Rauscher in irgendeiner Zwischenhaftzelle

hockt, die Hände aneinandergepresst, Schweißperlen auf der Stirn, und wartet. Auf die nächsten Schritte im Prozessakt, auf eine gute Verteidigung, auf einen Richter, der sich mit ihm auseinandersetzen wird.

Dass er das alles so nicht wollte, wird er sagen. Dass er nie vorhatte, so weit zu gehen.

Dass er das allein nie gemacht hätte. Dass er gezwungen wurde.

Vom Michalski.

Dass er den Hofer vorher gar nicht wirklich gekannt hat, wird er sagen.

Dass er keinen Grund hatte, ihm die Sache in die Schuhe zu schieben. Weder einen persönlichen noch einen sonst wie gearteten.

Dass der Michalski das alles geplant hat. Vom Anfang bis zum Schluss. Und er selbst nur eine Marionette in diesem ganzen Spiel war. Wie der Hofer. Dass er nur vom Michalski für dessen miese Machenschaften benutzt wurde und ihn keine Schuld trifft. Dass er selbst ein Opfer ist.

Dass er an sich arbeiten wird. Sozialstunden leisten und so weiter. Alles wird er tun. Das wird er sagen. Und es ernst meinen.

Irgendwie.

Weil er hofft, dass der Bundschuh, sein Freund, sein Manager, noch irgendwo da draußen ist, dass er noch lebt. Vielleicht ist er einfach nur geflüchtet und wurde nicht umgebracht und entsorgt. Vom Michalski, diesem dreckigen Verräter. Darauf hofft er.

Während die Leiche vom Bundschuh in Wirklichkeit irgendwo am Grund der Salzach treibt. Noch immer nicht entdeckt, von niemandem gefunden. Der leblose Körper wurde einfach ins kühle Nass geworfen, mitten hinein ins Vergessenwerden. Aber das weiß der Rauscher nicht, denkt an ganz etwas anderes und lässt seine Gedanken, seine Träume und seine Ängste ebenfalls treiben. Jedoch nicht vom kalten Salzachwasser. Streicht sich noch einmal über das Gesicht, reibt sich die Müdigkeit aus den Augen und denkt an den Hofer. Ob er wohl überlebt hat? Was aus ihm geworden ist? Ein Invalide, ein Komapatient oder eine Leiche?

Er weiß es nicht. Und irgendwie will er es auch gar nicht wissen.

6

Die Tage danach: ein einziger Rausch. Ein Blumenstrauß voller bunter Blüten auf dem Nachtkästchen neben meinem Bett. Kekse und Männerzeitschriften. Eine Nonna mit Tränen in den Augen, die mich so fest umarmt, dass meine Gliedmaßen zu brechen drohen.

Ein Bob, der einen selbst gebrannten Zirbenschnaps dabeihat, den wir heimlich hinter vorgehaltener Hand aus einem der Plastikbecher schlürfen, als gerade keine der Krankenschwestern in der Nähe ist.

Ein Franz Ferdinand Baum, der mir noch heimlicher zwei Packungen Gitanes Blondes zusteckt, meine ehemalige Lieblingsmarke, direkt aus Frankreich importiert. »Die hast du dir verdient«, sagt er.

Und ich: »Aber du weißt doch, dass mir das momentan nicht guttut.«

Der Baum nickt, reagiert aber sonst nicht auf meinen Einwand.

»Du meinst, ich soll wieder anfangen?«

Wieder nur dieses stumme Nicken, und schon stehen wir beide am gekippten Krankenhausfenster und zünden uns gegenseitig eine Gitanes an. Wohl wissend, dass der Rauchmelder nicht weit ist, pusten wir den Rauch durch die schmale Fensteröffnung ins Freie. Die Schwestern werden nie davon erfahren.

»Was machst du nur für Sachen?«, flüstert der Baum und räuspert sich, um daraufhin sogleich einen Hustenanfall zu bekommen.

»Bei dir ist die Letzte wohl auch schon ein Weilchen her, was?« Ich grinse und schlage ihm mit der flachen Hand auf den Rücken. »Geht's wieder?«

»Ja, ja, passt schon.«

»Du wirst auch langsam alt.«

»Leck mich, Hofer.«

»Jederzeit, Baum.«

Wir umarmen uns, klopfen uns gegenseitig auf die Schultern.

»Ich bin froh, dass es dir wieder besser geht, Hofer.«

»Ich auch, das kannst du mir glauben.«

»Was hast du jetzt vor?«

»Ich weiß es ehrlich gesagt noch nicht.«

»Fängst du wieder an zu arbeiten?«

»Muss ich wohl.«

»Jetzt sei halt nicht so, du machst das doch gern. Der Hirsch vermisst dich schon. Wir vermissen dich.«

»Das ist nett von dir.«

»Und die Wahrheit.«

»Dann bleibt mir wohl nichts anderes übrig, oder?«

»Ich glaube nicht, nein«, lacht der Baum, als sich plötzlich eine helle Stimme in unser Gespräch einmischt. Vor lauter Männerliebe haben wir nicht bemerkt, dass eine Krankenschwester das Zimmer betreten hat.

»Aber vorher steht noch ein wenig Erholung an, ein bisschen Urlaub!«, ruft sie.

Der Blick vom Baum wandert von meinem leicht geröteten Gesicht zu den strahlend blauen Augen der Schwester. Und dann macht es klick, und er sagt: »Ich freu mich ja so für euch! Und übrigens: Ich bin der Franz Ferdinand.«

7

»Dir ist aber klar, dass ich nicht unbedingt ein Urlaubstyp bin, oder, Lilly?«

»Was meinst du damit?«

»Na ja, du weißt schon: Lignano Sabbiadoro, Bibione und Co., wenn ich nur daran denke, wird mir schon schlecht.«

»Warum denn?«

»Ich weiß auch nicht, aber das war immer schon so. Die Abneigung hab ich wahrscheinlich von meiner Großmutter geerbt.«

»Das verstehe ich nicht. Ich fand das immer super, wenn wir mit meiner Familie im Sommer für eine Woche an die Adria gefahren sind. Aquafun und so.«

»Voll der Fun, wenn du am Strand übereinandergestapelt liegen musst, weil kein Körnchen Sand mehr frei ist. Und wenn du nicht um fünf Uhr morgens aufstehst, sind alle Sonnenschirme vergeben. Das ist doch das Letzte.«

»Geh, Hofer, sei doch nicht so. Du machst noch die ganze Urlaubsstimmung kaputt.«

»Ich habe nicht gemerkt, dass wir schon in Urlaubsstimmung sind.«

»Ich für meinen Teil bin es schon.«

»Schön für dich.«

»Was soll denn das jetzt? Wird das unser erster Streit?«

»Vielleicht.«

»Sei doch nicht gleich eingeschnappt. Kennst du die Adria eigentlich nur vom Hörensagen, oder warst du schon mal dort?«

»Einmal.«

»Mit deiner Ex-Frau? Warst du damals auch so drauf? Dann kann ich nämlich verstehen, dass dir der Aufenthalt nicht gut in Erinnerung geblieben ist.«

»Das ist nicht witzig, Lilly, ich mag es dort einfach nicht. Und nein, ich war als Kind da. Mit meiner Oma.«

»Die wahrscheinlich sieben Tage lang über alles geschimpft hat, oder?«

»Genau. Über die Hitze, das Essen, den Sand, den Dreck, den Müll und nicht zuletzt über die Leute. Von denen sie jeden Zweiten zu kennen schien.«

»Das ist doch nur ein Gerücht.«

»Aber es fahren einfach alle da runter, vor allem zu dieser Jahreszeit.«

»Und deine Gasteiner Oma kannte die alle, eh klar.«

»Du kommst doch auch aus dem Gasteinertal, du weißt, wie das ist.«

»Weiß ich nicht. Ich hab an der Adria nämlich noch nie jemanden getroffen.«

»Du bist komisch.«

»Das sagt der Richtige.« Dann ein flüchtiger Kuss auf die Wange und eine schnelle Umarmung.

Ich lächle. »Du kannst mich schnell überzeugen.«

»Das ist der Vorteil von Frischverliebten!«, ruft Lilly. Bevor sie das Zimmer verlässt, singt sie fröhlich eine Melodie von irgendeinem italienischen Schlager und setzt nach: »Und vergiss eine zweite Badehose zum Wechseln nicht.«

Ich schüttle genervt den Kopf, kann mir aber sogar in dieser Situation ein Grinsen nicht verkneifen. Verkehrte Welt.

Während ich im Krankenhaus liege, dreht sich die Welt draußen weiter. Auch die Geschäfte laufen. Erzählen sie mir jedenfalls. Bob und Nonna kümmern sich um den Hirschen, stehen hinter der Theke, erledigen die Buchhaltung. Sie haben alles im Griff, wissen, wie der Laden funktioniert.

»Ihr seid die besten Freunde, die man sich vorstellen kann«, sage ich, als sie mich an einem Sonntag kurz vor meiner Entlassung noch einmal im Krankenhaus besuchen. »Was täte ich nur ohne euch?«

»Not much«, antwortet Bob lachend.

Und die Nonna: »Könntest du diesem Halblustigen hier endlich mal sagen, dass er Deutsch sprechen soll? Auf mich hört er ja nicht. Mittlerweile versteht er den hintersten Vorarlberger Dialekt, aber weigert sich partout, wenn ich ihn bitte, verständlich zu reden. Dann behauptet er: ›Deutsche Sprache, schwere Sprache.‹ So ein Blödsinn.«

»German is difficult, really«, sagt Bob.

»Dein Englisch ist auch nicht besser. Du kannst ja nicht einmal das richtig«, sagt die Nonna.

Diese alte Fehde. Der Bob und die Nonna. Schon über zwanzig Jahre ist es her, dass der Bob vor der Haustür meiner Gasteiner Oma gestanden ist. Geflüchtet war er, aus dem Senegal. Weil ihn dort nichts mehr hielt, die politischen und kriegerischen Unruhen das Land zerstörten. Deshalb machte er sich auf den langen Weg in Richtung Europa, in Richtung Paradies. Und landete schlussendlich im Gasteiner Tal und später in Salzburg. Er konnte bereits ein paar Brocken Deutsch sprechen, ansonsten nur Englisch, und das auch nicht hundertprozentig akzentfrei. Wir haben versucht, ihn aufzunehmen, ihn zu integrieren, ins damalige Leben in Bad Gastein, bei der Polizei, wo ich zu der Zeit noch gearbeitet habe. Anschließend beim Hirschen. Bob wird immer für mich da sein. Und ich für ihn. Eine never ending story quasi.

Und ähnlich verhält es sich auch mit der Nonna, der alten Fritzi Kaltenbrunner, einer ehemaligen Lehrerin. Sie war mit meiner Gasteiner Oma bis zu deren Tod befreundet gewesen. Die beiden verband dieser eigenartige Pessimismus, den ältere Frauen manchmal an den Tag legen. Irgendwie zynisch, irgendwie wütend und trotzdem eine gute Seele, eine gute Haut. In Rente wurde der Fritzi Kaltenbrunner dann langweilig, alleinstehend, ohne Kinder, weshalb sie sich dafür entschied, in mir ihren Ersatzenkel zu sehen. Ich freute mich darüber, dass sie stundenweise im Hirschen aushelfen wollte. Aus den geplanten Stunden wurden Tage. Aus den Tagen wurde ein fixes Engagement. Mittlerweile geht beim Hirschen nichts mehr ohne die Nonna, die wir so nennen, weil sie uns schon früher an eine alte italienische Großmutter erinnert hat, die mit einem Nudelholz bewaffnet böse Kinder verfolgt. Viel unterschiedlicher als Nonna und Bob können Menschen fast nicht sein.

So auch jetzt: Denn während Bob seine Nasenlöcher bläht, was er immer tut, wenn ihm die Nonna auf die Nerven geht, beobachte ich meine Mitarbeiter, die zu meinen engsten Freunden, ja zu Vertrauten geworden sind. Seit Jahren schon bilden wir ein perfektes Team. Hervorstechendste Merkmale: Leidenschaft und Inkompetenz. Einsatz und Müßiggang. Und trotzdem sind wir unschlagbar. Immer füreinander da, immer mit Rücksicht auf die anderen handelnd. Mehr kann man sich nicht wünschen, mehr braucht es im Leben nicht. Ich denke an Baum, an Lilly, sehe die beiden Streithähne vor mir und muss lachen.

»Why laughing?«

»Mensch, Bob, das heißt: ›Why are you laughing …‹. Wenn schon, denn schon«, sagt die Nonna, die in ihrem ganz frühen Leben mal als Au-pair in Irland gewesen ist. In einem kleinen Kaff nahe Cork. Im vorigen Jahrhundert.

»You are so gescheit«, flüstert der Bob.

Die Nonna rollt mit den Augen, und ich lache.

»Ihr seid wirklich die Besten«, sage ich noch einmal. Und als Lilly das Zimmer betritt: »Und du sowieso!«

»Um was geht's denn?«, fragt Lilly.

»Um dich, um Bob, um Nonna, um uns, um das Leben.«

»Schön klingt das, Andi, wirklich schön.«

»Jetzt reicht's aber wieder mit der Turtelei«, mischt die Nonna sich ein. »Ihr wollt also Urlaub machen?«

»Genau«, sage ich, »aber nur eine Woche. Kommt ihr noch so lange ohne mich aus?«

»Müssen wir ja wohl. Aber dass du mir gut auf ihn aufpasst, Lilly. Du kennst unseren lieben Hofer ja mittlerweile schon ein bisschen. Bei ihm weißt du zu keinem Zeitpunkt, was als Nächstes passieren wird.«

»Ich gebe mein Bestes«, versichert Lilly und kreuzt die Finger hinter ihrem Rücken. »Krankenschwesternehrenwort.«

»Krankenschwesternehrenwort«, wiederholt der Bob. »Crazy word.«

Daraufhin steht die Nonna auf und zieht ihn am Arm aus dem Zimmer. Der Bob deutet noch eine schnelle Kapitänsverabschiedung an, und schon sind sie verschwunden. Das »Schönen Urlaub!«, das die Nonna uns vom Krankenhausgang zurückruft, ist schon fast nicht mehr zu hören.

Ich blicke Lilly an, die grinst. »Warum lachst du?«

»Die zwei sind Gold wert.«

»Das kannst du laut sagen.«

8

»Im Piemont wär's sicher schöner gewesen«, sage ich ein paar Tage später.

»Ja, und in New York auch«, erwidert Lilly und verdreht die Augen. Sie greift nach ihrer Sonnenbrille und packt die Sachen, die auf dem weiß bezogenen Doppelbett verstreut liegen, in ihre bunte, mit Palmenmuster bedruckte Badetasche. Sonnencreme, Magazine, Handtücher und so weiter. Dann wirft sie mir die Tasche zu, greift nach meiner freien Hand und führt mich aus dem Zimmer. Nummer 413, Hotel Stellamare, Caorle, erste Reihe am Strand, natürlich eine Top-Adresse.

Lilly hat alles erledigt: von der Recherche bis zur Buchung. Von der Anfahrt bis zum Check-in. Und jetzt stehen wir da, Hand in Hand, unsere Blicke aufs glitzernde Meer gerichtet. Lilly drückt meine Hand ganz fest, und ich drücke ihre zurück. In diesem kurzen Moment fühle ich mich frei. Und gleichzeitig geborgen. Ich schaue sie von der Seite an. Meine Lilly. Wie schnell alles gegangen ist, wie leicht und schön es mit ihr ist. Gerade mal einen Meter sechzig misst diese Frau, die so voller Energie ist, immer positiv gestimmt. Wie ich kommt sie aus Bad Gastein, und dennoch kannten wir uns nicht, zu groß der Altersunterschied. Und ebenso wie ich ist sie nach Salzburg gezogen. Sie wohnt in der Elisabethstraße nahe dem Hauptbahnhof und arbeitet im Landeskrankenhaus. Seit mittlerweile neun Jahren. Und außerdem sind da ihre Haare. Kurz und brünett mit Stirnfransen, die sie sich alle paar Minuten aus dem Gesicht pusten muss. Dazu die blauen Augen. Diese unvergesslichen, unvergleichbaren blauen Augen, die mich beim ersten Blick in sie an das Meer erinnert haben. Vielleicht fühle ich mich deshalb in diesem Augenblick so einzigartig frei. Wegen des Meeres vor mir und ihrer wundervollen Augen.

Zu kitschig kommt mir dieser Augenblick vor. Noch nie habe ich so etwas Schönes erlebt. Womit habe ich diese Frau verdient? Die mich wider Willen in diese Vorhölle von Urlaubsparadies verschleppt hat. Aber sie war so überzeugend, in jeder Hinsicht. Womit habe ich das also verdient? Ist das Schicksal wirklich gerecht?

Will es mir nach dieser Sache mit dem Rauscher etwas Gutes tun? Mir zeigen, dass die Welt nicht immer nur schlecht, nicht immer nur böse ist?

Irgendwie will ich daran glauben. Dass da etwas ist, etwas Höheres, Größeres, das ich nicht fassen kann. Das tatsächlich ein Auge auf mich hat, ein beschützendes. Und irgendwie …

Lilly reißt mich aus meinen Gedanken. »Komm schon, ab ins Meer mit dir.«

»Das ist sicher eiskalt.«

»Ist es nicht.«

»Woher willst du das wissen? Das schaut schon so kalt aus.«

»Du bist ein Depp.«

»Ja, dein Depp.« Ich küsse sie.

Sie reißt mich mit, im Laufen ziehe ich mir mein schwarzes Poloshirt über den Kopf und werfe es in den Sand. Das Wasser umspült meine Füße, und drin sind wir, im blauen Meer. Ich. Und die Lilly. Gemeinsam.

Die Wellen schlagen über unseren Köpfen zusammen, um unsere Körper im weißen Schaum. Die anderen Menschen um uns herum, die unzähligen Gesichter und nackten Oberkörper, wir blenden sie aus, haben nur Augen für uns, füreinander. Wir schwimmen, tauchen, küssen, umarmen uns. Minutenlang.

Ich frage sie, ob sie mir irgendwann ihre Familie vorstellt, ihren Bruder, von dem sie mir bisher nur kurz erzählt hat.

»Natürlich. Ich freue mich schon darauf«, sagt sie. »Aber jetzt lass uns erst mal zu zweit sein, das Leben genießen. Meine Familie lernst du noch früh genug kennen«, flüstert sie mir ins Ohr und küsst mich ein weiteres Mal.

Deshalb überhören wir zuerst auch die lauten Schreie, die aus der Richtung des Strands kommen. Laute Hilfeschreie, Kinderstimmen, eine Sirene von irgendwo, ganz weit weg. Wir übersehen die hektischen Urlauber, die plötzlich und wie von der Tarantel gestochen aus dem Meer laufen, Wasser treten, mit den Händen durchs kühle Nass wühlen, um schneller voranzukommen. Wir ignorieren das laute, eigentlich unüberhörbare Getöse, das ein heranrasender Strandbuggy verursacht, der über einen befahrbaren

Strandzugang direkt zu dem Badeabschnitt unserer Unterkunft rauscht.

Noch einmal den Kopf unter Wasser tauchen. Ich packe Lilly unter den Armen, hebe sie hoch, kitzele sie, dass sie lachen muss. Abrupt lasse ich sie fallen, sie verschwindet im Wasser, um ein paar Sekunden später prustend wieder aufzutauchen.

»Du bist so blöd, Hofer«, röchelt sie und spuckt Salzwasser aus. Als sie mich erneut umarmt, fällt ihr Blick auf den Strand. Auf das blinkende Blaulicht und die Menschenmasse, die in einem Halbkreis um etwas scheinbar sehr Interessantes steht. Lilly tippt mir auf die Schulter und deutet mit offenem Mund in Richtung Hotel.

»Was ist denn?«, frage ich verwirrt, dann sehe auch ich die Sanitäter, die sich, eine Bahre tragend, durch die Menschenwand zu kämpfen versuchen. »Weißt du, was passiert ist?«, frage ich, erhalte aber keine Antwort.

Der Rücken von Lilly ist schon einige Meter entfernt, sie krault geschmeidig durch das Meer. Und ich ihr hinterher.

9

Und dann die Leiche. Mitten am Strand. Fünf Umkleidekabinen, alle blau-weiß gestrichen, eine von ihnen versperrt, anscheinend schon seit Tagen. Es ist die ganz links außen. Ein deutscher Tourist hat sie mit roher Gewalt aufgerissen, warum auch immer. Ein gewisser Jens Stratmann, der daraufhin in die ausdruckslosen Augen einer Frau blickte. Einer attraktiven, jungen, toten Frau.

Die Leichenstarre hatte bereits eingesetzt, ihr Körper war steif, verharrte halb hinuntergerutscht auf einem dieser Korbstühle, die in Italien so beliebt sind. Stratmann starrte auf den Stuhl, auf die Frau, bekleidet mit Rock und Shirt, und auf die Rückwand der Kabine. Dann wurde ihm schlecht, und er musste sich übergeben.

Nach nur ein paar Sekunden ordnete er seine Gedanken, und ihn ergriff die blanke Panik.

Jens Stratmann stand vor der hölzernen Umkleidekabine und schrie, bis sein trockener Hals zu schmerzen begann.

Wir haben die Szene aus der Ferne beobachtet. Gesehen, wie die Leiche abtransportiert wurde, wie die Carabinieri die Schaulustigen verjagen wollten, doch zu groß war deren Neugier, zu unstillbar der Durst nach Sensation. Vor allem im Urlaub. Endlich hat man etwas Interessantes zu erzählen. Jetzt ist da diese Leiche. Diese arme junge Frau, die scheinbar ermordet wurde.

Doch noch weiß man nichts Genaues, es sind nur Gerüchte, die sich in den Hotels in der ersten Reihe am Strand verbreiten wie ein Lauffeuer. Während das Personal versucht, die Gäste zu beruhigen und den Ernst der Situation herunterzuspielen, grassieren am Frühstücksbüfett am nächsten Tag bereits allerlei Geschichten und Mythen rund um den Tod der Frau.

»Vielleicht doch ein Selbstmord, ha?«, ruft eine mollige Frau am Büfettwagen in einem viel zu engen Oberteil.

»Kann ich mir nicht vorstellen. Haben Sie die Leiche gesehen? Die Striemen am Hals? Die hat sie sich bestimmt nicht selbst zugefügt«, sagt der deutsche Gast aus dem Zimmer nebenan, während er seinen Teller mit einem Dutzend Würstchen belädt.

»Aber wenn man sich selbst aufhängt, dann schaut das doch auch so aus, oder?« Eine Stimme aus dem Off, aus der Richtung des Kaffeeautomaten.

Allgemeines Achselzucken und wir mittendrin. Seit gestern haben Lilly und ich nicht viel miteinander geredet. Zu schwer lastet die Situation auf unseren Gemütern, zu stark wirft sie mich in das alte, verdammte Muster zurück. Zu lebendig sind die Erinnerungen an die letzten Wochen, an den Rauscher, an die einschneidenden Momente.

Warum hier? Warum ich?, denke ich, während ich einen Schluck von meinem Cappuccino nehme. Ich bemerke, dass Lilly mich anschaut, aber nichts sagt. Die Gerüchteküche brodelt weiter. Von überall her dringen die Stimmen zu uns. Ihr einziges Thema: die Tote in der Strandkabine.

Wir sitzen an unserem zugeteilten Frühstückstisch mit venezianischer Deko, um uns herum unverständliches Getuschel und aufgeregtes Geschnatter.

Lustlos beiße ich in mein mit Butter beschmiertes Brot, während Lilly mich nach wie vor beobachtet. Sie beobachtet, wie ich esse, wie ich schaue, wie mein Körper seit gestern an Spannung verliert. Wahrscheinlich wirke ich auf sie wieder so wie kurz nach meinem Erwachen aus dem künstlichen Koma. Als ich noch tagelang mit meiner fehlenden Kraft zu kämpfen hatte. Alles ganz normal nach solchen Vorfällen. Und ich habe mich erholt, bin wieder der Alte geworden. Zumindest behaupten meine Freunde das. Der alte Hofer sei wieder da, hat der Franz Ferdinand behauptet und sich gefreut. So wie die anderen darüber, ihren alten Hofer wiederzuhaben. Und jetzt sitze ich am Frühstückstisch. Wie ein Häufchen Elend.

Endlich bricht Lilly das bedrückende Schweigen. »Wie geht es dir?«

Ich blicke erschrocken auf, in ihre Augen. Und da ist es wieder, wenn ich ihre Pupillen sehe. Das warme, unbeschreibliche Gefühl in der Bauchgegend. »Ich weiß auch nicht«, stammle ich.

»Diese Frau, diese Leiche, sie erinnert dich zu sehr an das, was du erlebt hast, oder?«

Ich nicke kurz.

»Aber sie hat doch nichts mit dir zu tun. Das, was hier passiert ist, ist etwas ganz anderes. Solche Dinge geschehen. Wer wüsste das besser als du?«

»Das kannst du nicht verstehen, Lilly. Das nimmt einem den Atem. Diese Gerüchte, diese Spekulationen. Du hörst sie doch selbst. Ich weiß genau, wie sich das entwickeln wird. Ich will das nicht mehr in meinem Leben, ich hasse das, immer dieses Schlechte um mich herum, immer diese beklemmenden Momente.«

Lilly schweigt, blickt in das trübe Wasser, das in einem hohen, schmalen Glas vor ihr steht.

»Es tut mir leid, wirklich«, sage ich. »Ich will uns den Urlaub nicht vermiesen. Er ist hier schöner als gedacht, ernsthaft.«

Lilly kann nicht anders, als zu grinsen.

»Du hattest recht: Urlaub an der Adria ist gar nicht so übel.« Auch ich muss jetzt lächeln. »Trotzdem geht mir diese tote Frau nicht mehr aus dem Kopf. Und die Menschen, die dauernd über sie reden, machen es natürlich nicht besser.«

»Dann lass uns doch irgendwohin fahren. Wir machen einen Tagesausflug und lassen die sensationsgeilen Menschen hinter uns.«

»Ich weiß nicht.«

»Warum denn nicht?«

»Was, wenn dort wieder eine Leiche gefunden wird? Vielleicht ist das ja meine Schuld, vielleicht liegt's an mir?«

»Jetzt hör aber auf.«

In diesem Moment rennt ein junger, Deutsch sprechender Mann, offenbar ein Gast des Hotels, in den Frühstücksraum und ruft, so laut er kann: »Sie haben die Leiche identifiziert. Die Frau wurde tatsächlich ermordet. Vergiftet und stranguliert ... Es gibt keinen Zweifel mehr.«

Neugieriges Raunen ertönt.

»Sie stammt aus Österreich, aus Salzburg.«

Ich schlucke, Lilly reißt erschrocken ihre Augen auf.

»Ihr Name ist ...«

Ich blende alles aus, versuche, an etwas anderes zu denken, an etwas Schönes. An die weiß schäumenden Wellen vom Vortag, an die weichen Lippen von Lilly auf meinem Mund, an die Donnerstagabende im Hirschen mit dem Baum, an Nonna und Bob an meinem Krankenbett. Wie sie miteinander lachten, einfach weil sie sich mögen.

»... Anna Lebowski.«

Ich schaue ruckartig auf.

Lilly starrt mich an. »Sagt dir der Name etwas?«, fragt sie.

Ich schlucke wieder und nicke. »Das ist die Ex-Freundin vom Rauscher.«

10

»Das kann nicht sein.«

»Ist aber so.«

»Dann muss es sich um einen Zufall handeln.«

»Ich weiß nicht.«

»Aber … Das kann … Das hat doch … nichts mit dir zu tun, oder?«

»Verdammt, Baum, ich habe keine Ahnung.«

»Jetzt überleg mal. Du kennst diese Frau doch gar nicht. Hast sie noch nie in deinem Leben gesehen. Wie sollte …? Ich meine, warum …? Und was würde das …?«

»Wenn ich das wüsste, Baum. Aber ich habe ein ganz, ganz ungutes Gefühl, das kann ich dir sagen.«

Ich sitze auf dem Hotelbett, das Telefon in der Hand, und starre an die Wand. Vor mir ein Bild von der Adria: Sandstrand, weiße Liegen, Sonnenschirme. Ausgeblichen, fast schon gelblich. Alt. In einem schwarzen Rahmen. Ich drücke den Hörer an mein Ohr, um den Baum besser zu verstehen. Weil es sich so anhört, als würde er in einen Trichter sprechen. In all der Hektik habe ich mein Handy nicht gefunden. Es muss irgendwo in den Untiefen meines Koffers liegen. Ich bin nach oben in unser Zimmer gehastet, musste den Baum anrufen, sofort. Habe Lilly zurückgelassen, die mir sorgenvoll nachgeschaut hat. Ich konnte ihren Blick spüren, er hat sich mir in den Rücken gebohrt. In ihm Angst, Panik und Sorge gleichermaßen. Alles vorhanden, auch Liebe. Doch ich musste gehen und mit mir und meinen Gedanken kurz allein sein. Um dann den Baum anzurufen. Weil er Experte in solchen Sachen ist, weil er sich als Polizist auskennt, irgendwie. Aber jetzt merke ich, dass auch er überfragt ist, dass auch er sich Sorgen macht. Um mich in dieser verfahrenen Situation.

»Jetzt komm mal wieder runter, Andi«, sagt er dann. »Ja, es ist tragisch, was passiert ist. Mehr als das. Unglaublich traurig. Und ich verstehe auch, dass das Geschehen irgendwo tief in dir weiterarbeitet. Ich kann und will mir gar nicht ausmalen, was du vor ein paar Wochen durchgemacht hast. Was das mit einem an-

stellt, wie es einen verändert. Aber das hast du hinter dir gelassen oder bist zumindest auf einem guten Weg, es zu tun. Du musst an dich denken und darfst dich jetzt nicht aus dem Konzept bringen, dich nicht in deiner Entwicklung zurückwerfen lassen. Du bist gerade dabei, wieder der Alte zu werden, der alte Hofer, den wir lieben, und das hast du dir verdient. So wie Lilly. Also lass diese tote Frau bitte nicht zu sehr an dich heran. Glaube mir: Dass sie ausgerechnet an eurem Urlaubsort tot aufgefunden wurde, ist nur ein Zufall, nichts weiter. Es hat nichts mit dir zu tun.«

Seine letzten Worte hallen noch in meinen Gehörgängen nach, als wir schon aufgelegt haben. Es hat nichts mit dir zu tun. Wie sehr ich Baums Worte glauben will, ja wirklich. Wie sehr ich hoffe, dass er recht hat. Aber wie sehr mich andererseits die tote Frau auch beschäftigt und ich mir sicher bin, dass er ausnahmsweise nicht recht behält, der Baum, mit dem, was er gesagt hat. Etwas wird passieren. Etwas, mit dem wir jetzt noch nicht rechnen und das mich wieder aus der Bahn werfen wird.

Und weil ich das in diesem Moment spüre und abwesend bin, nicht im Zimmer, sondern fernab von hier, erschrecke ich, als plötzlich ein Vibrationsalarm losgeht. Im Stakkato brummt das Handy zwischen meiner Kleidung. Ich brauche ein paar Sekunden, bis ich mich wieder fange, zum Koffer gehe und das Smartphone zwischen zwei T-Shirts hervorziehe.

Unbekannte Nummer.

Ich ringe mit mir, ob ich rangehen soll. Die Entscheidung wird mir binnen Sekunden abgenommen, denn es klopft an der Zimmertür.

»Andi, bist du okay?«

Ihre Stimme, so warm, so nah: Lilly.

»Ja, alles gut«, krächze ich leise, und meine Kehle schmerzt.

Die Tür öffnet sich, Lilly schaut mich lachend an, kommt langsam auf mich zu, und wir umarmen uns. Irgendwie so, als gäbe es kein Morgen.

Teil 2

Nichts ist im Lot

1

Stell dir vor: Dein Name wäre Hans. Hans Maier. Rechtsanwalt. Ein Leben für das Recht. Für Gesetz und Anstand. Für das Wahre und Unverfälschte, das Echte und Aufrichtige.

Stell dir vor, wie es wäre, wirklich dieser Hans Maier zu sein. Mit einem Büro in der Salzburger Getreidegasse, drei Angestellten und Dutzenden Terminen pro Woche. Mit einem riesigen silbergrauen Mercedes in der Garage und einem Motorrad Marke Honda vor dem Zweitwohnsitz, natürlich mondän, natürlich schick. Mit einer Frau und zwei Kindern, die du, genauso wie deine Gattin, nur zweimal pro Jahr zu sehen bekommst. Einmal zu Weihnachten und einmal im Sommer. Das hat sich so ergeben, das hat sich so bewährt. Mit schnellen »Wie geht's dir?«-Floskeln und noch schnelleren Geldübergaben. Anschließend ein Nicken, tschüss, war mal wieder nett.

Und stell dir vor, wie es wäre, wenn immer wieder dieselben Klienten auf dem winzigen Bürostuhl vor dir sitzen würden. Natürlich wären es nicht wirklich dieselben, aber irgendwie doch alle gleich. Mit ihren austauschbaren Problemen, Gesichtsausdrücken und Körperhaltungen.

Nichts geht mehr. *Rien ne va plus.*

Und stell dir vor, du würdest irgendwann bemerken, dass auch bei dir nichts mehr geht. Dass dein Leben in einer Sackgasse feststeckt. Wenn du denkst, dass dein Leben monotoner nicht mehr sein kann, dass es über dich eigentlich gar nichts Interessantes zu erzählen gibt, was würdest du tun?

Und was, wenn plötzlich der Rauscher vor deiner Tür stehen würde? *Der* Rauscher. Von dem vor Kurzem noch die Zeitungen berichtet haben. Wegen einer Entführung. Wenn ebendieser Rauscher um deine Hilfe, deinen Beistand bitten würde, wie würdest du handeln?

Würdest du den Fall übernehmen?

Würde er deinen Alltag wieder spannender machen?

Ja, das würde er.

Nur wüsstest du zu diesem Zeitpunkt noch nicht, wie viel spannender.

2

Ein paar Tage später sind wir wieder zurück aus dem Urlaub. Schön war sie, die Zeit in Italien. Das Wasser, die Boote, das Essen, die Tote. Bis auf den Vorfall mit Letzterer habe ich die Ferien tatsächlich genossen. Es hat mir gefallen an der Adria. Ich habe mich entspannen, habe abschalten können. Habe sozusagen dem Dolce Vita gefrönt. Schön. Wäre Anna Lebowski nicht tot in dieser verdammten Strandkabine aufgetaucht, wäre es himmlisch gewesen. Sie hat den Gesamteindruck zugegebenermaßen etwas getrübt.

Ansonsten kann ich nicht klagen. Meine Rückkehr in den Hirschen verlief reibungslos. Auf Bob und Nonna war Verlass. Der Laden schien zu laufen, alles schien gut zu sein. Dafür werde ich ihnen auf Ewigkeiten dankbar sein. Das wissen sie, und das habe ich ihnen auch gezeigt. Gruppenumarmung inklusive.

Bob hat gelacht, als ich, braun gebrannt und mit Flip-Flops an den Füßen, den Gastraum betrat. Er rannte auf mich zu, fiel mir um den Hals und flüsterte mir ins Ohr: »Happy, you are back. Old Nonna is crazy.«

Ich klopfte ihm auf die Schultern, schob ihn etwas von mir weg und blickte in sein freudestrahlendes rundes Gesicht. Heimkommen, so musste sich das anfühlen.

Auch Nonna kam schlurfenden Schrittes auf mich zu, umfasste meine Hand ganz fest und sagte: »Schön, dass du wieder da bist, Andi. Dann kannst du in nächster Zeit auch mal mit Bob reden. Der Typ ist irgendwie verrückt.«

Ich musste lachen und drückte sie an mich. Sie ließ es widerwillig geschehen, bevor sie wieder ihres Weges ging.

Jetzt stehe ich hinter dem Tresen und zapfe ein Bier. Der alten Zeiten wegen. Und trinke es aus, ohne das Glas abzusetzen. Einfach so. Ich setze mich an einen der Tische, die allesamt noch frei sind, weil das Gasthaus zu dieser Uhrzeit noch nicht geöffnet hat, und beobachte durch das Fenster das Salzburger Treiben. Die Touristen draußen vor dem republic auf dem Weg in die Getreidegasse und zum Gstättentor. Aus aller Herren Länder sind sie gekommen, um die alte Heimat Mozarts zu besuchen. Ein Pflichttermin im Leben, ein Must auf der Bucketlist zu besuchender Orte.

Ich blicke auf die Uhr. In den letzten Tagen und Wochen habe ich mein Zeitgefühl komplett verloren. Kann nicht mehr richtig zuordnen, welcher Tag ist, welches Datum. Aus den Augenwinkeln sehe ich, wie die Tür des Hirschen auffliegt. Plötzlich steht sie vor mir und schaut mich aus großen schwarzen Augen an.

»Du bist schon wieder da?«, fragt sie.

Ich nicke. »Wie du siehst, ja.«

»Und warum sagt mir das keiner?«

»Weil ich erst vor ein paar Minuten zurückgekommen bin.«

»Dann ist's ja gut.« Sie nimmt sich ein Glas aus dem Regal und zapft sich ihr eigenes Bier.

»Macht drei Euro zwanzig«, sage ich.

Sie lacht leise auf, erwidert: »Danke«, und setzt sich neben mich.

»Und? Gibt's was Neues?«, frage ich. Sie nickt. Ich sehe sie von der Seite an. »Schlechte Neuigkeiten?«

»Leider ja.«

»Dann mal los.«

Sie legt ihre Hand auf meine Schulter. »Du zuerst. Wie war's in Italien?«

Wie ich meine Schwester liebe.

3

»Ich habe Ihnen das alles bereits hundertmal erzählt. Was wollen Sie noch von mir? *That's it.* Das ist die ganze Geschichte.«

Der Rauscher. Der Resopaltisch. Der graue Raum. Wie aus einem Alptraum vom Hofer Andi entflohen, sitzt er da. Verzweifelt. Ringt mit den Händen. Schweiß auf seiner Stirn. Kneift seine Augen zusammen, rot unterlaufen.

In der letzten Stunde hat er wieder und wieder dasselbe erzählt. Ohne ein einziges Detail zu verändern. Weil es nichts zu verändern gab, weil er tatsächlich die Wahrheit sagte. Ohne zu lügen, etwas auszulassen oder schönzufärben. Er gab sogar seine Mitschuld zu und erklärte jedes noch so kleine Detail. Und doch wollte es die Polizei noch einmal hören. Und dann noch einmal. Bis er nicht mehr konnte, bis er sein Gesicht in die Hände stützte und einfach zu weinen begann. Ganz ohne Vorwarnung. Auch jetzt noch laufen ihm die Tränen in breiten, nassen Straßen über seine Wangen und tropfen auf den ohnehin schon feucht wirkenden Fliesenboden.

»Ja, ich habe mitgeholfen. Ja, wir wollten dem Hofer das alles in die Schuhe schieben. Ja, ja, ja!« Er brüllt und heult, aber sie haben kein Erbarmen. Die Fragen nehmen kein Ende, sind unerbittlich. »Ich weiß nichts mehr, verdammt … Ich weiß nichts mehr.« Die Worte gehen in einem traurigen Schluchzen unter, sind fast nicht mehr zu verstehen.

Dann kehrt Ruhe ein. Keine Stimmen mehr, keine Fragen. Nur noch das leise Wimmern vom Rauscher ist zu hören. Nach ein paar Sekunden öffnet sich die Tür, er erhebt sich langsam und geht nach draußen.

Im lichtdurchfluteten Flur wartet ein akkurat gekleideter, klein gewachsener Mann auf ihn, der ihm freundlich die rechte Hand entgegenstreckt.

»Hallo, Herr Maier«, flüstert der Rauscher leise und ignoriert die Hand.

»Herr Rauscher. Herr Rauscher, Herr Rauscher, Herr Rauscher«, murmelt der Anwalt und legt seinen Arm um die Schultern seines Mandanten. »Kommen Sie«, sagt er. »Lassen Sie uns reden.«

4

»Italien war okay.«

»Jetzt komm schon, sei nicht immer so ein Miesepeter.«

»Nein, wirklich. Italien war echt okay. Besser, als ich es mir vorgestellt hatte. Hat schon was.«

»So sieht also bei dir Begeisterung aus.«

»Was willst du denn von mir hören? Dass es die schönste Zeit meines Lebens war? Dass ich mir wünsche, die Tage wären nie vorbeigegangen? Dass ich mein Leben am Meer verbringen könnte?«

»Warum nicht? Es muss nicht immer alles scheiße sein. Das meine ich nur, verstehst du?«

Dass die Stimmung zwischen uns so schnell umschlagen kann. Dass ein Dunst über uns schwebt, der durch Reibung entsteht, die immer schon da war und nie verschwinden wird. Zwischen uns, zwischen allem. Plötzlich fühlen wir uns wie die Kinder, die wir einmal waren. In Salzburg, in Gastein, überall. Immer auf Konfrontation aus, beide wollten wir recht haben. Sie und ich. Nur nicht nachgeben, keine Schwäche zeigen, stark sein. Quasi unser gemeinsames Lebensmotto. Woher auch immer diese übertriebene Einstellung gekommen ist, wir haben sie nie ablegen können. Bis heute nicht.

Deshalb sage ich: »Aber wenn das Leben die meiste Zeit scheiße ist, dann nützt es doch nichts, es sich schönzureden, oder?«

Sie lacht. Endlich. Endlich sind da wieder diese melancholischen Augen in dem hübschen Gesicht, die auch strahlen können. Und ein Lächeln, das bezaubernd ist.

»Damit hast du wohl recht«, sagt meine Schwester daraufhin und boxt mir auf die Schulter. »Was scheiße ist, bleibt scheiße.«

Ich lache, kneife ihr in den Arm und sage: »Jetzt erzähl schon, was bei dir los ist.«

Sie scharrt mit ihren hohen schwarzen Stiefeln in etwas Staub auf dem Steinboden, bevor sie ihn unter den Tisch schiebt. Ihr Blick ist nach unten gewandt, reglos.

»Welche Laus ist dir plötzlich über die Leber gelaufen?«, frage ich, doch sie reagiert immer noch nicht. »Jetzt komm schon.«

Dann wendet sie ihren Kopf mit einem schnellen Ruck in meine Richtung und schaut mich an. Ich sehe, dass sie mit den Tränen kämpft, dass sie gegen sie arbeitet, weil sie nicht will, dass die Traurigkeit, oder was auch immer es ist, sie übermannt.

Ich nehme ihr Gesicht sanft in meine Hände und sage: »Raus damit, aber schnell. So schlimm kann es gar nicht sein. Denk nur daran, was wir alles schon gemeinsam durchgestanden haben.«

Sie nickt, versucht zu lächeln, doch so ganz will es ihr nicht gelingen. Nach ein paar Sekunden bricht es aus ihr heraus: »Ich will dich nicht schon wieder mit meinen Geschichten belasten, aber ich weiß nicht, an wen ich mich sonst wenden soll. Es tut mir leid.«

»Was meinst du?«

»Seit ein paar Tagen«, sie schluchzt, ringt nach Luft, »bedroht mich jemand. Er ruft an, schickt mir SMS, legt Briefe vor meine Tür. Derjenige weiß, wo ich wohne, und anscheinend auch, wann ich wo bin.«

Mein Körper sinkt in sich zusammen. In dem Moment, als Michi die Worte »bedroht« und »SMS« ausgesprochen hat, zerspringt etwas in mir. Es hat scharfe Kanten, dieses Ding, das mit einem lauten Knall zerbirst und Millionen kleiner Stücke in mir zurücklässt. Tausende Fragen in meinem Kopf, die sich drehen und winden, aber keinen Ausgang finden. Und die nicht wissen, warum sie gerade dorthin sollen, wo ich sie gern hätte. Die einzige, die den Weg nach draußen findet, ist die banalste: »Was willst du mir damit sagen?«

Die Michi schaut mich verständnislos an. »Wie, ›was willst du mir damit sagen‹? Dass mich irgendein Irrer da draußen bedroht!«

»Aber wie genau?«

Michi reibt sich die Augen. »Er ruft mich an. Mitten in der Nacht. Natürlich mit unterdrückter Nummer. Manchmal gehe ich nicht ran, manchmal schon. Manchmal legt er von allein auf, manchmal höre ich nur ein Rauschen im Hintergrund. Am Telefon sagt er kein Wort.«

»Und was ist mit den SMS und den Briefen?«

»In ihnen geht er konkret auf mich ein. Erzählt mir meine Lebensgeschichte. Er weiß alles über mich. Dass ich eine Zeit lang in Spanien war. Von den Untermieten. Das, was in Timişoara passiert ist. Dass ich deine Schwester bin und so weiter.«

»Dass du meine Schwester bist?«

»Das ist irgendwo dringestanden. Jedenfalls weiß er über dich Bescheid. Über das mit dem Rauscher. Über den ganzen kranken Scheiß eben.«

Ich überlege, denke an die vielen Geschichten, die rund um meine Schwester kreisen. Wie sie damals den Michalski, wegen dem ich fast hinter Gittern gelandet wäre und der mich fast schon auf dem Gewissen hatte, in Timişoara kennengelernt hat. Dort hat das Ganze nämlich angefangen: der Plan der vorgetäuschten Entführung vom Rauscher, die stümperhafte Umsetzung, die gegenseitigen Repressalien. In irgendeiner versifften Disco in Rumänien hat der Michalski die Michi getroffen und sich in sie verliebt. Hat begonnen, ihr nachzustellen, sie zu bedrängen, wollte sie für sich haben. Doch daraus ist nichts geworden. Außer einer dreisten Entführungsstory und einem Einschnitt in mein Leben, den ich nie wieder vergessen werde.

»Aber …« Ich verstehe die Welt nicht mehr. Wieder beginnt sich alles zu drehen. Alles fühlt sich an wie vor ein paar Wochen. Alles ist wieder da. Flashback. »Aber …« Ich versuche es erneut. »Was will der Kerl, warum stalkt er dich?«

»Das weiß ich nicht.« Michi zuckt mit den Schultern. »Das ist ja das Gruselige daran. Ich war schon bei der Polizei, aber die machen nichts. Solange nicht irgendetwas Physisches passiert, habe ich keine Chance. Es ist echt unglaublich.«

»Hast du schon mit Franz Ferdinand geredet?«

»Nein, natürlich nicht. Ich wollte mit niemandem darüber sprechen, es aussitzen, aber der Typ hört nicht auf. Gestern wieder. Ein parfümierter Brief, mit einem Klebestreifen an meiner Haustür befestigt.«

Sie zieht einen rosafarbenen Zettel aus ihrer Hosentasche und reicht ihn mir.

Tatsächlich: Ihm entströmt frühlingshafter Blütenduft nach Zitrone, Melisse und Orange. »Und du bist dir sicher, dass es sich bei dem Absender um einen Mann handelt?«, frage ich sie, und sie schnaubt verächtlich.

»Lies den Zettel.«

Ich nehme das Blatt, Visitenkartenformat, in die linke Hand und falte es auf. Der Geruch wird von Falzung zu Falzung stärker, beinahe unerträglich süß. Der Brief ist am Computer geschrieben, vielleicht hastig getippt, aber fehlerlos.

Meine liebe Michi,
ich beobachte dich so gern. Es ist eine Wohltat, dich zu sehen, zu erleben, dich zu spüren. Auch wenn du zumeist weit entfernt von mir bist, kann ich deine Anwesenheit wahrnehmen, deine Präsenz, deinen Geruch. Wie ich mir wünsche, näher bei dir zu sein, noch näher, so nah wie möglich. Aber das wirst du wohl nie zulassen. Mein sehnlichster Traum ist es, dich zu berühren, wo auch immer, an deinem Hals zum Beispiel. Dich nur einmal hautnah spüren zu können. Aber dieses Glück haben scheinbar nur die anderen. Die, die es viel weniger verdient haben. Die Michalskis dieser Erde etc. Die Schweine, die Bösen, die Drecksäue. Verzeih mir diese Ausdrücke, aber ist es nicht wahr? Ist es nicht so? Manchmal verstehe ich dich nicht, manchmal möchte ich in deinen Kopf schauen, deine Gedanken lesen können. Manchmal nur. Bitte entschuldige noch mal diesen pathetischen Ton. Das ist eigentlich gar nicht mein Stil, aber ich habe keine andere Wahl. Wie dem auch sei: Pass auf dich auf. Ich werde nicht immer für dich da sein und dich beschützen können. Wie schnell passiert ein Unglück. Wie

rasant können sich die Dinge ändern. Von einer Sekunde auf die andere …
Peng! Und alles ist anders.
Also, gib auf dich acht, denn gefühlsmäßig läufst du gerade auf ein Unglück zu. Es tut mir leid. Ich hoffe für dich, dass ich nicht recht behalte.
Au revoir.

Kein Name, keine getippte Signatur, keine händische Unterschrift. Einfach nur »Au revoir«. Ich lese den Brief ein zweites und ein drittes Mal, werde aber nicht wirklich schlau aus ihm. Es dauert ein paar Augenblicke, bis ich mich wieder rühren kann, bis sich meine Gedanken langsam ordnen und ich frage: »Was bitte soll das?«

Michi zuckt erneut mit den Achseln. »Wenn ich das wüsste, wäre ich nicht hier und würde dich damit nerven.«

»Du nervst nicht. Es ist … einfach nur … verstörend.«

»Stimmt. Was meinst du, wie es mir damit geht?«

»Hast du Angst?«

»Ein wenig.«

»Wovor?«

»Das ist ja das Schlimme daran: Ich weiß es nicht.«

»Wir müssen Franz Ferdinand anrufen.«

»Wie soll der mir helfen können?«

»Keine Ahnung, aber einen Versuch ist es wert. Wir wollen schließlich nicht herausfinden, was der Irre mit diesem Unglück meint. Wir müssen handeln, dürfen nicht warten.«

»Aber wie? Willst du Anzeige gegen unbekannt erstatten? Das bringt doch nichts.«

Ich nicke, mein starrer Blick ist durch das Fenster nach draußen gerichtet. Die Wolken, die langsam über Salzburg hinwegziehen, die Sonne verdunkeln, das Licht verändern.

»Trotzdem ist Abwarten keine Lösung«, sage ich, packe Michis Arm und ziehe ihren Körper an mich heran. Dann umarme ich sie. Lange und innig. Sie wehrt sich nicht. Ganz im Gegenteil. Ich spüre ihren Kopf an meiner Brust, ihre Haare an meinem Gesicht *und denke an früher. Manches ändert sich wirklich nie. Positiv wie negativ.*

5

Der Rauscher und der Maier sitzen an einem dieser Besuchertische in der Salzburger Landespolizeidirektion. Mit je einem Becher Kaffee vor sich. Schwarz, mit wenig Zucker. Während die Polizeibeamten zwischen den Tischen hindurchstreifen und die Inhaftierten mit ihren Besuchern im Auge behalten, trommelt der Rauscher mit den Fingern der rechten Hand nervös auf die Tischplatte.

Das rechte Augenlid vom Maier beginnt dabei zu zucken, er hält es nicht aus, diese Unruhe, diese Nichtsymbiose. »Könnten Sie bitte damit aufhören?«, fragt er unwirsch.

»Mit was?« Der Rauscher schaut ihn verwirrt an.

»Mit diesem Getrommel.«

Der Rauscher schüttelt den Kopf. »Die Situation ist für mich nicht besonders angenehm.«

Der Maier nickt, bedeutet ihm mit beiden Händen, dass er verstanden hat. »Natürlich, Herr Rauscher, das ist mir klar. Es tut mir leid, wenn ich Ihnen zu nahe getreten bin, das wollte ich nicht. Ich bin nur etwas allergisch, was das Fingertrommeln betrifft.«

Nun nickt der Rauscher unwirsch. »Ja, ja, was auch immer«, murmelt er und lässt seinen Kopf wieder hängen. Plötzlich fügt er hinzu: »Und jetzt? Was passiert jetzt? Worauf muss ich mich einstellen? Können Sie mir helfen, hier rauszukommen? Irgendwie? So sagen Sie doch was!«

Der Maier setzt sich aufrecht hin, zieht eine dünne Klarsichtmappe aus seiner Ledertasche, fährt sich durch die wenigen Haare, die ihm aufgrund der Sommerhitze am Kopf kleben, und versucht, sich zu sammeln. Ein paar Momente lang schweigt er.

Seine Augen fliegen über die getippten Berichtszeilen, von links nach rechts und wieder zurück, was den Rauscher nur noch ungeduldiger macht.

»Was ist jetzt?«, ruft er, und seine Stimme wird von Wort zu Wort lauter.

»Einen Augenblick noch«, beschwichtigt ihn der Anwalt. Dann, endlich, klappt er die Mappe zu, nimmt seine Brille ab und schaut seinem Gegenüber in die Augen. »Ich werde Sie da rausholen, Herr Rauscher. So schnell wie möglich. Man wird Ihnen Mithilfe zur Bestechung unterstellen, das ja. Aber aufgrund der Tatsache, dass der Michalski, der Haupttäter, nicht mehr am Leben ist und Sie deshalb auch nicht mehr zusätzlich belasten kann und dass ein weiterer Täter, der Birnberger, den die Beweislast quasi erdrückt, gut verwahrt ebenfalls in U-Haft sitzt, sind Sie das kleinste Rädchen im System. Mitschuldig, vielleicht. Aber es besteht keinesfalls Verdunkelungsgefahr oder Sonstiges. Somit dürfte es mir gelingen, Sie in den nächsten vierundzwanzig Stunden aus der U-Haft zu entlassen. Natürlich mit Auflagen. Der Prozess wird in ein paar Wochen beginnen, aber in der Zwischenzeit werden Sie wie ein freier Mann leben, versprochen.«

Der Rauscher hebt den Kopf. Ganz langsam. Er kann nicht glauben, was er gerade gehört, was der Anwalt gesagt hat. So surreal ist das alles, so unecht. Deshalb fragt er: »Meinen Sie das ernst?«

»Und ob«, sagt der Maier bestimmt und lächelt dem Rauscher zu. »Es ist alles schon beantragt und in die Wege geleitet. Ihrem Quasi-Promi-Status verdanken wir eine raschere Bearbeitung. Das geht ratzfatz, Sie werden sehen.«

Der Rauscher, der von seinem Stuhl aufspringt, den Anwalt in diesem Moment am liebsten umarmen, ihn zu Boden reißen und abknutschen würde. Doch der Maier nickt nur freundlich, die Hände erhoben wie ein Gefangener. Ein Gefangener, der nicht wirklich berührt werden, der die Distanz wahren möchte. Das merkt auch der Rauscher und setzt sich wieder hin, lässt sich vom Rechtsanwalt noch einmal über seine Rechte, Pflichten und

Aufgaben informieren. Dann lehnt er sich zurück, gibt dem Maier abschließend die Hand und bedankt sich ganz herzlich.

»Wie gesagt: vierundzwanzig Stunden. Maximal. Bereiten Sie sich schon mal auf etwas frische Luft vor. Draußen ist Sommer«, sagt der Maier und verschwindet so plötzlich, wie er vorher, unmittelbar nach der Befragung, aufgetaucht ist.

Der Rauscher reibt sich übers Gesicht, kann das alles gar nicht glauben. Freiheit. Die er sich in den letzten Tagen gar nicht mehr ausmalen konnte. Weil er sich sicher war, dass sie ihn wegsperren würden. Ein für alle Mal. Dass er so schnell kein grünes Gras mehr sehen würde. Oder seine Villa in Bad Gastein.

Doch plötzlich ist alles anders. Ein Engel mit Aktenkoffer hat ihm, zumindest kurzzeitig, ein neues Leben verschafft. Einfach so. Mit seinem bedingungslosen Einsatz.

Der Rauscher denkt an den Maier. Und dann wieder an den Hofer.

Währenddessen hat Franz Ferdinand Baum gerade seinen Dienst angetreten. Sein Blick fällt auf den Rauscher, als er nur ein paar Meter hinter ihm vorbeigeht, das Handy dicht ans Ohr gepresst. Der Baum ist wütend. »Das kann nicht Ihr Ernst sein!«, zischt er in sein Smartphone und lässt eine Tür lautstark hinter sich ins Schloss fallen.

6

»Aber du musst doch eine Vorstellung davon haben, wer dir diese Briefe schreibt. Und was er will.«

Wir haben uns wieder aus der Umarmung gelöst, sitzen nebeneinander, schauen uns nicht an. Ratlos sind wir, überfordert mit der Situation. Also alles wieder von vorn. Zurück auf Start, jetzt.

»Wenn ich's dir doch sage, ich weiß es nicht.« Michis Stimme,

wie sie vibriert. Weil sie nervös ist, Angst hat, alles beides. Gefühlschaos par excellence.

»Hattest du in letzter Zeit einen Liebhaber, eine Affäre?«

»Was glaubst du eigentlich von mir? Dass ich ein Flittchen vor dem Herrn bin? Nein, natürlich nicht. Die Geschichte mit dem Rauscher hat auch bei mir Spuren hinterlassen. Seitdem kann ich nicht mehr gut einschlafen, wache Dutzende von Male nachts auf, schweißgebadet und ängstlich. Weil ich wieder irgendeinen Schwachsinn geträumt habe. Dass mich jemand verschleppt, vergewaltigt, betrügt. Nur solche Dinge. Es ist der blanke Horror. Ich will gar nicht wissen, wie's dir nach alldem geht.«

Ich male mir ihre Nächte aus. Die dunklen Stunden, die sie in ihrem Bett verbringt, in der Finsternis, in der Stille, zusammen mit ihrer Furcht. Und denke zum ersten Mal, dass ich von den möglichen psychischen Folgen fast zur Gänze verschont geblieben bin. Dass ich in den letzten Wochen nur noch an Lilly und an unsere gemeinsame Zeit, die vor uns liegt, denken konnte, an nichts anderes. Dass ich ein- und durchschlafen konnte wie ein Stein. Um am nächsten Morgen ausgeruht aufzuwachen. Ausgeruhter, als ich vorher jemals war. Dass mich das alles unterbewusst gar nicht so sehr mitnimmt, wie es vielleicht sollte. Das alles denke ich in diesem Moment und bin gleichzeitig erleichtert und unsicher. Ich kann die Situation nicht einordnen, nicht mehr unterscheiden zwischen gut und schlecht. Zwischen normal und abartig. Zwischen Nullachtfünfzehn-Typ und Freak.

Ich sehe nur den zitternden Körper meiner Schwester neben mir und spüre die Hilflosigkeit, die sie ausstrahlt, in mir, mitten in meinem angegriffenen Herzen. Dazwischen immer dieser Gedanke: dass das alles kein Zufall ist. Die tote Anna Lebowski in Italien, die Ex-Freundin vom Rauscher. Und jetzt dieses Drohszenario: ein Fremder, der meiner Schwester das Leben versaut.

Alles so real, alles irgendwie nicht miteinander vereinbar. Und trotzdem spüre ich, dass es da eine Verbindung gibt, geben muss.

»Wir rufen jetzt endlich Franz Ferdinand an«, sage ich, nachdem wir gefühlte fünf Minuten kein Wort miteinander gesprochen haben.

In diesem Moment fällt ein schneller heller Schein von draußen, Sonnenlicht, in die Garderobe unseres Wirtshauses. Dann wird die Tür geschlossen, und ein Baum betritt den Gastraum.

»Wenn man vom Teufel spricht«, sagt er, doch es findet sich nicht wie sonst ein Lächeln in seinem Gesicht. »Wer will mich anrufen? Und warum?«, fragt er, und dabei streift sein Blick die Michi.

Die starrt ihn an, als wäre er vom Himmel gefallen, und beginnt auf einmal, ganz ohne Vorwarnung, zu weinen. Plötzliches haltloses Schluchzen, keine Chance, dagegen anzukämpfen.

»Ja, Michi, ist es denn wirklich so schlimm für dich, dass ich vorbeikomme?«

Sie antwortet nicht, springt stattdessen von ihrem Holzstuhl auf und fällt dem Baum um den Hals, um ein paar Sekunden später noch immer heulend aus dem Raum zu laufen.

Der Baum schaut mich verständnislos an. Als wäre die Welt plötzlich wieder eine Scheibe, so sein Blick. »Was ist hier bitte los?«, fragt er erneut und setzt sich auf den Stuhl neben mich, auf dem soeben noch die Michi gesessen hat.

Ich will gerade beginnen zu erzählen, als die Tür erneut aufschwingt und die Nonna in den Gastraum rennt. Auch sie scheint aufgebracht zu sein, ihre Haare fliegen im Luftzug, ihr folgt der Bob, allerdings gemächlichen Schrittes, mit einem Zettel in der Hand.

»Hast du das schon gesehen, Andi?«, ruft die Nonna laut durch den Raum.

»Wovon sprichst du?«, frage ich.

Und der Baum: »Verdammt noch mal, was läuft hier eigentlich gerade schief?«

»What's the problem with Michi?«, will der Bob wissen, während er noch immer den Zettel zwischen Zeigefinger und Daumen seiner rechten Hand hält. »She's crying outside, like a baby. I'll take care of her.« Er legt das Papier auf den Tisch vor mir und geht wieder nach draußen.

»Jetzt lies doch endlich!«, brüllt mir die Nonna, die jetzt neben mir steht, ins Ohr.

Und ich starre in Baums Augen, verstehe die Welt nicht mehr und sehne mich, ich mag es kaum glauben, zurück nach Italien. An den Strand, in den Sand und die Wellen. Ich denke an die Ruhe, an die Einfachheit dort und werde selbst ruhig.

Doch der Zustand währt nicht lange, denn der Baum nimmt den Zettel an sich, faltet ihn auf und liest laut vor:

> *»Ich weiß alles über euch und über den Bundschuh und kann es beweisen. Wenn ihr nicht wollt, dass ich mit den Informationen an die Öffentlichkeit gehe, müsst ihr euch auf ein kleines Spiel einlassen. Ich verwende bewusst den Plural, da ich weiß, dass du ohne deine Freunde keinen Schritt tust. Baum, Bob, Nonna und deine jüngere Schwester. Sie sind immer dabei, und das ist okay für mich. Solange du dich an meine Regeln hältst, ist alles gut. Vielleicht möchte deine neue Freundin Lilly ja auch mitspielen, damit sie deine Familie besser kennenlernt?*
>
> *Ja, ich weiß von ihr, warum auch nicht? Mir ist nichts von euch verborgen. Und deshalb musst du dich jetzt entscheiden: mitspielen oder zusehen. Gewinnen oder verlieren. Mittendrin sein oder am Rand stehen. Du hast die Wahl, Hofer, dann kannst du den Rest getrost mir überlassen. Cheerio und bis bald.«*

Wie mich von einem Moment auf den anderen Übelkeit überkommt. Wie die Gedanken in meinem Kopf herumschwirren. Die Leiche damals im Kofferraum und wie ich sie entsorge. Weil mir zu diesem Zeitpunkt keine bessere Lösung einfiel. Weil ich panisch war und niemanden einweihen konnte. Nicht einmal die Michi. Wie hätte sie das auch verkraften sollen?

Seitdem frage ich mich: Wie kann ich mit dieser Gewissheit, mit dieser Qual weiterleben, es zum zweiten Mal in meinem Leben getan zu haben? Nach 1999. Einen Menschen entsorgt zu haben, den mir das Schicksal vor mein Auto geworfen hat. Einfach so. Ohne dass ich etwas dafür konnte, ohne dass ich hätte reagieren können. Schon einmal habe ich dafür büßen müssen.

Holt jemand jetzt zum finalen Schlag aus, der mir das Genick brechen wird?

Frage ich mich und kann nicht mehr an mich halten. Höre die Stimmen neben mir, wie sie reden, wie sie panisch beratschlagen, was jetzt zu tun sei, wie man auf den Brief reagieren solle. Die Nonna, die dabei aufgeregt mit den Armen fuchtelt, der Baum, der akribisch Dinge auf einen Notizblock schreibt. Dessen Telefon läutet. Der ein paar Minuten mit dem Anrufer spricht, dabei nickt und dann wieder den Kopf schüttelt, um sein Smartphone schlussendlich wütend in eine Ecke zu werfen.

»Was ist los?«, frage ich, offensichtlich unvermittelt. Alle im Raum schauen mich verblüfft an, überrascht darüber, dass ich reden kann. Scheinbar haben sie damit gerechnet, dass ich wieder ins Koma gefallen bin.

Auch der Baum, dessen Blick lange auf mir ruht, bevor er sagt: »Erstens: Ich will nicht, dass du dich noch mehr sorgst.«

»Was durch diesen Satz schier unmöglich geworden ist«, sage ich und warte auf weitere Dinge, die mich beunruhigen werden, während ich mich aufrichte.

Der Baum räuspert sich: »Okay, dann also ein neuer Versuch. Erstens: Der Rauscher kommt unter Auflagen frei. Wahrscheinlich noch heute. Sein Anwalt hat das durchgeboxt, dieses Dreckschwein. Der Maier kämpft mit allen Mitteln, auch an der Grenze zur Legalität. Damit hat er seinem Mandanten bis zur Verhandlung Zeit verschafft. Zeit in Freiheit.« Seine Faust donnert auf den massiven Holztisch. Die Gabeln und Messer, die in einem Bierkrug auf dem Tisch stehen, erzittern und schlagen aneinander.

Ich kann Baums Worten nicht mehr folgen. Das ist alles zu viel. Viel zu viel. Doch es hört nicht auf.

»Zweitens: Der Birnberger liegt im Koma. Hat sich mit einer Rasierklinge die Pulsadern aufgeschnitten. Die Ärzte wissen nicht, ob er durchkommt. Er hat noch immer nicht geredet, und es ist fraglich, ob er überhaupt jemals wieder reden können wird.«

Das ist nicht möglich, denke ich, bin aber nicht mehr in der Lage, mich zu artikulieren. Denn:

»Drittens: Was soll das ganze Schauspiel hier? Die Kollegen

haben mir erzählt, dass Michi am Posten war, weil sie von einem irren Stalker bedroht wird. Warum erzählt mir das niemand von euch? Und was soll dieser Zettel? Weißt du, was mit dem Bundschuh passiert ist, Andi? Hat dieser Unbekannte recht mit dem, was er schreibt?« Während seiner Rede ist der Baum aufgestanden und wirkt plötzlich viel größer, als er in Wirklichkeit ist. Er packt mich an den Schultern und schüttelt mich. »Andi, jetzt sag schon was, verdammt!«

Aber ich kann nicht mehr sprechen, geschweige denn mich auf irgendetwas anderes konzentrieren als auf das Bild vom Toten in meinem Kofferraum. Auf seinen aufgedunsenen Körper, das ausgesaugte Leben, die fahle Haut. Ich spüre das Gewicht in meinen Händen, wie es mich nach unten zieht, muss all meine Kraft aufwenden, um den Mann hochzuhieven und über den Abhang zu stoßen. Schweiß auf der Stirn und auf der Brust, Tränen in den Augen, Schmutz an den Fingern.

Ich versuche, die Erinnerung zu verschlucken, zu vergessen. Doch es gelingt mir nicht, es wird mir wahrscheinlich nie gelingen.

Der Baum hat immer noch meine Schultern gepackt und redet auf mich ein. Auch Bob und Michi sind mittlerweile wieder in den Gastraum gekommen und schauen mich mitleidig an. Wie ich dasitze, quasi apathisch. Michi, deren Kajal schwarze Halbkreise unter ihren verheulten Augen hinterlassen hat. Bob, dessen Ausdruck freundlich ist, der mir zu verstehen geben will, dass alles wieder gut werden wird. Doch dessen bin ich mir nicht mehr sicher. Nicht in diesem Augenblick, in dem die Ereignisse mich wie eine Lawine unter sich begraben und alles mitreißen, was nicht niet- und nagelfest verankert ist. So wie ich. Die Lawine nimmt mich mit auf eine Reise, die vielleicht nie mehr enden wird.

»Andi!«, brüllt der Baum noch einmal, und ich schüttle mich.

Mein Körper beginnt zu zittern, dann presse ich hervor: »Scheiße.«

»Das kannst du laut sagen!«, ruft der Baum und lässt von mir ab. »Und jetzt erzähl mir bitte noch einmal alles, was du weißt. Damit wir endlich Licht ins Dunkel bringen können.«

Ich schaue den Baum lange an, habe keine Ahnung, was ich erwidern soll. Schließlich sage ich: »Aber ich weiß doch nichts.«

Ich spüre, wie Unbehagen sich im Raum breitmacht. Dass sie mir irgendwie nicht glauben. Und irgendwie doch. Dass alles unsicher geworden ist, sogar das gegenseitige Vertrauen. Nur ein Fähnchen im Wind, nicht mehr, nicht weniger.

»Das ist alles?«, erwidert der Baum fragend, und ich nicke.

»Ja.«

»Und weiter?«

»Nichts weiter.«

»Was sollen wir deiner Meinung nach jetzt tun?«

»Das wollte ich eigentlich dich fragen«, sage ich, gehe in Richtung Theke und zapfe mir noch ein Bier. Und denke daran, dass ich Lilly warnen muss. Bald, gleich, sofort.

7

Der Rauscher, der in seiner Zelle sitzt. Ein paar Sekunden, Minuten, Stunden noch. Draußen wartet schon die Freiheit auf ihn. Frische Luft, Sonne, Wolken. Autos, Leben, andere Menschen. Die Freude in ihm steigt von Sekunde zu Sekunde. Er kann an nichts anderes mehr denken als an den Moment, an dem er seinen Fuß auf die Salzburger Alpenstraße setzen wird. Als freier Mann. Quasi.

Es ist ihm egal, was ihm bevorsteht. Welche Qualen, welche Strafen, welche Missgünste er noch über sich ergehen lassen muss. Ob sie ihn schlussendlich einsperren oder freisprechen werden. Das alles ist ihm in diesem Augenblick gleich. Er kann nur an die Freiheit denken, der er seit Wochen hinterherläuft.

Bald wird es so weit sein. Bald wird er wieder der Rauscher sein. Der alte Rauscher. Miro Rauscher.

Bald, bald, bald.

Während der Maier auf dem Weg zurück in seine Kanzlei ist. In seinem schicken Mercedes, mit fünfzig Stundenkilometern Richtung Innenstadt. Zufrieden mit sich selbst. Er hat alles richtig gemacht. Die richtigen Schlüsse gezogen, die richtigen Fäden gesponnen. Eine Wahnsinnsreferenz für seine Kanzlei. Ein einzigartiger Fall in der österreichischen Kriminalgeschichte. Verwirrend, verworren. Und er mittendrin, der Maier Hans. Er hat schon viele solcher Causae erlebt. Hat manchmal auf der richtigen, aber auch oft auf der falschen Seite gestanden. Aber da muss man durch als Anwalt, in dem Beruf gibt es keinen Spielraum für moralische Grundsätze. Ist ein Fall erst einmal übernommen, muss man ihn zu Ende bringen. So überzeugend wie möglich.

Und darin ist er der Beste im Land. Das hat er sich soeben wieder einmal selbst bewiesen. Freigang innerhalb von wenigen Stunden. Und das bei einem prominenten Insassen. Die Schlagzeilen in den morgigen Ausgaben der Boulevardblätter sind ihm sicher, so viel steht fest.

Deshalb lässt er sich auch nicht aus dem Konzept bringen, als plötzlich sein Handy zu läuten beginnt, das neben ihm auf dem Beifahrersitz des Autos liegt. Eine unbekannte Nummer, wie so oft. Das ist er gewohnt, das passiert ihm als Anwalt häufig. Eine normale Kontaktaufnahme, vielleicht geht es um eine heikle Angelegenheit. Er greift nach dem Smartphone, wischt auf dem Display nach rechts und sagt: »Maier.«

»Spreche ich mit Rechtsanwalt Hans Maier?« Die Stimme klingt seltsam. Leicht verzerrt, nicht erkennbar, ob der Anrufer männlich oder weiblich ist.

»Ja. Und Sie sind bitte?«

»Das tut nichts zur Sache.«

»Dann sollten wir das Gespräch beenden. Ich rede mit niemandem, der sich mir nicht vorstellt.«

»Drücken Sie sich nicht so gestelzt aus, Herr Maier. Kommen Sie gerade von einem Ihrer Mandanten?«

»Keine Auskunft, Herr …«

»Nennen Sie mich einfach Kramer, wenn Ihnen das beliebt.«

»Nur wenn Sie wirklich so heißen.«

»Bitte, Herr Maier, machen Sie es nicht noch komplizierter, als es ohnehin schon ist.«

»Was meinen Sie damit?«

»Egal, hören Sie mir einfach zu. Waren Sie gerade bei Miroslav Rauscher? Haben Sie ihn in der U-Haft besucht?«

»Wie gesagt: kein Kommentar.«

»Also ja.«

»Das habe ich nicht gesagt.«

»Sie haben es aber auch nicht verneint.«

»Weil es keinen Grund dazu gibt. Wenn Sie mir nicht allzu böse sind, beende ich dieses Gespräch jetzt.«

»Aber ich werde Ihnen sehr, sehr böse sein.«

»Noch mal: Was meinen Sie damit?«

»Dass wir noch nicht fertig sind.«

»Das heißt?«

»Dass Sie mir noch sagen müssen, ob Sie beim Rauscher waren. Und wenn ja, wann er freikommt.«

»Hören Sie, langsam reicht es mir. Ein letztes Mal: Das geht Sie nichts an, und ich bitte Sie, mich von nun an in Ruhe zu lassen!« Maiers Finger schwebt bereits über dem roten Button auf dem Display. Er will auflegen, als plötzlich noch ein Satz durch den Lautsprecher flattert, mit dem er nicht gerechnet hat.

»Dann wird es Ihrer Schwester nicht mehr lange gut gehen.«

Der Maier schluckt. Angst überfällt ihn, ein mulmiges Gefühl rumort in seinem Bauch. »Was?«, ruft er laut. Zu laut. Lauter als beabsichtigt.

»Ich spreche von Lilly. So heißt doch Ihre Schwester, oder?«

Der Maier schluckt erneut, schweigt.

»Ich werte das als ein Ja. Aber da ich es ohnehin weiß, bedarf es keiner Bestätigung Ihrerseits. Entweder kooperieren wir jetzt miteinander, oder ich muss andere Maßnahmen ergreifen, um mir bei Ihnen Gehör zu verschaffen.«

Der Maier spürt die Schweißtropfen auf seiner Stirn. »Ich höre, ich höre ja schon«, stammelt er. »Was wollen Sie?«

»Die Wahrheit«, dröhnt es aus dem Telefon.

»Worüber?«

»Über einige Dinge.«

»Sie müssen schon konkreter werden, wenn ich Ihnen helfen soll.«

»Das werde ich, Herr Maier, das werde ich. Zu gegebener Zeit. Ich melde mich wieder bei Ihnen. Sagen Sie mir vorab nur, ob der Rauscher freikommt.«

Es widerstrebt dem Rechtsanwalt zu antworten, aber er kann nicht anders. »Er wird auf freien Fuß gesetzt. In circa vier Stunden.«

»Perfekt.«

»Und nun?«

»Wie gesagt: Ich melde mich bald wieder. Halten Sie inzwischen die Füße still, verstanden?«

Wie jetzt?, will der Maier noch fragen, aber der Anrufer hat bereits aufgelegt. Er manövriert seinen Mercedes in eine Seitenstraße und parkt am Müllnerhügel, direkt an der Salzach. Wie eine Puppe, die an Fäden hängt, steigt er aus dem Wagen, lehnt sich an das Geländer und blickt auf das hellblaue Wasser, das gen Süden fließt. Langsam, gemächlich.

Er findet keine Worte, keine Gedanken, die diesen Anruf, diese neue Situation beschreiben. Soeben hat er sich noch so gefreut, fühlte sich beschwingt und frisch. Regelrecht leicht. Jetzt ist alles schwer. In ihm. Er denkt an die Stimme des anonymen Anrufers, dann an seine Schwester, zieht das Handy erneut aus der Tasche und wählt die Kurzwahlnummer »1«. Der Name »Lilly« erscheint auf dem Display, und nach viermaligem Läuten nimmt sie ab.

»Hallo, Hans!«

Er räuspert sich, versucht, seine Stimme wiederzufinden, und sagt: »Hallo, Lilly, geht's dir gut?«

»Ja, aber warum fragst du?«, will sie wissen. »Ich bin gerade bei der Arbeit.«

»Schön«, sagt der Maier. »Das ist schön.«

»Du klingst komisch. Was ist los?«

»Alles gut, alles gut, danke.«

»Ist etwas passiert?«, fragt sie, bohrend und ungeduldig.

»Nein, nein, alles gut, wirklich«, sagt er. Und nach einer kurzen Pause: »Ich melde mich wieder. Pass bis dahin auf dich auf, okay?«

»Werde ich machen«, antwortet sie mit einem leicht irritierten Unterton in der Stimme.

Er legt auf und setzt sich wieder in seinen Wagen. Atmet tief ein und aus. Einmal, zweimal, dreimal. Überlegt, ob er sie hätte warnen sollen. Aber auf welcher Grundlage? Er hätte sie nur noch stärker beunruhigt und alles schlimmer gemacht.

In diesem Moment ist er sich sicher, dass er auch jetzt richtig gehandelt hat. Die Füße stillhalten, beobachten, was passiert. An diese Taktik würde er sich in Zukunft halten. Wie abgemacht.

8

Lilly tauscht gerade einen Katheter bei einem Patienten, als erneut ihr Handy läutet. »Der Hofer«, steht auf dem Display. Sie nimmt das Telefon in die Hand, verlässt das Zimmer des schlafenden alten Mannes und geht auf den Krankenhausflur.

»Ja?«, sagt sie kurz angebunden.

»Störe ich dich?«

»Ein wenig. Sorry, dass ich so leise rede, aber meine Schicht hat gerade begonnen.«

»Ich halte dich auch nicht allzu lange auf.«

»Es ist schön, dich zu hören.«

»Das finde ich auch. Hör zu, es geht um Folgendes: Ich bin gerade in einer komischen Situation. Ein Unbekannter droht mir und meiner Schwester.«

»Was?«

»Die Details sind unwichtig, aber ich möchte, dass du auf dich achtgibst und nach deiner Schicht sofort zu mir kommst. Nein, noch besser: Ich hole dich direkt bei der Arbeit ab, auf Station. Aber mach dir bitte keine Sorgen, ich will nur auf Nummer sicher gehen.«

Lilly runzelt die Stirn. Etwas Ähnliches hat sie heute schon einmal gehört. »Und wie soll ich mir jetzt keine Sorgen machen? Wie stellst du dir das bitte vor?«

»Ich verstehe, dass sich das für dich seltsam anhören muss, aber es bleibt mir keine andere Wahl, als dich zu warnen. Alles andere wäre Wahnsinn, denn du bedeutest mir zu viel. Ich hole dich nach deiner Schicht ab, okay?«

Man kann beinahe hören, wie sie nickt, wie ihre Haare am Kragen ihrer Krankenschwesternuniform reiben. Kann spüren, wie unwohl sie sich fühlt.

»Es tut mir leid.« Das sagt sich so schön, obwohl man weiß, dass die Worte nichts an den Gefühlen der anderen Person ändern werden. Dass mit ihnen etwas in ihr zerbricht. Dass die Angst plötzlich in ihr Leben gekommen ist. Die sie nicht will, die keiner jemals haben will.

Dann sagt sie: »Okay.«

»Ich liebe dich, weißt du das?«

»Schon irgendwie«, antwortet sie. Und fügt hinzu: »Ich dich auch.«

Dann ein Knacken in der Leitung und: Funkstille.

9

»Wie kann das passieren? Erklär es mir, Baum.«

Wir sitzen immer noch beim Hirschen, das »Geschlossen«-Schild an der Tür. Einheimische, Touristen bedienen, das geht heute nicht. Denn die Situation hat sich wieder verändert. Vor ein paar Stunden war noch alles gut. Rückkehr zur Normalität, back to black quasi. Und jetzt: Sitzen wir im Gastraum, wortlos irgendwie. Starren auf den Boden oder an die Decke oder durch die Fenster nach draußen. Wissen nicht, was wir tun sollen. Bis der Baum nach langen, lähmenden Sekunden endlich aufsteht.

»Schluss jetzt mit dem Katzenjammer«, sagt er. »Reißt euch

zusammen. Bis jetzt ist überhaupt noch nichts passiert. Wir haben gemeinsam schon so viel durchgestanden, da werden uns ein paar halbgare Drohungen doch nicht den Garaus machen.«

Bob nickt, klatscht in die Hände. Und obwohl es gerade unglaublich unpassend ist zu applaudieren, stehe auch ich auf und beginne zu klatschen. Keine Ahnung, warum oder was ich mir davon verspreche, aber es fühlt sich gut an. Und richtig. In diesem Moment diese verdammten Sorgen und Gedanken einfach wegzuklatschen. Auch die Nonna stimmt in diesen verrückten Kanon mit ein und schmettert ihre Faust immer wieder auf die hölzerne Theke, dass es nur so kracht. Der Baum grinst und erhebt sich ebenfalls. Nur die Michi bleibt auf der Eckbank sitzen, regungslos, und schaut uns dabei zu, wie wir wie eine Gruppe Irrer im leeren Hirschen stehen und klatschen und klopfen. Als gäbe es etwas zu feiern, als wäre heute ein guter Tag.

Bis der Baum dem ein Ende macht: »Ich muss jetzt zurück aufs Revier und schauen, wie sich das Ganze entwickelt. Wann der Rauscher freikommt und so weiter. Ich werde ihn ihm Auge behalten. Macht bitte nichts Unüberlegtes, bis ich wiederkomme, habt ihr verstanden?«

Niemand antwortet.

Der Baum schüttelt grimmig den Kopf und geht nach draußen. Kurz vor der Tür dreht er sich noch einmal um und ruft über die Schulter zurück: »Und, Hofer, wir müssen später noch einmal reden. Wegen dem Bundschuh und so.«

Die letzten Worte vom Baum hallen in meinen Gehörgängen wider, und ich spüre die neugierigen Blicke der anderen in meinem Genick, auf meiner Stirn. Doch keiner traut sich zu fragen. Niemand ergreift das Wort. Und ich danke Gott tausendmal dafür, dass es so ist. Dass niemand die Kraft aufbringt, mich vor vollendete Tatsachen zu stellen.

Ich nicke stumm und verlasse den Gastraum. Gehe die Stufen in den ersten Stock, wo weitere Tische stehen und sich ein kleiner Lagerraum befindet. Versuche, meine Gedanken zu ordnen, und blicke aus dem Fenster. Schaue dem Baum nach, wie er über die Straße zu seinem Wagen läuft, den er in zweiter Reihe geparkt hat.

Diese gute Seele, denke ich und: Womit hat der mich eigentlich verdient? Armes Schwein.

Solche kognitiven Fetzen fliegen durch meinen Kopf, als ich eine Hand auf meiner Schulter spüre.

»Ich habe herausgefunden, wer den Rauscher da rausgeboxt hat«, sagt Michi ganz leise.

Ich drehe mich zu ihr um, frage: »Wie? Und wer?«

»Der Baum hat vorhin eine SMS bekommen. Ich habe sie unabsichtlich gesehen.«

»Unabsichtlich?«

»Spielt das jetzt eine Rolle?«

»Stimmt. Wer ist es?«

»Ein Rechtsanwalt namens Hans Maier.«

»Der aus der Getreidegasse?«

»Keine Ahnung. Kennst du den?«

»Vom Sehen. Er war schon mal bei uns im Hirschen«, sage ich und rausche wieder nach unten.

»Was hast du vor?«, ruft mir Michi nach. Und als ich nicht antworte, wird ihr klar: Das Spiel hat begonnen.

10

Anna Lebowski ist tot.

Eine Randnotiz, mehr ist der Umstand der Boulevardpresse nicht wert.

> *Die Ex-Freundin des Prominenten Miroslav Rauscher, der derzeit wegen einer fingierten Entführung in U-Haft sitzt, ist gestorben. Aufgefunden in einer Strandkabine im italienischen Ferienort Caorle. Die Beamten gehen nach intensiven Untersuchungen von Selbstmord aus. Vor Ort wurde ein Abschiedsbrief entdeckt, in dem Lebowski beschreibt, dass sie seit der Trennung von Rauscher vor etwa*

zwei Jahren keinen Sinn mehr im Leben sah. Weitere Ermittlungen laufen. Ein gewaltsamer Übergriff wird derzeit ausgeschlossen.

Der Maier legt die Zeitung beiseite. Nur zufällig ist er auf den Artikel gestoßen. Hat vorher nichts davon gewusst, war nicht informiert. Aber der Tod ist für seinen Fall auch irrelevant. Sofern die Tote mit dem Rauscher in letzter Zeit nichts zu tun gehabt hat, wird sie ihn und seinen Fall nicht beeinflussen.

Das denkt sich der Maier, als er nach seiner soeben von seiner Assistentin gebrachten Tasse Tee greift und es sich in seinem weißen Ledersessel hinter dem Schreibtisch gemütlich macht. Gerade als er den ersten Schluck nehmen will, knarzt die Gegensprechanlage, und die Stimme seiner Vorzimmerdame, der feschen Caro, ertönt.

»Herr Maier, Besuch für Sie. Hat keinen Termin.«

Der Maier stellt leicht genervt die Tasse zur Seite, drückt auf den Sprechknopf an seiner Anlage und antwortet: »Um wen handelt es sich?«

Er weiß, dass nur Caro ihn hören kann. Via Headset, hochmodern. Er hingegen hört die Stimmen aus dem Nebenzimmer ziemlich deutlich. Eines Mannes und einer Frau.

Dann: »Um Herrn Hofer mit seiner Schwester.«

Der Maier schluckt. Das kann nicht sein. Wie ist das möglich. Der Hofer? *Der* Hofer vom Rauscher? Unmöglich. Wie hat der ihn gefunden? Und warum? »Es ist gerade schlecht, Caro«, stammelt er. »Vielleicht können Sie die beiden ja auf später …«

11

»Vertrösten«, sage ich, während ich die Bürotür öffne. »Das ist leider schlecht, Herr Maier, ganz schlecht. Ich habe nämlich nur heute Zeit. Oder besser gesagt: nur jetzt.«

Ich setze mich auf einen der beiden Stühle vor seinem riesigen Schreibtisch und blicke ihm in die Augen. Sehe, wie seine Pupillen sich weiten, wie er zurückweicht, sehe seine Unsicherheit. Wie er seinen Blick von mir abwendet, der stattdessen Michis Bewegungen folgt. Einer Katze gleich geht sie Schritt für Schritt auf ihn zu, überlegt es sich dann doch noch einmal anders und setzt sich auf den Sessel neben mich. Stille herrscht in dem Büro, bis ich sie durchbreche.

»Herr Maier, sagen Sie mir bitte, warum Miroslav Rauscher laut meinen Informationen heute noch freigelassen wird. Und warum das Ihr Verdienst ist.«

Mehr bedarf es nicht, um den groß gewachsenen Rechtsanwalt, der auf seinem Polstersessel immer kleiner zu werden scheint, zu brechen. Es dauert nur ein paar Sekunden, und die Worte schießen aus ihm heraus.

Dass er angerufen und gefragt wurde, ob er den Fall übernehmen möchte. Dass er nur kurz überlegt und dann zugesagt hat. Weil Prestige, Ehre, Aufmerksamkeit, Publicity … eh bekannt.

Und dass er den richtigen Weg, die richtigen Argumente, die richtigen Paragrafen wusste, um dieses Kavaliersdelikt – ja, so nennt ein Anwalt eine vorgetäuschte Entführung – quasi schon vor der Verhandlung aus der Welt zu schaffen. Dass es keine große Beweislast gebe, man aber dennoch erst nach der Verhandlung weitersehen werde. Die Freilassung sei sozusagen ein Teilerfolg.

Und so weiter und so fort. Der Redeschwall, der aus dem Maier herausfließt, überrascht mich, macht den schwitzenden, nervösen Mann aber zugänglicher. Verdeutlicht, dass er für seine Arbeit brennt. Ganz egal, welches Schwein er zu verteidigen hat. Eine gute Verteidigung steht über allem. Defensiver Catenaccio. Wie von Juventus Turin praktiziert.

Maier erklärt uns den Sachverhalt, den Fall, das Vorgehen. Dass er das alles so nicht geplant hat. Dass er den Rauscher bis vor Kurzem gar nicht gekannt hat und ab und an gern in den Hirschen kommt.

Michi schaut mich von der Seite an und versteht jetzt, woher ich den Maier kenne. Obwohl »kennen« zu viel gesagt ist.

Der Maier war ein paarmal Gast bei uns. Schweinsstelze und ein dunkles Weizenbier. Mehr nicht. An seine Bestellung kann ich mich in genau diesem Moment erinnern, warum auch immer. Er war stets allein da, ohne Begleitung, weder mit Mann noch mit Frau. Auf was der Herr Rechtsanwalt eben so steht.

Wir müssen keine weiteren Fragen stellen. Der Maier redet, redet und redet. Bis er nicht mehr reden kann, bis er nicht mehr weiterweiß und sich entschuldigt. Dass das mit dem Rauscher keinesfalls gegen mich gerichtet sei, dass es einfach sein Job sei, das sei alles.

Ich glaube ihm. Irgendwie zumindest.

Dann stehe ich auf und gebe Michi, die in der letzten halben Stunde kein Wort gesagt hat, ein Zeichen mitzukommen. Ich bedanke mich bei Hans Maier, entschuldige mich für die Unannehmlichkeiten, die wir ihm mit Sicherheit bereitet haben, und verlasse mit meiner Schwester die Kanzlei. Wortlos gehen wir an der Assistentin vorbei, verabschieden uns nicht und lassen demonstrativ die Tür ins Schloss fallen.

Und während wir die Getreidegasse entlanglaufen, an den vielen Geschäften mit den Messingschildern vorbei und durch die Menschenmenge hindurch, greift Michi in ihre Tasche, zieht ihr vibrierendes Smartphone hervor und blickt auf das Display. Dann gibt sie mir das Handy, und ich lese die Nachricht laut vor:

> *»Hat das Spiel schon begonnen? Sagt ihr es mir! Der Makartsteg wäre ein guter Platz für eine Antwort auf die Frage.«*

Ich hole tief Luft, will nicht, dass die Welt vor mir beginnt zu verschwimmen. Doch ich kann den Prozess nicht mehr aufhalten. Alles dreht sich, windet sich, wehrt sich. Will nicht mehr angefasst und berührt werden. Die Welt entgleitet mir, der Boden ebenso. Nur die starken Hände meiner Schwester halten mich noch aufrecht, im Gleichgewicht. Alle gegen einen, alle gegen die Schwerkraft, alle gegen mich.

»Du schaffst das«, flüstert Michi mir ins Ohr und manövriert

mich durch die Touristen in Richtung Griesgasse. Zum Ferdinand-Hanusch-Platz, wo die Busse bereits auf ihre Fahrgäste warten und die Taxis parken, um Menschen von A nach B zu bringen. Über die Straße, egal, ob die Fußgängerampel Grün oder Rot zeigt, immer weiter gehen wir. Bis zum Makartsteg, auf dem sich wiederum Hunderte von Menschen drängeln. Straßenmusikanten an beiden Enden. Wilder Jazz aus einem weit entfernt klingenden Saxofon, eine harmonische Pianomelodie in meinem linken Ohr. Was zum Teufel ist hier los?, frage ich mich und kann mich nicht mehr konzentrieren. Spüre nur den sanften Händedruck zwischen meinen Schulterblättern und habe das Gefühl, das alles hier so ähnlich schon einmal erlebt zu haben.

Leider.

12

Und jetzt stell dir vor, du hörst nur ein Rauschen. Ein durchgehendes helles Rauschen, das aus der Telefonleitung kommt. Das dich umhüllt und nie mehr loslässt. Und der Maier, wie er mit zitternden Fingern den schwarzen Telefonhörer in der Hand hält. Er greift nach einem Zettel, einem Stift, der auf dem äußersten Eck seines großen Schreibtischs liegt, fahrig, während sein Blick immer wieder auf die angelehnte Bürotür fällt. Jede Sekunde rechnet er damit, dass wieder jemand hereinkommt, sich Zugang zu seinen heiligen Räumen verschaffen wird. Dass jemand die Tür auftreten, »Hände hoch!« schreien und er genau das tun wird: die Hände nach oben halten und sich langsam unter seinem riesigen Holztisch aus feinstem Mahagoni verkriechen. Bis das alles endlich vorbei ist, endlich ein Ende gefunden hat.

Doch nichts dergleichen geschieht. Und auch nichts anderes. Bis auf die frei hängenden Fensterläden, die vom leichten Sommerwind gegen die Hauswand geschlagen werden, ist nichts zu hören. Und dem Rauschen im Telefon, dem unergründlichen hellen Rauschen, das Stunden zu dauern scheint. Dabei hat der Maier erst vor drei Sekunden abgehoben.

»Hallo?«, fragt er kurzatmig.

Zuallererst nichts, dann: »Maier, ich habe Sie gewarnt.«

»Aber –«

»Habe ich Sie gewarnt, oder nicht?«

»Ja, ja, natürlich.«

»Warum halten Sie sich dann nicht an unsere Abmachung?«

»Was meinen Sie damit?«

»Ich hatte gesagt, Sie sollen die Füße stillhalten. Mit niemandem reden. Und dann das. Nicht einmal eine Stunde später. Sind Sie irre oder einfach nur dumm?«

Der Maier stammelt: »Ich hatte keine Wahl, ich konnte nicht anders. Da war plötzlich der Hofer, stand mit seiner Schwester in meinem Büro und bedrängte mich.«

»Welche Fragen hat er Ihnen gestellt?«

»Fragen über den Rauscher.«

»Und Sie haben ihm Auskunft gegeben?«

»Nicht wirklich«, lügt er.

»Was soll das heißen?«

»Ich habe ihm nur den groben Sachverhalt bezüglich des Falls meines Klienten dargelegt. Nicht mehr, nicht weniger.«

»Und er hat Sie unter Druck gesetzt?«

»So wie Sie.«

»Treiben Sie es nicht zu weit, Maier. Sie stehen auf dünnem Eis.«

»Was wollen Sie überhaupt von mir?«

»Wir müssen uns treffen.«

»Nein. Ich kenne Sie ja nicht einmal.«

»Kommen Sie heute gegen zwanzig Uhr zum Unipark im Nonntal. Allein, versteht sich.«

»Warum sollte ich das tun?«

»Weil Sie es ansonsten bereuen werden.«

»Was wollen Sie damit sagen?«

Der Rechtsanwalt kann seinen Satz gerade noch beenden,

bevor da dieses Geräusch ist. Das Geräusch eines faustgroßen Steines, der durch das halb geöffnete Fenster seines Büros kracht. Das Glas zerfällt in eine Vielzahl von Scherben, der Maier lässt den Hörer fallen und wirft sich laut schreiend auf den Boden. Es dauert ein paar Sekunden, bis er sich wieder gefangen hat. Er greift nach dem Hörer, der neben ihm auf dem Parkett gelandet ist, und bemerkt, dass der unbekannte Anrufer noch immer in der Leitung ist. Sein Blick trifft den Stein. Keine Nachricht, nichts. Aber eine unausgesprochene Drohung.

»Heute um zwanzig Uhr, Unipark, verstanden?«, wiederholt die rauchige Stimme, und der Maier nickt. »Ob Sie mich verstanden haben, habe ich gefragt!«

»Ja, ja, das habe ich. Ich werde da sein, versprochen.« Dann das Besetztzeichen im Ohr vom Maier, der Anrufer hat aufgelegt. Der Rechtsanwalt lehnt sich mit dem Rücken an den kleinen schwarzen Bürocontainer, der neben ihm steht, und atmet tief durch.

In was ist er da bloß hineingeraten? Und vor allem: Wie kommt er da wieder raus? Das darf doch alles nicht wahr sein!

Er muss noch einmal mit dem Hofer sprechen, bevor er zu dem dubiosen Treffen am Abend geht. Irgendetwas liegt da in der Luft. Und er muss herausfinden, was es ist.

Rauscher. Hofer. Unipark. Und der Maier am Boden. Wie er nachdenkt.

Und einen Entschluss fasst.

13

Währenddessen: Laufe ich wieder aufrecht. Habe mich und meine Balance wiedergefunden. Renne vorbei an Japanern, Franzosen, Italienern. Vorbei an Touristengruppen mit Regenschirmen und Sonnenschutz. Vorbei an Souvenirshops und an Laternenpfähle angebundenen Hunden, die leider draußen bleiben müssen.

»Michi, wir müssen reden«, sage ich und ziehe sie in eine Seitengasse.

»Das ist jetzt wohl der ungünstigste Zeitpunkt, um zu reden!«, ruft sie mir zu. Sie versucht, sich meinem Griff zu entwinden, schafft es aber nicht.

»Du tust mir weh«, jammert sie, doch ich habe kein Erbarmen mit ihr. Ziehe sie weiter an ihrem Arm in Richtung Mirabellplatz und hinter das Salzburger Landestheater, wo wir ungestört reden können.

»Dieser Irre hat uns auf den Plan gerufen, Andi. Wir haben keine Zeit«, begehrt sie auf.

»Wir müssen uns kurz unterhalten, Michi, bitte.« Sie sieht meinen flehenden Blick, hat keine andere Wahl mehr, kennt den Gesichtsausdruck von früher. Sie weiß, dass etwas wirklich wichtig ist, wenn ich so schaue. Nie würde ich alles in die Waagschale werfen, ginge es nicht quasi um Leben und Tod.

Sie steht nur ein paar Zentimeter von mir entfernt, sodass ich leise sprechen kann und sie mich trotzdem versteht.

»Ich bin … Ich habe …«, beginne ich zu stottern.

Sie sieht mir tief in die Augen, packt mich fest an den Schultern und schüttelt mich, dass mein ganzer Körper bebt. Dann gibt sie mir eine Ohrfeige. Leicht nur, die Berührung, aber effektvoll. Ich starre sie an, ein paar Sekunden ohne Gedanken, dann spüre ich das Blut, das mir in den Kopf schießt. Also alles wieder auf Anfang, jetzt.

»Danke«, stammle ich.

»Wofür?«, fragt sie. »Das wollte ich schon immer mal machen.« Ein kurzes Lächeln, das ihre Lippen umspielt und auch mich einen Moment lang auflachen lässt. »Was willst du mir also erzählen?«

»Dass …« Ich stottere erneut, versuche, mich zu konzentrieren. »Dass ich wissen muss, ob du mir etwas verheimlichst«, sage ich schließlich bestimmt. Neue Strategie, anderes Thema.

»Was?« Michi schaut mich fassungslos an.

»Gibt es etwas, das du mir erzählen musst?«, hake ich nach.

Sie wendet ihren Blick nicht von mir ab. »Willst du damit sagen, dass ich lüge und uns absichtlich in Gefahr bringe?«

Ich antworte nicht, weiß, wie die Dinge stehen, wie meine Worte für sie klingen müssen. Unverschämt, egoistisch.

»Das habe ich nicht gemeint. Aber …«

»Aber was?«

»Das weißt du ganz genau.«

Sie räuspert sich, ihre Augen funkeln stechend. Als müsste sie nie blinzeln. »Ich weiß, dass du in der Vergangenheit einiges wegen mir auf dich nehmen musstest. Du hast recht, ich war nicht immer ehrlich zu dir. Aber bitte glaube mir: Ich bin ein anderer Mensch geworden. Die Sache mit dem Michalski und dem Rauscher hat mich erkennen lassen, dass nicht alles nur ein Spiel ist. Dass aus manchen Dingen bitterer Ernst werden kann. Ich weiß das alles jetzt, ich bin kein Kind mehr, auch wenn du immer noch das Bild des kleinen Mädchens von mir hast, das von der Gasteiner Oma zum Befolgen irgendwelcher Benimmregeln genötigt wird. Tu das, mach das, aber richtig und nicht so, wie du es willst. Bitte tu mir einen Gefallen und sieh mich als diejenige, die ich heute bin: eine eigenständige Frau, die die Vergangenheit hinter sich lassen und neu anfangen will.«

Sie hält inne, ist außer Atem. Wirkt, als hätte sie diese Ansprache schon lange vorbereitet. Als hätte sie sich das Ganze endlich von der Seele reden können, als wäre ihr ein Stein vom Herzen gefallen und so weiter. Ich merke es an ihrer Körpersprache, ihren Schultern, ihrem Blick. Dass sie sich gerade von einer großen Last befreit hat, dass es ihr nun besser geht. Ich atme tief durch und umarme sie kurz.

»Und ja«, sagt sie dann. »Es hat da zwischendrin einen Typen gegeben, mit dem es schon wieder aus ist. Aber ich glaube nicht, dass er der Erpresser ist.«

»Was macht dich da so sicher?«

»Er kam aus Neuseeland. Ein Backpacker auf der Durchreise, der vor zwei Wochen wieder in Richtung USA abgereist ist. Ein One-Night-Stand, nicht mehr.«

Der letzte Satz ist ihr peinlich vor mir, ihrem Bruder. Ich merke es an ihrem Tonfall, erspare mir jede Wertung. »Verstehe«, sage ich nur.

Sie schaut mich erneut eindringlich an. »Und du? Was wolltest du sagen? Komm schon, raus damit. Wir dürfen keine unnötige Zeit verlieren.«

Ich denke nach, ringe um Worte, bis ich nach einer Weile sage: »Ich habe keine Ahnung, was der Irre beabsichtigt, aber wir dürfen dem Baum und der Polizei vorerst nichts von ihm und seinen Drohungen verraten. Es ist wichtig, dass das unter uns bleibt.«

»Warum? Ich verstehe dich nicht mehr«, sagt sie. »Du benimmst dich echt komisch. Trotz der zugegebenermaßen ebenfalls komischen Umstände.«

»Es geht um den Bundschuh, um den Manager vom Rauscher. Ich habe keine Ahnung, wer ihn umgebracht hat, aber –«

»Der Bundschuh ist tot?«, ruft die Michi plötzlich laut, schrill. »Woher weißt du das?«

Ich beschwichtige sie, bedeute ihr mit einer Geste, dass sie leiser sprechen, dass unser Gespräch nicht jeder mitbekommen soll. »Ich weiß es eben. Und ja, der Bundschuh ist mausetot. Und sollte die Polizei je seine Leiche finden, werden die Beamten meine Fingerabdrücke an ihm sicherstellen und sie bis zu mir zurückverfolgen können. Meine Daten sind wegen der Sache mit dem Rauscher hinterlegt, sie sind im System gespeichert, die werden mich sofort zuordnen können. Ich bin der Letzte, der ihn gesehen hat. Tot zumindest.«

Michi schaut mich ungläubig an. Noch ungläubiger als vorhin.

»Du … ich …« Jetzt ist sie an der Reihe zu stammeln. Sie versucht, ihre Gedanken in Worte zu fassen, schafft es nicht.

»Vergiss das, was ich gesagt habe, Michi. Und glaube mir: Ich habe nichts Falsches getan. Ich wusste einfach keinen anderen Ausweg. Sobald es mir möglich ist, werde ich dir die ganze Geschichte erzählen, aber fürs Erste muss das reichen. Vertrau mir. Und bitte, das muss unter uns bleiben. Alles.«

Ich kann förmlich hören, wie sie die Angst hinunterschluckt. Und sehen, wie sie nickt. »Klar. Klar, okay«, sagt sie.

Wieder packe ich ihren Arm und ziehe sie mit mir. Mitten durch ein Blumenbeet hindurch, Narzissen, Tulpen, Rosen überall, was ein paar missmutige Bemerkungen einiger Spaziergän-

ger zur Folge hat. Raus aus dem Mirabellgarten und über die Schwarzstraße, die grün blinkende Fußgängerampel weist uns den Weg.

Wir ignorieren die Menschen um uns herum, gehen zügig weiter, ohne etwas zu sagen, ohne miteinander zu kommunizieren.

Bis mich plötzlich ein Straßenzeitungsverkäufer anspricht. Ich ignoriere ihn zuerst, denke, dass er mir seine Zeitschrift andrehen will, die ich ihm im Monatsrhythmus abnehme und deren aktuelle Ausgabe ich bereits gekauft habe, was ich ihm sage. Doch er lässt nicht locker.

Mein Blick schweift über den Makartsteg, die Brücke, die zahlreichen Köpfe vor mir, ein einziges Gewusel, unüberschaubar, undurchdringlich, und dann wieder zurück.

Der Verkäufer geht immer noch neben mir und sagt auf einmal: »Herr Hofer, es ist wirklich dringend.«

Ich schaue ihn verblüfft an.

Die Michi öffnet erstaunt ihren Mund. »Ihr kennt euch mit Namen?«, fragt sie ungläubig.

»Nicht, dass ich wüsste«, entgegne ich.

Der Mann drückt mir einen Zettel in die Hand. Ohne etwas dafür zu verlangen, ohne Gegenleistung. »Alles Gute. Für Sie und Ihre Familie«, sagt er noch und geht seines Weges.

Ich schaue ihm nach, spüre das Papier auf meiner Handfläche, rau. Kann das alles nicht glauben. Und höre wieder das Piano von Weitem. Die Melodie rauscht durch meine Ohren und lässt mich an nichts anderes mehr denken als daran, wie verfahren und unwirklich diese Situation ist.

14

Lilly war immer schon eine Brave. Als sie noch bei ihren Eltern wohnte, während ihrer Ausbildung zur Krankenschwester. Von klein auf war für sie klar, dass sie später einmal Menschen helfen würde. Dass sie Gutes tun, unterstützen würde. In welcher Form auch immer, Hauptsache, hilfreich.

So dachte sie früher. Und so denkt sie heute noch. Als sie an der Bushaltestelle vor dem Landeskrankenhaus sitzt und auf den nächsten Bus wartet, der, laut der rot blinkenden Digitalanzeige über dem Wartehäuschen, in drei Minuten kommen wird. Weil der Hofer nicht aufgetaucht ist, sie aber pünktlich wegwill. Sie denkt an den Hofer, seinen Anruf und an den kranken alten Mann auf Zimmer 107, der die nächste Nacht wohl nicht überleben wird, und an den Anruf ihres Bruders.

Sie denkt an Bob und Nonna und an den Baum. Wie sie sich aufopferungsvoll um den Hofer gekümmert haben. Wie schön das alles war, wie schön das alles ist. So denkt sie, während der Bus vorfährt und sie froh ist, einen Tag lang wieder Gutes getan, hilfsbedürftigen Menschen geholfen zu haben. Der Liebe sei Dank.

Bob am Zapfhahn. Das dritte Bier in Folge. Resignierter Gesichtsausdruck, müdes Lächeln. Die Nonna neben ihm, die ihm vehement auf die Schulter klopft.

»Hör endlich auf zu saufen, das bringt doch auch nichts«, sagt sie, aber Bob schüttelt den Kopf.

»It's all so difficult«, sagt er, seine Augen wandern von links nach rechts und wieder zurück, unstet. Seine Nervosität ist unübersehbar.

»Ihnen wird schon nichts passieren«, versucht die Nonna, ihn zu beruhigen, doch es hilft nicht.

Nichts hilft in diesem Moment, in dem Bob sich noch einmal die Geschehnisse der letzten Wochen und Monate vor Augen führt. Er ist sich sicher, dass der Hofer nicht jedes Mal glimpflich davonkommen, dass es irgendwann einfach ein Mal zu viel sein wird. Zu viel des Guten. Zu viel des Bösen. All das geht ihm durch den Kopf, als er sein Bier ex trinkt, es sich durch die Kehle laufen lässt. Ein unglaublich befreiendes Gefühl überkommt ihn plötzlich, auch wenn die Nonna nur einen verächtlichen Blick für ihn übrighat.

»Ihr Männer seid doch alle gleich«, schnaubt sie vor sich hin. »Kein Pragmatismus, keine rational gefällten Entscheidungen. In kritischen Situationen sauft ihr euch einfach weg. Wie mein Mann früher. Ihr seid alle Deppen.« Sie verlässt den Schankraum, immer noch leise vor sich hin schimpfend.

Bob stellt sein Glas ins Spülbecken und schaut besorgt durch das Fenster nach draußen in Richtung Salzach. Dunkle Wolken türmen sich über der Altstadt. In rasend schnellem Tempo ziehen sie übers Land. Genauso wie die metaphorischen Wolken in ihrem gemeinsamen Leben. Denkt Bob und will einfach nur helfen. So wie Lilly. So ist auch Bob. Deshalb mag er sie. Und macht sich Sorgen um sie. Und um den Hofer. Und um die Michi. Einfach um alle. Er will helfen.

Doch er weiß nicht, wie.

15

»Was steht auf dem Zettel? Jetzt sag schon!«

Die Michi neben mir, ihr Atem in meinem Ohr, wie sie nervös von einem Fuß auf den anderen tritt.

Ich schaue sie teilnahmslos an, bin eigenartig starr, merke es selbst, kann aber nichts dagegen tun.

»Ich will nicht«, stammle ich, und Michi reißt mir das kleine gefalzte Blatt Papier aus der Hand. Ich versuche, »Nein!« zu rufen, doch kein Laut dringt aus meiner trockenen Kehle. Das war's dann wohl mit mir, denke ich und schaue meiner Schwester zu, wie sie den Zettel auseinanderfaltet. Zu skurril ist der Moment, als dass uns seine Wichtigkeit bewusst ist, als dass wir ihn verarbeiten können.

Keiner von uns sagt auch nur ein Wort. Nach wie vor drängen sich die Touristen über die Brücken, die die Altstadt von Salzburg mit dem neueren Teil der Stadt verbinden. Über die Salzach hinweg quasi. Sie wandern an uns vorbei, beachten uns nicht, für sie sind wir Inventar dieser gleichzeitig gastfreundlichen wie abweisenden Stadt, die sie sich viel größer vorgestellt haben, als sie in Wirklichkeit ist.

So kommen wir uns in diesem Moment vor. Wie Statuen, wie Ausstellungsstücke, an denen ein »Nicht berühren!«-Schild hängt. Und wir sind froh darüber.

Vor allem, als Michi das Papier endlich auseinandergefaltet hat und wir auf das sichtlich in aller Eile Hingekritzelte blicken.

Wir wenden die Köpfe, schauen uns verwirrt an, weil wir die Nachricht nicht entziffern können, bis Michi den Zettel umdreht und plötzlich in aller Klarheit eine Mobilnummer zu lesen ist.

Nur diese Nummer, die unheimlicher nicht sein könnte: »0664 04012017«.

Die letzten acht Ziffern stehen für den 4. Januar 2017. Der Tag, an dem ich entführt wurde. Der Tag, an dem der Bundschuh starb. Der Tag, an dem …

16

Stell dir vor: Es ist schon wieder Sommer. Schon wieder Festspielzeit. Und schon wieder ist die Stadt voller Menschen, Autos, Neugierigen und Abgestumpften. »Jedermann« wird aufgeführt, der Verkauf von Mozartkugeln steigert sich in unermessliche Höhen, und der Rubel rollt. In jeder Hinsicht.

Und während der Tod dem Jedermann am Domplatz, mitten in der Stadt und bei einer der Aufführungen, die am helllichten Tage stattfinden, den Garaus machen will, wandert eine junge Frau einen Gehweg Richtung Hellbrunn entlang, immer der Sonne entgegen. Es ist ihr einziger freier Tag in der Woche. Sie arbeitet als Kellnerin und versucht nebenbei, ihr Studium voranzutreiben. Kunst, sie will später Malerin werden, eine bekannte, berühmte, erfolgreiche.

Deshalb ist sie auf der Suche nach Inspiration, nach der sogenannten Muse. Und während sie dahinläuft, denkt sie an nichts anderes als an wunderschöne Farben, an Kombinationen, die sich ergänzen und gegenseitig befruchten, an Symbole, Muster und Motive, die sie zu Hause auf ihre Leinwand zaubern könnte.

Stets muss sie nach draußen, um später drinnen wieder befreit arbeiten zu können. Dafür muss sie die Natur in sich aufsaugen und das Leben spüren. An all das denkt sie, während sie weiter in Richtung Süden geht. Bis sie vor einem Abhang steht, der in einer kleinen Steinplattform direkt an der Salzach endet. Manchmal wird sie zum Grillen und Feiern benutzt, aber in diesem Moment ist keine Menschenseele zu entdecken. Niemand da, der sie bei ihrer Suche nach Inspiration stören, der sie ablenken könnte.

Schritt für Schritt steigt sie nach unten, drängt sich durch das saftige Grün der Blätter, rutscht kurz aus, kann sich aber an einem dünnen Stamm festhalten. Ein paar Augenblicke später steht sie auf dem Plateau, die Sonne auf ihrem Gesicht, das Wasser vor sich.

Sie bemüht sich, ihre Gedanken nicht zu sehr abdriften zu lassen, hatte sie in letzter Zeit doch immer wieder Probleme mit ihrer mentalen Stärke. Depressive Schübe, so würde man das heutzutage nennen, hat ihr ein befreundeter Psychologe erklärt. Und dass man dagegen vorgehen müsse, sollten diese Phasen häufiger und schlimmer werden. Dass man sie keinesfalls übersehen dürfe, diese Symptome, die einen im Alltag einschränken. Genau deshalb macht sie seit Kurzem diese Spaziergänge. Um den Kopf frei zu bekommen, um in ihm drin quasi wieder Klarschiff zu machen.

Sie entledigt sich ihrer Schuhe, setzt sich im Schneidersitz auf den von der Sonne erhitzten Stein, schließt die Augen und beginnt zu meditieren. Zeigefinger und Daumen ihrer Hände aneinandergepresst, murmelt sie: »Mein Name ist Gaby. Gaby Mühlheimer. Heute ist ein schöner Tag, die Sonne scheint, die Vögel singen, der Fluss rauscht. Ich bin Gaby, und mir geht es gut.«

Sie wiederholt die Sätze mehrfach, mantrahaft, bis sie plötzlich einen seltsamen Geruch wahrnimmt. Ihr widerstrebt es, jetzt die

Augen zu öffnen, ihre selbst geschaffene Trance zu beenden, doch der Gestank wird von Sekunde zu Sekunde stärker.

Ein letztes Mal sagt sie die Worte und schlägt dann die Augen auf. Und wünscht sich sofort, es nicht getan zu haben.

Im gleichbleibenden Rhythmus schwappt vor ihr die Salzach über die Steinkante und benetzt ihre nackten Zehen. Nur zehn Zentimeter vom Ufer entfernt: der Kopf einer toten Frau an der Wasseroberfläche. Er ist in eine Art Backpapier eingewickelt, das jedoch an verschiedenen Stellen eingerissen ist, weil das Gesicht aufgedunsen ist. Sie erkennt die gebrochene Nase, die weißen Lippen, das Profil einer höchstwahrscheinlich ehemals sehr schönen Frau, dann wird mit der nächsten Welle der gesamte Körper sichtbar. Auch er eingehüllt in das halb transparente Material, auch er bleich wie Schnee, auch er: tot.

Es dauert ein paar Augenblicke, bis Gaby Mühlheimer versteht, was sie sieht. Bis sie aufspringt, sie am ganzen Leib zu zittern beginnt und laut schreit. So lange, bis ein Radfahrer, der soeben den Waldweg hinter ihrem Meditationsplatz entlangfährt, sie hört und zu ihr eilt. Und zu einer toten Frau, die Gaby Mühlheimer mit aller Kraft aus dem Wasser auf das Steinplateau gezogen hat. Während sie schrie. Angst mache stark, hat der Psychologe schon häufiger zu ihr gesagt. Sie lässt sich in die Arme des Mannes fallen, der plötzlich hinter ihr aufgetaucht ist. Radhelm, dunkle Augen, schwarze Haut. Das nimmt sie noch wahr, als sie weinend zusammenbricht.

»Don't worry, I call emergency«, hört sie ihren Retter leise sagen, dann wird alles um sie herum schwarz. So wie der Mann, der sie hält, denkt sie noch und muss ob des rassistischen Gedankens in dieser unpassenden Situation lächeln.

Bob lässt die Frau behutsam auf den Steinboden gleiten, spritzt ihr Wasser ins Gesicht, zieht sein Handy aus der Tasche und wählt den Notruf.

17

Die Tote aus Salzburg.

Die Schlagzeile, die überall im Internet kursiert. Alles ist so schnell gegangen, ist auf einmal ins Rollen gekommen. Bob, der die Rettung verständigte, dann die Polizei, die eintraf. Die Sekunden, bis Gaby Mühlheimer wieder zu sich kam. Oder waren es doch Minuten? Bob kann sich nicht mehr daran erinnern, obwohl es gerade erst geschehen ist.

Das Blaulicht, das ohne Vorankündigung da ist, das Martinshorn, überall zu hören. Eine um sich schlagende Gaby Mühlheimer, die die wahnsinnigen Bilder wieder loswerden will, die sich in ihr Gehirn gebrannt haben. Bob, der sie zu beruhigen versucht, der den Sanitätern hilft, sie auf eine Bahre zu hieven, der einem Mann von der Gerichtsmedizin zur Hand gehen will, aber von ihm fortgeschickt wird. Keinesfalls sollen sich mehr Menschen als unbedingt nötig in der Nähe der Leiche aufhalten. Dieser armen Frau, deren Todesursache er herausfinden muss.

Währenddessen beginnt im Internet ein Hype. Verschwommene Fotos vom Fundort der Leiche kursieren. Auf manchen ist Bob zu sehen, von hinten, nicht zu erkennen, es sei denn, man weiß um seine Körperhaltung und seinen sportlichen Nacken, schwarz wie die Nacht. Spekulationen machen die Runde. Die Frage, ob jemand vermisst werde, ob es sich bei der Leiche um jemand Bekannten handle, vielleicht sogar um einen prominenten Gast, der gerade die Salzburger Festspiele besucht hat. Wilde Gerüchte entstehen, binnen Minuten ist das Netz voll mit Verschwörungstheorien rund um die Wasserleiche, die Tote aus Salzburg. Es ist lange her, dass das letzte Mal eine Leiche in der Stadt gefunden wurde. Dazu kommt das Mysterium ihrer Identität und der Todesursache. Die Kommentare häufen sich, die Meinungen driften auseinander. Alles geht so schnell, und auf einmal weiß ganz Salzburg Bescheid.

Und alle wissen es natürlich besser. Das restliche Leben hört für kurze Zeit auf zu existieren. Alles konzentriert sich auf eine Sache, auf diese eine tote Frau, die so plötzlich aufgetaucht ist. Und an die Bob denken muss, während er auf der eisernen Pritsche im Fond des Rettungswagens sitzt und ihre Hand in seiner hält. Als er sie kurz loslassen wollte, hat Gaby Mühlheimer seine Finger gepackt und sie fest zusammengepresst. So sitzt er also und liegt sie nun da, nebeneinander, ihre müden Augen sehen in seine weit aufgerissenen. Mit einem leisen Dankeschön im Blick, das er bemerkt, das ihm guttut, nach allem.

Kurz ist da ein anderer Gedanke als der, der ihn seit ein paar Stunden wieder verfolgt. Kurz ist da ein anderes Leben, das nichts mit dem Hofer zu tun hat. Aber diese Wahrnehmung verfliegt schon wieder, denn eigentlich hat sich nichts geändert. Wieder Mord und Totschlag. Wieder Verzweiflung, Tränen und Unruhe. Wieder ein Mensch, der gebrochen auf einer Bahre liegt und sich kaum mehr bewegen kann. Und ein weiterer, der gerade abtransportiert wird. Tot. Für immer.

Und ewig.

Bob kämpft mit den Tränen. Dann weint er.

Gaby Mühlheimer sieht seine Reaktion nicht mehr. Denn Gaby Mühlheimer ist bereits eingeschlafen. Beruhigungsmittel.

18

»Hast du etwas von Bob gehört?«

Nonnas wütende Stimme am Telefon. Ich, wie ich mich nicht konzentrieren kann, ihre Frage nicht verstehe.

»Was …? Wie …? Nein, ich denke nicht, warum?«, stammle ich.

Das obligatorische Schnauben einer unzufriedenen Nonna. Dann sagt sie: »Er wollte nur kurz weg, um ein paar Sachen einzukaufen. Mit seinem Fahrrad. Das ist jetzt schon eine Stunde her, er ist nicht zurückgekommen, sein Dienst hat längst begonnen. Ich habe allein aufgesperrt, weil ich nicht wusste, was ich ansonsten tun sollte. Per Telefon ist er auch nicht zu erreichen. Das passt nicht zu ihm. Irgendetwas muss passiert sein.«

»Das muss es nicht, Nonna«, sage ich, denke aber genau wie sie. Es scheint unser aller Alltag geworden zu sein, dass einfach immer irgendetwas passiert. Etwas, das wir nicht wollen, das niemand will. So ist das Leben, hat unsere Gasteiner Oma früher stets gesagt. Ich war damals der Meinung, dass sie eine negative Einstellung zum Leben hat, aber wahrscheinlich hat sie recht gehabt. Heute würde ich ihre Worte bestätigen, denn genau so ist das Leben.

»Du weißt, dass Bob immer erreichbar ist. In einer schwierigen Situation wie dieser geht er nicht einfach nicht ans Telefon.«

Ich nicke, was die Nonna natürlich nicht sehen kann, und schlucke meine Angst hinunter, die sich Stück für Stück wieder in meinem Inneren ausbreitet. Nur darauf wartet, auszubrechen, wild um sich zu schlagen und mir mit aller Gewalt den Rest zu geben.

»Hofer? Bist du noch dran?«, fragt sie ungeduldig.

»Ja, ja«, flüstere ich. Und: »Ich werde versuchen, ihn zu erreichen. Könntest du eventuell in der Zwischenzeit …?«

»Ja, klar«, seufzt sie, »mach ich.« Sie wird Bobs Arbeit übernehmen, wird den Hirschen schmeißen. Wenn es sein muss, auch allein.

»Ich kann dir nicht genug danken, Nonna. Für alles.«

Sie atmet laut in den Hörer und sagt dann: »Du musst mir nicht danken. Passt nur auf euch auf. Ich hoffe, der Irrsinn hat bald ein Ende. So kann es nicht weitergehen.«

»Wem sagst du das?«, entgegne ich.

Und sie: »Ich weiß, dass du dir das nicht ausgesucht hast. Trotzdem.«

»Ich verspreche, dass ich alles dafür tun werde. Aber was dabei herauskommt, steht in den Sternen.«

Die Nonna schnauft, ich auch. Dann legen wir auf.

Michi steht ungeduldig neben mir.

»Was ist jetzt schon wieder?«, fragt sie, doch ich habe keine Kraft mehr, um ihr zu antworten. Meine Augen suchen angestrengt nach einer Sitzmöglichkeit. Ein Stein, ein Geländer, irgendetwas. Meine Beine beginnen automatisch, in Richtung einer

freien Parkbank zu gehen, nur ein paar Meter entfernt. Jeder Schritt ist ein Kraftakt, alles schmerzt, alles vibriert. Ein eigenartiges Gefühl legt sich auf meinen gesamten Körper, und mit letzter Energie schleppe ich mich zu dieser Bank, setze mich hin und blicke auf die kleinen Wellen, die die Salzach an manchen Tagen so rau und unfreundlich machen.

Ich spüre Michis Anwesenheit, wie sie sich neben mich setzt, ihren Arm an meinen drückt, dieselbe Körpersprache, dieselbe Situation. Wie wir wortlos nebeneinandersitzen und beide nicht wissen, was wir tun können. Wie wir keine Ahnung haben, wie das alles weitergehen soll und warum.

Michi traut sich als Erste, die Frage auszusprechen: »Und jetzt?«

Ich zucke mit den Achseln.

»Sollen wir die Mobilnummer anrufen?«

Wieder zucke ich mit den Achseln und sage dann: »Was bleibt uns schon anderes übrig?«

»Vielleicht sollten wir einfach abhauen. Jetzt, auf der Stelle. In irgendeinen Zug steigen und durchbrennen.«

»Und was soll das bringen?«

»Zumindest wären wir dadurch aus der Schusslinie. Vielleicht muss man verschwinden, damit alles wieder besser wird.«

»Daran glaube ich nicht.«

»Warum nicht?«

»Weil die Realität nicht so einfach funktioniert. Man muss nur zur falschen Zeit am falschen Ort sein, das genügt, um ins Fadenkreuz von irgendwelchen Irren zu kommen. Und wo der falsche Ort ist, darauf haben wir keinen Einfluss. Wir dürfen jetzt nicht wegrennen, Andi. Wir dürfen uns von dieser Situation nicht fertigmachen lassen.«

»Du hast leicht reden.«

»Meinst du etwa, mir macht das Spaß? Meinst du, dass es leicht für mich ist, zu wissen, dass ich dich in diese Lage gebracht habe?«

»Das warst du nicht allein, Michi. Und du hast recht mit dem, was du über die Realität gesagt hast. Aber mir geht's gerade nicht gut.« Ich nehme ihre Hand.

»Mir tut's auch leid. Wir dürfen uns jetzt nicht auch noch gegenseitig aufhetzen. Wir müssen einen klaren Kopf bewahren, rational denken, dürfen uns nicht aus dem Konzept bringen lassen.«

»Das klingt so einfach ...«

»... ist es aber nicht.«

Ich lache kurz auf.

Und die Michi sagt: »Hättest du dir jemals träumen lassen, dass sich die alten Sprüche von der Oma so in unser Gedächtnis eingebrannt haben? Dass wir sie jetzt, in den unpassendsten Momenten, nachplappern? Die Alte hat uns geprägt.«

»Irgendwie schon«, antworte ich und spüre Michis Händedruck, der von Sekunde zu Sekunde fester wird.

»Was ist jetzt?«, fragt sie. Ich ziehe mein Handy aus der Tasche, blicke auf die Nummer auf dem Zettel, tippe die Ziffernfolge ein und drücke den grünen Button, um die Verbindung herzustellen.

Michis Augen, die auf mich gerichtet sind. Angespannt, konzentriert, ängstlich ist sie. Genauso wie ich mich in diesem Moment fühle. Als das Freizeichen ertönt.

Einmal. Zweimal. Dreimal. Viermal.

Ich will schon auflegen, da knackt es in der Leitung.

Eine grelle Stimme sagt: »Na, endlich. Ich habe schon gewartet.«

19

Früher waren wir mal Kollegen. Der Baum und ich. Bei der Polizei in Gastein. Ein Leben für Recht und Ordnung und der ganze Quatsch. Das hat uns geeint, hat uns zusammengeschweißt, zu besten Freunden gemacht, auf Lebenszeit.

Ähnlich verlief es ja auch mit Bob. Wie schon beschrieben: direkt aus dem Senegal geflüchtet, keine Bleibe, keine Arbeit, keine Zukunft, einsam. Eines Tages stand er verwahrlost vor der Tür in Bad Gastein. Meine Großmutter bat ihn herein, gab ihm zu essen, unterhielt sich mit ihm. Ein bisschen Englisch, ein bisschen Deutsch. Aber meine Oma verstand ihn, irgendwie. Ein paar einzelne englische Worte, die sie in der Zeitung oder im Fernsehen aufgeschnappt hatte. Sie konnte sich die Bedeutung zusammenreimen, sich ein Bild machen, was dieser schwarze Junge erlebt haben, wie weit sein Weg ins hinterste Gasteiner Tal gewesen sein musste.

Michi hat sich immer schon gut mit den beiden verstanden. Mit Franz Ferdinand Baum und mit Bob. Unterschiedlicher können Menschen gar nicht sein, obwohl sie sich gleichzeitig wieder ähneln. Sich mögen und wertschätzen. Vom Alltag des anderen verstehen sie nicht wirklich viel, sind in komplett unterschiedlichen Lebenswelten aufgewachsen. Der eine: behütet, umsorgt, geliebt. Der andere: benutzt, vertrieben, vergessen.

20

So verschieden sind die Charaktere, die sich jetzt in dem Krankenzimmer versammeln. Umso schöner ist es, dass sie sich in die Arme fallen, sich herzen, sich gegenseitig durch die Haare fahren, ein Lächeln im Gesicht.

»Was machst du nur für Sachen?«, fragt der Baum. »Weiß der Hofer schon davon?«

Bob winkt ab: »*No, no, and please don't tell him.* Er hat *enough* eigene Probleme. Eigentlich müsste ich *at work* sein.«

»Die Nonna wird den Laden schon schmeißen. Und der Hofer wird trotzdem bald Wind davon bekommen, auch wenn ich schweige. Die Onlinemedien berichten schon über den Vorfall, die Abendzeitungen werden ›Die Tote aus Salzburg‹ als Aufmacher bringen. Auf ein paar Paparazzifotos bist du zu sehen. Aber nur von hinten, keine Sorge«, sagt der Baum und boxt Bob mit der rechten Faust auf seine linke Schulter.

»Really?«, fragt Bob ungläubig.

»Du bist quasi ein Held.«

»Why?«

»Weil du eine Frau gerettet hast, die eine Leiche gefunden hat und die ohne dich wahrscheinlich ebenso als eine solche geendet wäre. Den Ärzten zufolge war der Zustand von Gaby Mühlheimer direkt nach der Einlieferung ins Krankenhaus ziemlich kritisch. Sie leidet an Kammerflimmern, und ihre Bewusstlosigkeit hat die Herzfunktion massiv beeinträchtigt. Du warst also zur richtigen Zeit am richtigen Ort.«

Bob seufzt, sagt: *»I don't know.«*

Und der Baum: »Aber ich. Es ist so. Du hast der Dame das Leben gerettet, und dafür wird sie dir auf Ewigkeit dankbar sein.« Der Baum zwinkert, irgendwie unpassend.

»I still don't know«, erwidert Bob.

Und dann sitzen sie beide da. Der eine auf dem Besucherstuhl, der andere aufrecht in seinem provisorischen Krankenbett, das die diensthabenden Schwestern rasch für ihn vorbereitet haben, damit er sich ausruhen kann. Um Kraft zu tanken nach dem Erlebten. Zum Glück hat er selbst keine Verletzungen davongetragen.

Nach ein paar Sekunden fragt Bob: *»Where is Andi?«*

Der Baum erwidert: »Ich weiß es ehrlich gesagt nicht. Ich kann ihn nicht erreichen.«

»You called him?«

»Ja, aber wegen einer anderen Sache. Er hat nicht abgehoben. Wahrscheinlich stromert er mit Michi durch die Stadt. Auf der Suche nach diesem Typen, der ihr komische Nachrichten schickt. Bestimmt bringen sie sich dabei noch stärker in Gefahr.«

»Not good.«

»Überhaupt *not good*«, sagt der Baum und scheint angestrengt nachzudenken. »Aber wir werden sehen. Ich muss mich jetzt wieder um die Tote aus Salzburg kümmern. Die Polizei hat ein großes Team zusammengestellt, um Licht ins Dunkel zu bringen. Versprich mir, Nonna kurz Bescheid zu geben, dass du wohlauf bist. Und versuch, den Hofer zu erreichen, okay?«

»*Will do.*«

»Und halte mich auf dem Laufenden.«

»Du mich aber auch.«

Der Baum schmunzelt. »*I'm loving it*, wenn du Deutsch sprichst.«

Nun muss auch Bob lachen. »Ja, ja«, sagt er, als der Baum das Zimmer verlässt. Er lehnt sich zurück, gegen das hochgestellte Kopfteil. Seine schwarze Haut auf dem weichen weißen Polster, seine dunklen Augen müde. Er beobachtet, wie sich die Tür schließt, wie sich das Licht plötzlich verändert, dann fallen ihm die Lider zu.

Binnen Minuten schläft Bob selig.

21

»Wer zum Teufel sind Sie?«

»Das tut nichts zur Sache.«

»Das tut es sehr wohl.«

»Für Sie vielleicht.«

»Was ist denn das für eine Antwort?«

»Die richtige.«

»Sie sind doch irre.«

Ich sehe Michis wild fuchtelnde Arme neben mir. Wie sie mir bedeutet, dass ich mich zusammenreißen, dass ich diesen Unbekannten nicht beleidigen soll. Weil wir nicht wissen, was auf uns zukommen, was uns dieser Verrückte noch antun wird.

»Das glaube ich nicht«, antwortet die verzerrte Stimme am anderen Ende der Leitung. Ich kann nicht erkennen, ob es sich dabei um die eines Mannes oder einer Frau handelt. Sie klingt seltsam körperlos, fast asexuell.

»Aber was wollen Sie von uns?«

»Nicht viel.«

»Und das wäre was?«

»Vergeltung üben.«

»Wofür? An wem?«

»An der ganzen Menschheit.«

»Jetzt werden Sie aber langsam wirklich ein wenig albern.«

»Das Lachen wird Ihnen schon noch vergehen.«

»Ich lache nicht. Ich finde nur keinen Weg, zu Ihnen durchzudringen. Zu verstehen, was Sie wollen. Können Sie meine Verzweiflung nicht nachvollziehen? Ich habe zu viel erlebt in den letzten Wochen und Monaten, zu viel Schlimmes gesehen, durchgemacht ...«

Michi klopft mir vehement auf die Schulter, will nicht, dass ich der Erpresserstimme mein Herz ausschütte, verständlicherweise.

Aber es geht nicht anders, niemand hält mich noch auf, alles muss raus. »... und jetzt kommen Sie mit Ihren bescheuerten Briefchen und Nachrichten und einer noch bescheuerteren Schnitzeljagd daher. Finden Sie das etwa komisch? Sind Sie so leicht zu unterhalten? Ist es das, was Sie wollen? Sich auf Kosten anderer Menschen amüsieren? Wenn dem so ist, dann sind Sie nichts anderes als armselig. Dann tun Sie mir aufrichtig leid.«

Ich spüre den nachlassenden Druck auf der Schulter, sehe die resignierte Hand von Michi, die schleichend langsam von mir abfällt, die Anspannung, die aus ihrem Gesicht weicht. Weil in diesem Moment alles verloren ist, weil ich alles zerstört habe. Kein Wiederaufbau möglich, die Chance vertan.

Das alles lese ich aus ihrer Mimik, ihrer Gestik, ihrer Körpersprache, während ich mir weiterhin das Handy ans Ohr presse und zu hören meine, dass sogar das leise Atemholen des anderen verzerrt klingt. Das gleichmäßige, leicht gepresst wirkende Atmen.

Dann, ein paar Sekunden später, sagt der andere: »Geht es Ihnen nun besser?«

Die Frage, die wie aus dem Nirvana auf einmal da ist, ähnlich manifestationslos wie die Stimme, die sie ausgesprochen hat. Eine Frage, die eigentlich keine Antwort verdient, die man kommentarlos vorüberschweben lassen müsste. Doch ich kann nicht anders, muss das Gespräch aufrechterhalten, muss wissen, was hier gespielt wird.

»Ein wenig«, sage ich zerknirscht.

Leises Lachen ist zu hören. »Gut, dann können wir jetzt ja konstruktiv weiterreden.«

»Von mir aus. Also: Was wollen Sie?«

»Das sagte ich bereits: Vergeltung.«

»Und wie soll die aussehen? Und was für einen Grund hätte ich, mich auf Ihr Spiel einzulassen?«

»Ebenfalls wie gesagt: die Geschichte mit dem Bundschuh. Sie wird Ihnen nicht gefallen, den Medien und der Polizei in Salzburg aber umso mehr.«

»Welche Geschichte?«

»Das wissen Sie ganz genau.«

»Tue ich nicht.«

»Jetzt kommen Sie schon. Muss das wirklich sein?«

»Was denn?«

»Dass ich die ganze Sache am Telefon wiederkäue? Man weiß ja nie, wer alles mithört.«

»Das stört mich nicht«, sage ich. Weil ich in diesem Augenblick fest davon überzeugt bin, dass diese unbekannte Person nichts gegen mich in der Hand hat. Dass dieser Mensch nur ein paar Eckdaten kennt, die mir nicht schaden können.

»Na gut, Sie wollen es nicht anders. Ich weiß, dass Manfred Bundschuh, der Manager von Miroslav Rauscher, ermordet wurde. Ich weiß, dass Sie das wissen, weil Sie die Leiche im Kofferraum Ihres Wagens herumgefahren haben. Sie wollten sie loswerden und haben sie an einem abgelegenen Ort bei Bischofshofen ins Wasser geworfen. Auf dass sie nie gefunden wird, weil sich der Fluss an dieser Stelle vielfach teilt. Sie haben gehofft, dass das reißende Gewässer von der Leiche nicht mehr viel übrig lassen wird. Außer ein paar abgetrennte Gliedmaßen vielleicht, nach denen aber niemand suchen wird. So wie aktuell und auch unmittelbar nach diesem Vorfall. Weil sich die Behörden sicher sind, dass der Bundschuh sich abgesetzt hat. Mit ein paar Geldreserven vom Rauscher nach Argentinien oder sonst wohin. Ein cold case sozusagen. Denn so wird das gehandhabt bei der Polizei: Wenn niemand nachfragt, wird auch nicht nachgebohrt. Kluge Taktik

eigentlich. In den nächsten Stunden könnte ich jedoch gern dafür sorgen, dass sich das ändert und doch noch ein wenig nachgebohrt wird. Könnte der Polizei oder am besten gleich Ihrem Freund Baum ein paar Hinweise stecken, direkt und ohne Umwege. Was meinen Sie dazu? Soll ich das tun?«

Der Monolog, der ewig dauert. Die Sätze, die in meinen Gehörgängen widerhallen, die ich nie mehr vergessen werde. Die Haut, die sich an meine presst, Michis Wange an meiner. Wie meine Schwester jedes Wort mithört, ihr Mund sich von Satz zu Satz immer weiter öffnet, sie nicht fassen kann, was gerade geschieht.

Währenddessen ein Anruf nach dem anderen. Das Anklopfen. Ich nehme mein Handy kurz vom Ohr, blicke auf das Display. Bob. Der Baum. Und immer wieder Lilly. Zwölf entgangene Anrufe in der letzten halben Stunde. Ich habe kein Gefühl mehr für Gefahren, für Risiken, sehe nur mehr Tunnel ohne Licht am Ende und dunkle, meterhohe Wände, die ich niemals in meinem Leben erklimmen, geschweige denn überwinden werde.

Der Unbekannte reißt mich aus meinen depressiven Gedanken.

»Genug gehört?«, fragt er. Trotz der Verzerrung ist der widerliche Unterton in seiner Stimme deutlich herauszuhören.

Ich habe Gänsehaut. Am ganzen Körper. Schlucke und sage: »Was wollen Sie?« Zum wievielten Mal eigentlich?

Wieder dieses kehlige Lachen. »Gut so, jetzt können wir uns endlich wirklich unterhalten. Hätte nicht gedacht, dass Sie so starrsinnig sein würden, Herr Hofer. Dann geht's jetzt ans Eingemachte.«

»Und das wäre?«

»Sie wissen, dass Miroslav Rauscher in circa einer Stunde aus der Haft entlassen wird? Unfair?«

»Das geht mich nichts an.«

»Jetzt seien Sie doch nicht schon wieder so, Herr Hofer. Wir beide können doch offen miteinander reden. Ich weiß ganz genau, wie sehr Sie das beschäftigt. Und zu Recht! Es ist mehr als unfair, dass der Rauscher nach so kurzer Zeit wieder ein freier Mann sein wird. Nach all dem, was er Ihnen und Ihren Liebsten angetan hat.

Nachdem er Ihnen eine vorgetäuschte Entführung in die Schuhe schieben, Sie als Täter hinstellen wollte. Und Sie dabei auch noch fast verunglückt wären. Ich weiß das alles, ich verstehe Sie, aber Offenheit ist die Grundvoraussetzung für ein solches Gespräch. Trotz allem.«

»Na und? Was würde das ändern, wenn ich offen wäre?«

»Viel, Herr Hofer, sehr viel! Ich möchte nämlich, dass Sie beide sich treffen. Der Rauscher und Sie.«

»Und was, wenn ich das nicht möchte?«

»Ich sage nur: Bundschuh.«

»Verdammt, was soll das alles?«

»Das verrate ich Ihnen, wenn es so weit ist. Sind Sie also bereit für ein Treffen?«

»Nein, aber habe ich eine Wahl?«, entgegne ich und kann das vehemente Kopfschütteln fast durch die Leitung hindurch sehen.

»Nicht wirklich.«

»Was soll ich also tun?«

»Abwarten. Ich melde mich in Kürze wieder.«

»Wann genau?«

»Das lassen Sie schön meine Sorge sein.«

»Eine Frage noch.«

»Bitte.«

»Warum diese absurde Schnitzeljagd?«

»Weil es Spaß gemacht hat. Außerdem muss man Sie auf Trab bringen, ablenken, vorantreiben.«

»Das verstehe ich nicht.«

Am anderen Ende ist nichts mehr. Kein Rauschen, kein Atmen. Aufgelegt. Leitung: tot.

22

Frische Luft. Was für ein Gefühl. Die Sonne im Gesicht, der blaue Himmel über ihm. Alles strahlt, leuchtet, glänzt, wirkt neu, frisch, gereinigt. Der Schmutz, der von ihm abfällt, der Dreck der letzten Wochen. Die Kleidung, die er endlich tauschen durfte. Gefängniskluft gegen Maßanzug. Zurück zum Ursprung. *Back to the roots.*

Und immer dieses Zitat im Kopf. Aus einem Kriminalroman von Friedrich Ani geklaut, den er während seiner Haftzeit gelesen, ja regelrecht verschlungen hat: *»Da stand ich, am Rand der Natur, zum Morden geboren, zum Sterben bereit und starb nicht und mordete noch lang nicht genug.«*

Jetzt also wieder die Freiheit. Mit Schweiß auf der Stirn, weil er für den Sommer die falsche Kleidung trägt. Doch das ist ihm egal.

Alles ist ihm in diesem Moment egal, denn er ist wieder ein freier Mann. Die Handschellen wurden gelöst, die Zellentür wurde geöffnet, das Leben mit einem Druck auf den Reset-Knopf neu gestartet.

So hatte er sich das in den vergangenen Wochen vorgestellt. Hatte sich das Szenario wieder und wieder ausgemalt, bis es irgendwann immer konkretere Gestalt annahm. Bis ihm der Maier, sein treuer und umtriebiger Rechtsanwalt, bestätigt hatte, dass er auf Kaution rausdurfte, dass sie ihn gehen lassen würden. Erst wollte er es nicht glauben, wollte sich keinen falschen Hoffnungen hingeben, die vielleicht nie in Erfüllung gehen würden. Doch als er gestern einen provisorischen schriftlichen Bescheid in den Händen hielt, in dem stand, dass seiner Freilassung nichts mehr im Weg stand, konnte er sich auf die Vorstellung einlassen. Wieder draußen, auf sich allein gestellt zu sein. Den Versuch zu wagen, ein normales Leben zu beginnen. Fernab aller dubiosen Machenschaften von Michalski und Konsorten. Seinem Dasein einen neuen Anstrich zu geben, darauf hat er sich seit gestern gefreut, konnte es gar nicht mehr abwarten, bis es so weit sein würde.

Und dann stand endlich der Maier von der Tür, schüttelte ihm die Hand und geleitete ihn aus dem Gebäude. Die grimmigen Gesichter der Polizisten, der Wärter, der anderen Insassen, er versuchte, sie auszublenden, aber es gelang ihm nicht. Schritt für Schritt in Richtung Freiheit ging er, gefolgt von Dutzenden Augenpaaren, die ihn anstarrten, ihn verfolgten.

Er war kein Verbrecher, kein Halunke, war es nicht gewohnt, so behandelt zu werden, und hatte sich in den Tagen zuvor geschworen, es nie mehr darauf ankommen zu lassen. Es nie mehr so weit zu treiben, dass er ein Gefängnis dieser Welt noch einmal von innen würde sehen müssen.

An das denkt er, als er die Stufen der Haftvollzugsanstalt Salzburg nach unten geht. Einen Fuß vor den anderen setzt. Fast zerbrechlich wirkt der Rauscher.

Der Maier, der auf einmal neben ihm erscheint, ihm auf die Schulter klopft und sagt: »War alles zu Ihrer Zufriedenheit?«

Der Rauscher nickt, lächelt. »Mehr als das. Vielen Dank für alles.«

»Gern geschehen. Aber das ist mein Beruf, meine Aufgabe. Dafür sind wir Anwälte da.«

»Trotzdem vielen Dank.«

Der Maier nickt, der Rauscher ebenso. Dann fragt der Rechtsanwalt: »Darf ich Sie noch um einen Gefallen bitten?«

Der Rauscher schaut ihn an, sagt: »Natürlich. Um jeden. Sie haben so viel für mich getan. Wie kann ich mich revanchieren?«

Der Maier tritt ganz nah an den Rauscher heran, flüstert ihm leise etwas ins Ohr.

Der Rauscher schluckt, schaut sich verständnislos um, sagt dann aber: »Okay.«

Anschließend steigen beide in das Auto vom Maier und fahren weg.

23

»Was will er von uns?«, fragt die Michi.

Wir sind noch immer in der Nähe des Makartstegs, sitzen auf einer Parkbank am Giselakai. Vor uns die Salzach, die Altstadt, die Festung. Alles da, alles auf einen Blick. Doch wir beide haben in diesem Moment keine Muße dafür, keine Zeit, keine Nerven.

»Ich weiß es nicht«, sage ich. Zum gefühlt hundertsten Mal an diesem Tag.

»Und jetzt?«

»Weiß ich auch nicht.« Einhunderteins.

»Sollen wir wirklich warten, dass er sich meldet?«

»Was bleibt uns anderes übrig?«

»Du hast recht. Gehen wir zurück zum Hirschen. Trinken wir was, überlegen wir. Einverstanden?«

Ich nicke.

Und so stehen wir auf wie in Trance, quasi abwesend, und laufen Meter für Meter in Richtung Gstättengasse. Ich könnte wetten, dass wir uns in diesem Moment beide gleich fühlen. So als wären wir nicht da. Wie uns die Sonne auf den Kopf scheint, wie warm dieser Tag eigentlich ist, wir spüren nichts davon, halten uns in unserer eigenen Welt auf.

Einer kalten, grausamen, unverzeihlichen Welt.

Bis wir plötzlich vor der geöffneten Tür des Hirschen stehen. Draußen sitzen ein paar Gäste, drinnen ebenso. Die Nonna hinter der Bar, wie sie Bier zapft und Bestellungen entgegennimmt. Sie hat alles im Griff, wie immer. Bob ist nirgendwo zu sehen.

Ich gehe ein paar Schritte auf sie zu, und die Nonna entdeckt mich. Kommt hinter dem Tresen hervor, läuft schnurstracks auf mich zu, mit starrem gerötetem Blick, als hätte sie vor Kurzem geweint. Alles wirkt surreal, nichts scheint echt zu sein.

Was ist los?, will ich gerade fragen, als mich ihre schweren Bauernhände an beiden Armen packen und meinen Oberkörper ganz nah an ihr Gesicht ziehen. Meine Haut berührt die ihre, ich spüre die warmen Tränen, die ihr über die Wangen laufen. Es kommt mir so vor, als wäre es das erste Mal in meinem Leben, dass ich die Nonna weinen sehe, und wahrscheinlich ist es das auch.

Michi stellt sich neben uns, beobachtet die Szene ungläubig. »Was ist denn?«, fragt sie und streicht der Nonna dabei mit den Fingern über die Schulterblätter.

»Habt ihr es denn noch nicht gehört?«, erwidert sie, und wir

beide verneinen. »Der Bob … und die Tote … Oh Gott, es ist so furchtbar.«

Ich verstehe die Welt nicht mehr. »Nonna, bitte, drück dich verständlich aus.«

Doch sie schluchzt nur noch vor sich hin, den Kopf an meiner Brust vergraben.

»Ich habe versucht, sie zu beruhigen, aber vergeblich.« Plötzlich diese herzliche Stimme aus dem Nichts. Wie ich sie vermisst habe, wie sie mir gefehlt hat. Wie aus einer anderen Welt ist sie erschienen, ohne Vorwarnung, so schön.

»Lilly!«, ruft Michi laut. Sie freut sich sichtlich. Und Lilly ebenso.

Die beiden Frauen umarmen sich, und insgeheim denke ich, dass ich in den letzten beiden Stunden eigentlich nicht mehr an Lilly gedacht habe. Dass ich sie vergessen habe ob der ganzen Situation. Dass ich vergessen habe, sie abzuholen. Trotz des Wissens, dass sie in Gefahr sein könnte, dass ich auch sie verlieren könnte. Das alles wird mir bewusst, und ich merke, dass es Michi nicht anders geht. Dass auch sie ein schlechtes Gewissen hat, weil wir wieder einmal eine Unschuldige, eine Unwissende in unsere Angelegenheiten mit hineingezogen haben. Und dass auch sie froh ist, dass alles gut ist. Mit Lilly zumindest. Denn die Nonna weint immer noch vor sich hin, bringt nach wie vor keinen geraden Satz zustande.

Bis Lilly endlich an ihrer statt sagt: »Was Nonna euch eigentlich mitteilen will: Bob ist im Krankenhaus.«

Michi und ich schrecken auf, rufen im Chor: »Was?«

»Keine Angst, es geht ihm gut. Er ist nur zur Beobachtung dort. Und um sich auszuruhen. Er hat einer Frau das Leben gerettet, die eine angeschwemmte Wasserleiche entdeckt hat.«

»Was?«, rufen wir erneut, jetzt noch lauter.

»Ihr habt nichts davon mitbekommen? Aber die ganze Stadt redet schon darüber. Wo wart ihr überhaupt?«

Wir schauen uns an, wollen ihr keine Antwort geben, unsere Blicke sind gen Boden gerichtet.

Lilly starrt mich verständnislos an. »Egal«, sagt sie und klingt ein wenig beleidigt.

»Es ist … alles … kompliziert«, stottere ich.

»Das kann ich mir denken«, sagt sie. »Dein Anruf vorhin war auch nicht gerade erbaulich. Er hat mir Angst gemacht. Und so fühle ich mich immer noch: ängstlich.«

Wenn du wüsstest, denke ich, sage aber nichts, drücke nur die immer noch weinende Nonna in Michis Richtung und gehe ein paar Schritte auf Lilly zu, um sie zu umarmen.

Sie lässt es zu, schmiegt sich an mich. »Ich bin froh, dass es dir gut geht«, flüstert sie.

Und ich: »Ich auch. Dass du da bist.«

Vier Menschen, die sich umarmen. In einer ausweglos scheinenden Situation. Wir bemerken nicht, wie uns die Gäste beobachten, wie ihre Augen auf uns gerichtet sind, wie ein deutscher Tourist darauf wartet, endlich zahlen zu können. Doch er sagt nichts, will die Szene, die auch irgendwie eine schöne ist, nicht zerstören. Will nicht daran schuld sein, dass die Idylle zerbricht.

Es dauert noch einige Sekunden, bis wir uns voneinander lösen können und Lilly und die Nonna beginnen, durcheinanderzureden. Die Worte sprudeln förmlich aus ihnen heraus, der Bann scheint gebrochen.

Lilly sagt: »Bob geht es gut. Er schläft gerade. Ich habe ihn vor meinem Schichtende noch kurz besucht.«

Und die Nonna: »Man weiß noch nicht genau, wer die Tote ist, aber der Baum ist dran. Er leitet das Ermittlerteam und wird es ganz bestimmt herausfinden. Der Druck von oben ist sicher enorm, er tut mir fast ein wenig leid.«

Und Lilly: »Ich glaube nicht, dass sie die Leiche identifizieren werden. Ich habe ein Gespräch zwischen dem Gerichtsmediziner und den Ärzten aufgeschnappt. Die Frau soll bis zur Unkenntlichkeit verletzt worden sein.«

Und die Nonna: »Ein abscheulicher Wahnsinn ist das. Trotzdem muss man das heutzutage doch irgendwie herausfinden können, das kann mir doch niemand erzählen, dass das unmöglich ist. Beim heutigen Stand der Technik, geh bitte.«

Und Lilly: »Das ist schwerer, als man denkt. Wenn sich jemand damit auskennt mit dem Spurenvernichten, meine ich.«

Und die Nonna: »Ich kann das alles noch gar nicht glauben.«

Und Lilly: »Ich auch nicht.«

Und ich: »Und ich schon gar nicht.«

Sie blicken mich an. Ich habe sie aus ihrer Konversation, aus ihrer ganz persönlichen Situation gerissen. Wirken fast überrascht, dass die Michi und ich immer noch da sind, immer noch neben ihnen stehen.

»Können wir Bob besuchen?«, frage ich.

Lilly schüttelt den Kopf. »Noch nicht. Aber ich muss gleich ins Krankenhaus zurück. Ich habe heute eine Doppelschicht. Ich werde nach ihm schauen und euch benachrichtigen, wenn es etwas Neues gibt.«

»Du musst heute wirklich noch arbeiten?«, frage ich besorgt.

»Ja, warum? Das weißt du doch schon länger. Und solange du mir nicht sagst, warum ich mich auf Station unsicher fühlen müsste, gibt es auch keinen Grund für mich, es nicht zu tun.« Sie stampft bestimmt mit dem rechten Fuß auf. Das macht sie immer, wenn sie meint, sich gegen mich behaupten zu müssen.

Ich blicke zu Michi, aber sie weiß auch keine bessere Lösung, als Lilly wieder gehen zu lassen. An einen Ort mit vielen Menschen, an dem sie wahrscheinlich sicherer ist als hier bei uns. In Gesellschaft der beiden Unglücksraben, die nur Pech, Ärger und Gefahr anziehen.

»Na dann«, sagt Lilly, als ich nichts mehr entgegne. Sie küsst mich auf die Stirn, drückt Nonnas und Michis Hände ganz fest und geht durch die Tür des Hirschen hinaus, auf die Straße, in die warme Abendsonne, die ihr Haar besonders glänzen lässt. Unwirklich, irgendwie.

24

Es wird Nacht. Über Unipark, Nonntal und Salzburg legt sich langsam die Dämmerung. Und beschwört eine andere Welt herauf.

»Sie setzen sich auf die gelb gestrichene Parkbank, die links neben dem Unipark steht, verstanden?«

Wieder diese Stimme. Dieses Mal nimmt der Maier ihre Befehle entgegen. Quasi atemlos.

Er will sich beschweren, sich in Rage reden, schreien, brüllen, wild um sich schlagen. Aber tut nichts von alldem. Im Gegenteil: Er bleibt ruhig, gefasst, wartet auf die nächste Instruktion.

»Sind Sie noch dran, Maier?«

»Natürlich.«

»Warum sagen Sie dann nichts? Ob Sie mich verstanden haben, will ich wissen.«

»Ja, habe ich.«

»Gut. Sie setzen sich also auf diese Bank und warten. Nur kurz. Dann greifen Sie unter die Sitzfläche und nehmen das Kuvert an sich, das an der zweiten Holzleiste von hinten befestigt ist. Sie stehen auf, gehen ein paar Schritte und passieren die Arge Kultur Richtung Akademiestraße. Wenn Sie sich dann ungestört fühlen, öffnen Sie den Umschlag. Nicht vorher. Ich warne Sie. Verstanden?«

Der Maier nickt.

»Ob Sie mich verstanden haben?«

»Ja, alles klar.«

Der unbekannte Anrufer legt auf, und der Maier atmet tief durch.

Dann geht er los, macht, was ihm aufgetragen wurde. Setzt sich auf die gelbe Bank, wartet, greift nach unten, spürt das feste Papier des Umschlags, nimmt ihn an sich, steckt ihn ein. Läuft am Café der Arge Kultur vorbei, ein paar vereinzelte Gäste auf der Terrasse, niemand würdigt ihn auch nur eines Blickes. Der blasse Anwalt mit dem Sommersakko zieht keine Aufmerksamkeit auf sich. Die wenigen Haare, die er sich geschickt über die stetig größer werdende Glatze kämmt. Das fahle, eingefallene Gesicht, das nicht nur Sonne, sondern auch etwas Eisen nötig hätte. Und Luft. Und Liebe.

So schleicht der Maier den Gehweg entlang, trifft ansonsten auf niemanden, geht weiter, bis er unter einem der vielen Bäume neben dem kleinen Sportstadion Deckung sucht. Im Schatten der Blätter, weit hinten auf dem Gelände, wo ihn niemand sehen kann, zieht er das Kuvert hervor. Zittrige Finger, knittriges Papier. Noch einmal schaut er sich nervös um, aber da ist tatsächlich niemand, der ihn beobachten könnte.

Also reißt er den Umschlag mit klammen Fingern auf und zieht ein rotes Stück Papier daraus hervor. Darauf stehen nur ein paar Buchstaben und Zahlen. Zuerst versteht er nicht, was er mit der Botschaft anfangen soll. Er wendet das Blatt mehrmals hin und her, versucht zu verstehen. Bis ihm plötzlich ein Licht aufgeht. Er denkt an diesen Trend: Schnitzeljagd per Smartphone. Koordinaten als Hinweise. So und so viel Grad West und so weiter. An solche Dinge erinnert er sich. Und dass er darüber sogar eine Dokumentation im Fernsehen gesehen hat und die Zahlen- und Buchstabenkombinationen immer zu einem Ort führen.

Zu einem Ziel.

Dort, wo er hinmuss.

Dort, wo der Spuk vielleicht ein Ende finden wird.

Er ignoriert das unablässige Vibrieren seines Handys in seiner Tasche und läuft wieder zurück in Richtung Kaigasse. Will zurück in sein Büro, will herausfinden, was hier gespielt wird. Es hilft nichts, da muss er jetzt durch.

Denkt er bei sich, wartet an der Fußgängerampel, bis sie auf Grün umschaltet. Über den Zebrastreifen, hinein ins Getümmel, in die Stadt, ins Ungewisse. Er wird sich gegen alle Widrigkeiten behaupten. Heute ist sein Tag, trotz allem. Den Rauscher aus dem Gefängnis geboxt zu haben, das kann nicht jeder von sich behaupten. Diese Leistung wird er sich nicht von irgendeinem Irren kaputtmachen lassen.

Niemals.

Und schon gar nicht heute.

25

»Die sogenannte Tote aus Salzburg beschäftigt die ganze Stadt. Die Ermittlungen laufen auf Hochtouren, bestätigt uns Kriminalhauptkommissar Franz Ferdinand Baum von der Salzburger Polizei. Genaueres hinsichtlich der Identität der Toten sei bis dato noch nicht bekannt, aber die Gerichtsmedizin sowie die Ärzte des Landeskrankenhauses Salzburg würden Hand in Hand arbeiten, so der Kriminalhauptkommissar weiter. Sobald es neue Erkenntnisse gibt, erfahren Sie es bei uns.«

Die Nonna, wie sie den Fernseher leiser dreht. Die Michi, wie sie neben ihr steht, ein schnelles Grinsen im Gesicht.

»Kein schlechter Auftritt«, sage ich, als ich den Gastraum betrete. Gerade eben habe ich noch das Gesicht vom Baum auf dem Bildschirm gesehen, schon steht er neben mir.

»Danke«, sagt er. »Das aus deinem Munde zu hören bedeutet mir natürlich viel.«

»Franz Ferdinand, unser Fernsehstar«, sage ich, um die trübe Stimmung, die seit unserer Rückkehr herrscht, zu vertreiben.

Er lächelt in sich hinein. »Irgendetwas Neues von eurem Stalker?«, fragt er und schaut zuerst mich an, dann die Michi, dann wieder mich.

Wir schütteln beide den Kopf. »Nein, nichts«, lüge ich und hoffe, dass das Thema damit vorerst erledigt ist. Wir dürfen den Baum nicht in diese Sache mit hineinziehen, denke ich. Auch wenn er uns helfen könnte, soll er nichts davon erfahren. Es darf nicht noch mehr Unheil über die Menschen gebracht werden, die ich mag, die ich liebe.

Der Baum schaut mir lange in die Augen. Ich merke, dass er mir nicht glaubt, dass er spürt, dass da etwas ist. Etwas, das ich ihm verheimliche. Aber er hakt nicht nach. Nur dieser stechende Blick, der mich verfolgt und den ich wohl nicht so schnell wieder vergessen kann. Dieser Blick, der sagt: Mach keinen Scheiß. Bitte. Ausnahmsweise mal zumindest. Und auf den ich nichts erwidern kann, da ich das nicht versprechen kann. Nicht guten Gewissens. Da ich nicht weiß, was noch passieren wird, was wir noch durchstehen müssen. Wir alle gemeinsam. Deshalb sage ich nichts und warte.

Bis der Baum endlich das Schweigen bricht. »Die Tote, die Bob gefunden hat …«

Wir atmen kollektiv laut auf.

»… ihre Identität ist noch nicht sicher geklärt, aber wir gehen davon aus – und jetzt haltet euch bitte fest –, dass es sich bei ihr um Carina Moltova handelt.«

»Um wen?«, fragt die Nonna. Sie versteht nicht, warum man diesen Namen kennen sollte, warum der Baum so unheilschwanger schaut.

Mir wird kalt. Schüttelfrost. Der einem keine Wahl mehr lässt, als sich zu schütteln. Um die Kälte, dieses eisige Gefühl, wieder loszuwerden. Auch die Michi blickt mich ungläubig an. Spätestens jetzt scheint jede Rationalität verloren gegangen zu sein. Spätestens jetzt sollte man sich einfach auf den Boden werfen, mit den Armen den Kopf schützen und darauf warten, dass Trümmer auf einen herabfallen. Trümmer aus Beton, die durch den unangekündigten Bombeneinschlag aus unseren Herzen gerissen werden. Einfach so. Keine Rücksicht, keine Verantwortung. Einfach nur »Peng!«.

»Wie kann das sein?«, stammle ich.

Der Baum schaut mich noch eindringlicher an als zuvor schon. Dann sagt er: »Carina Moltova und Anna Lebowski scheinen dicke Freundinnen gewesen zu sein. Moltova wurde direkt nach dem Fund der Leiche zum Tod von Lebowski in Caorle befragt. Sie hat ausgesagt, dass ihre Freundin in letzter Zeit sehr lebensfroh gewesen sei. Dass die Trennung vom Rauscher sie niemals in den Suizid hätte treiben können. Ich habe mir das Protokoll der Vernehmung gerade durchgelesen. Im Großen und Ganzen bezweifelte sie die Suizid-Geschichte, schien über den Tod der Freundin aber auch nicht wirklich am Boden zerstört zu sein. Wobei eine solche Reaktion immer schwer einzuschätzen ist. Stand sie bloß unter Schock, oder steckte mehr dahinter? Leider können wir sie dazu nicht mehr befragen.«

»Und sie wurde wirklich umgebracht?«

»Scheint so zu sein. Obwohl sich jemand sehr viel Mühe damit gemacht hat, ihre DNA und damit ihre Wiedererkennbarkeit zur Gänze zu zerstören. Irre ist das, ich sag's dir.«

»Aber wie ...? Ich verstehe das alles nicht«, sage ich, während die Nonna sich endlich bei Michi erkundigt, über wen wir reden.

Die Michi versucht, den Schock runterzuschlucken, dann sagt sie zur Nonna: »Kannst du dich noch an Elena erinnern?«

»Hofers Ex-Frau?«

»Ja.«

»Die habe ich schon ewig nicht mehr gesehen.«

»Ich auch nicht«, werfe ich ein.

»Was ist mit ihr?«, fragt die Nonna.

»Sie lebt mittlerweile in Wien, ist wieder verheiratet und so weiter. Aber es geht hierbei nicht um sie, sondern um ihre Schwester.«

»Kenne ich nicht.«

Ich kann nicht mehr an mich halten und werde laut: »Carina ist Elenas Schwester, Nonna. Die Tote ist die Schwester von meiner Ex-Frau, meine ehemalige Schwägerin!«

»Waaaassss?« Die Nonna fasst sich mit beiden Händen an die Brust.

»Genau das hat uns noch gefehlt, Nonna, dass du jetzt einen Herzinfarkt hast«, sagt der Baum.

»Das hättest du wohl gern«, entgegnet sie trocken, wieder ruhiger. Trotzdem kann sie die Welt um sich herum nicht mehr verstehen.

Damit geht es ihr so wie mir, so wie der Michi und so wie dem Baum. Wie im falschen Film fühlen wir uns. Wie ausgewechselt, nicht mehr existent.

»Wurde Elena schon informiert?«, frage ich, und der Baum verneint.

»Wie gesagt: Wir sind uns noch nicht hundertprozentig sicher, aber alle Zeichen deuten darauf hin.«

»Ich halte das nicht mehr aus«, sage ich.

»Auch wenn es gerade wieder danach aussieht, Hofer: Nicht

alles, was passiert, hat etwas mit dir zu tun. Das Auftauchen der Toten muss ein Zufall sein. Wann hast du Carina zum letzten Mal gesehen?«

»Vor vielen Jahren. Ich kann mich gar nicht mehr genau daran erinnern.«

»Michi?«

»Jetzt komm schon, Baum. Auch wenn ich mich ab und an ein wenig herumgetrieben habe, mit Carina und ihren It-Girl-Freundinnen hatte ich nie etwas zu tun. Ich wusste nicht einmal, dass sie mit dieser komischen Lebowski befreundet war, aber eigentlich hätte man sich das denken können.«

Erst beim Aussprechen des letzten Satzes merkt sie, wie pietätlos sie klingt. Wenn sie so über zwei tote Frauen spricht. Ihre Wangen beginnen, rot zu glühen, sie lächelt schüchtern, sagt: »Sorry, unpassend.«

»Erzähl weiter, Michi«, entgegnet der Baum. »Jedes Detail könnte wichtig sein.«

»Aber ich weiß nichts über sie. Wie gesagt: Genauso wie Andi habe ich Elena schon seit Jahren nicht mehr gesehen. Dass sie in Wien war, hat mir eine Freundin von früher erzählt. Und dass Carina in Hallein lebt, ähm, lebte. Ganz unglamourös.«

Ich starre Michi ungläubig an. Bin überrascht, wie schnell sie kombiniert, wie viel sie über mein altes Leben weiß. Und über mein neues. Und über sowieso irgendwie alles.

Der Baum nickt, sagt: »Okay, ich wollte euch nur schnell darüber informieren. Und Andi: keine Alleingänge mehr. Sprich mit mir, wenn du Probleme hast, und versuche nicht immer, sie auf eigene Faust zu lösen.«

Wieder dieser unnachahmliche Blick, der einen förmlich durchbohrt, zersticht. Ich nicke.

Und in diesem Moment weiß der Baum, dass ich es wieder tun werde, dass ich mein Versprechen nicht halten werde. Und doch bleibt ihm keine andere Wahl, als Michi und Nonna kurz zuzunicken, auf dem Absatz kehrtzumachen und durch die Tür nach draußen zu verschwinden.

Ich setze mich auf einen Stuhl im mittlerweile wieder leeren

Gastraum. Die Gäste sind längst in ihren Hotels, die Küche ist geschlossen, nichts geht mehr.

»Muss man das alles verstehen?«, fragt mich die Nonna.

Ich schüttle den Kopf. »Nein, muss man nicht. Könnte man auch gar nicht.« Sage ich, als ich aus dem oberen Stockwerk, das ebenfalls zum Restaurant gehört und in dem sich neben einem weiteren Gastraum ein Lagerraum und ein Personalzimmer befinden, ein dumpfes Schlagen vernehme. Plötzlich ist es da, rhythmisch, eingängig. Ich stehe auf, fahre mir durch die Haare und laufe in Richtung Treppe.

»Ich kann nicht mehr«, jammert Michi.

Ich lasse mich nicht aufhalten. Nehme zwei Stufen auf einmal, renne in das erstbeste Zimmer mit der erstbesten offen stehenden Tür und brülle: »Wer ist da? Raus hier!«

Doch niemand antwortet.

26

Bob, wie er aufwacht. Blinzelt, sich die Augen reibt. Der Versuch, den Alptraum zu verjagen, der ihn während seines kurzen Schlafs heimgesucht hat. Die samtweiche Haut, so bleich, so tot. Die Augen, die ins Nichts starren, die wie kalte Murmeln in den geweiteten Höhlen liegen. Kein Leben mehr, keine Energie.

Lilly, die neben seinem Bett steht, seine Hand hält. Er schaut sie an, braucht ein paar Momente, bis er sie erkennt. »Lilly«, sagt er, mit Freude in seiner Stimme. *»You are here?«*

»Ja«, antwortet Lilly. »Gleich beginnt meine Schicht. Ich wollte nur kurz schauen, wie es dir geht.«

»Tired«, antwortet Bob.

»Das kann ich mir denken.«

»How is Andi? Everything okay?«

»Dem Hofer geht's gut. Mach dir keine Sorgen um ihn. Er ist zwar heute irgendwie komisch drauf, aber ich denke, es wird ihm gerade nur alles etwas zu viel. Schau auf dich und erhol dich. Versuche, noch ein wenig zu schlafen, dich auszuruhen, wieder fit zu werden. Die Ärzte wollen morgen früh noch ein paar Belastungstests mit dir machen, deshalb behalten wir dich über Nacht hier, okay?«

Bob nickt.

Lilly fährt ihm durchs Haar, tätschelt seine Wangen und verlässt das Zimmer.

Zufrieden schließt Bob erneut die Augen. Doch der Schlaf will nicht mehr kommen. Zu schwer wiegen die Erinnerungen an die letzten Stunden. Zu schrecklich ist das Bild der toten Frau, das vor seinem inneren Auge schwebt. Und nicht verschwinden will.

Da hilft es auch nichts, dass sich die Tür seines Krankenzimmers plötzlich noch einmal öffnet und ein Arzt den Raum betritt.

»Gute Nachrichten«, sagt er zu Bob. »Gaby Mühlheimer ist auf dem Weg der Besserung. Sie haben ihr das Leben gerettet.«

»Well«, erwidert er und dreht sich zur Wand. Weiterschlafen wäre schön.

27

Carina Moltova. Dieser Name, der auf einmal überall steht. SMS von alten Bekannten: »Hast du's schon gehört? Die Carina ist ermordet worden!« Ein Flashback, zurück in alte Zeiten. Das Comeback einer Lebensphase, auf die ich nicht stolz bin. Auf eine Beziehung, in der Elena und ich uns auseinandergelebt haben, die es aber dennoch weit gebracht hat. So weit, dass sich Elena einen anderen suchte. Nur für eine Nacht, sagte sie, doch aus einer wurden mehrere. Und die Nächte hörten nicht auf. Im Gegensatz zu unserer Liebe. Weil uns irgendwann nichts mehr verband.

Elena Moltova aus Bratislava. Diese schicksalhafte Nacht, in der wir uns kennenlernten. Verschwitzt und betrunken in einer versifften Bar in der slowakischen Hauptstadt. Wir verliebten uns auf den ersten Blick ineinander. Anschließend gab es kein Halten mehr, kein Zurück, keine Ausfahrt und schon gar keinen Zwischenstopp. Wir fuhren das ganze Programm. So schnell wie möglich.

Zurück nach Österreich, ganz viel Liebe war da und ganz viel Aufregung. Wir ließen uns aufeinander ein, waren füreinander geschaffen. Eine Zeit lang zumindest. Dann begann der Zahn der Zeit an uns zu nagen, wie an so vielen Dingen. Wir hatten nichts mehr im Griff, nicht mehr die Beziehung, nicht mehr den Alltag. Unser Fokus lag nur noch auf uns selbst, auf nichts anderem.

Und so geschah es, dass wir auseinandergingen. Im wahrsten Sinne des Wortes. Ein Cut, ein Spalt, eine Trennung. Elena und Andi, das war plötzlich Geschichte. Ebenso wie die vielen Treffen mit Elenas Schwester, Carina. Die aus Bratislava ihrer Schwester gefolgt war, weil sie keine Familie mehr in der Slowakei, dafür aber viel Einsamkeit gehabt hatte.

Carina gewöhnte sich schnell an die für sie neuen Verhältnisse in Österreich. An ein Leben, das es plötzlich gut mit ihr meinte. Sie kellnerte in schicken Clubs, bekam ein gutes Gehalt, hatte eine schöne Zeit. So war Carinas neuer Lifestyle wohl am besten zusammenzufassen. Alles schien gut zu laufen. Hallo, Paradies, sozusagen …

An mehr kann ich mich nicht mehr erinnern. Als sich Elenas und meine Wege trennten, verlor ich auch Carina aus den Augen. Ich habe sie nie wirklich gemocht, vermutlich verliefen unsere Leben deshalb schnell in anderen Bahnen.

Das ist unsere Geschichte. Und jetzt steht sie in der Zeitung: Carina Moltova. Die Tote aus Salzburg.

Wie das Leben so spielt.

28

Der Baum wartet auf eine Nachricht, die finale Bestätigung. Ein Kopfnicken nur, das ist es, was er vom Gerichtsmediziner erhält, der kurz sein Gesicht durch die halb geöffnete Glastür schiebt.

Baum schluckt das aufkommende ungute Gefühl hinunter, nickt zurück, greift zu seinem Telefon und wählt eine Nummer, die ihm eine seiner jungen Kolleginnen zuvor gegeben hat.

Es läutet ein paarmal, dann diese Stimme, irgendwie bekannt, irgendwie fremd, die sich meldet: »Brandstätter?«

Der Baum schluckt erneut.

»Hallo?«, fragt die weibliche Stimme.

Der Baum räuspert sich. Dann sagt er: »Elena? Ich bin's, der Franz Ferdinand Baum.« Schweigen auf der anderen Seite. Durchziehen, jetzt, kein Zurück mehr möglich. »Ich muss dir leider mitteilen, dass deine Schwester Carina verunglückt ist. Sie ist tot in der Salzach aufgefunden worden.« Als er die letzten Worte spricht, hört er ein ungläubiges Aufheulen. Dann das Handy, wie es dumpf auf den Boden prallt, und einen Schrei, der Tote wieder aufwecken könnte. Theoretisch.

29

Es gibt Tage, an denen einfach alles schiefgeht. Ich habe das Gefühl, dass meine Tage in letzter Zeit kollektiv schlecht geworden sind. Nicht mehr tragbar, nicht mehr aushaltbar.

Wenn mich in diesem Moment jemand fragen würde, was mit mir los sei, hätte ich keine passende Antwort für ihn. Weil ich mich nicht mehr richtig spüre, meine Umwelt nicht mehr an mich ranlasse. Mich überrascht es auch nicht, dass ich im zweiten Stock des Hirschen nichts finde. Keinen Menschen, keine Antworten, keine Hinweise. Nur ein offen stehendes Fenster, das im Wind auf- und zuschwingt. Urheber des rhythmischen Klopfens, nicht mehr, nicht weniger.

Und doch sehe ich in allem dunkle Zeichen. Ich war mir sicher, dass hier oben etwas oder jemand lauert. Der oder das nur auf uns wartet, um uns den finalen K.-o.-Schlag zu verpassen. Ein für alle Mal.

Doch es ist nur das Fenster, das mich aufgerüttelt, das mir Angst gemacht hat. Schon wieder. Immer diese Angst. Dass etwas passiert, dass etwas das Gleichgewicht zerstört, dass etwas unser Leben aus den Angeln reißt, mit denen es befestigt ist.

»Andi!«, höre ich jemanden schreien, aber mittlerweile ist mir alles egal. Ich will nicht mehr nachdenken, mich nicht mehr in die Lage von wem auch immer hineinversetzen müssen, will nur noch den Organismus aus- und das Leben abschalten.

»Andi!« Sie rüttelt mich an der Schulter, versucht, mich zurückzuholen, aber ich wehre mich, will nicht mehr.

»Verdammte Scheiße noch mal, Andiiiii!«

Langsam, aber sicher nehme ich wieder Konturen wahr, verschwommen zwar, aber sie sind da. Vor mir erkenne ich das Bild meiner Schwester.

»Michi«, flüstere ich.

»Was ist los mit dir?«

»Mir … mir ist irgendwie nicht gut.«

»Was meinst du damit?«

»Mir ist schlecht.«

»Musst du dich übergeben?«

Kaum ist die Frage ausgesprochen, fängt mein Körper an zu arbeiten. Ich kann seine Reaktion nicht mehr stoppen, habe ihn nicht mehr im Griff. Ich muss diese ganze verfluchte Situation aus mir rauskotzen, jetzt.

Ich übergebe mich. Höre noch Michi und Nonna.

»Andi, muss das denn sein?«

Und: »Was für eine Sauerei! Das kannst du aber selbst wegputzen!«

Trotzdem tut es gut. Einfach loszulassen, den Dreck rauszuwürgen, weg damit. Mit jedem stoßhaften Atemzug komme ich mehr zu mir, spüre mich wieder, mein Bewusstsein, meinen Kopf.

»Sorry«, stammle ich, obwohl ich eigentlich gar nichts dafür kann. Mein Körper hat es so gewollt, mir blieb keine andere Wahl.

»Schon gut«, sagt die Michi.

Und entgegen ihrer Ankündigung steht die Nonna schon mit einem Putzkübel bereit und beginnt zu wischen.

»Das musst du nicht«, sage ich, aber sie schnaubt nur leise und schrubbt weiter.

»Du solltest dich ein wenig hinlegen, Andi.«

»Dafür haben wir keine Zeit«, entgegne ich.

»Was willst du denn jetzt machen? Wir müssen abwarten. Du hast es selbst gehört«, sagt die Michi.

»Ja, aber –«

»Kein Aber. Abwarten, okay?«

Ich schweige.

»Okay?«

»Ja.«

30

Der Rauscher und der Maier. Sie lassen sich chauffieren. Sitzen im Fond des großen Mercedes. Der Fahrer hat kurz genickt, als sie eingestiegen sind. Niemand hat ein Wort gesagt. Erst nach ein paar Minuten Fahrt durch die Stadt, durch das ärgste Verkehrschaos, bricht der Rauscher das Schweigen.

»Wollen Sie mir jetzt endlich verraten, was das hier soll? Ich bin ein freier Mann, oder? Ist das eine Art Test?«

Der Maier verneint. Nervös ist er, rutscht auf dem Lederbezug hin und her, sucht sich sekündlich eine neue Sitzposition. Weil er nicht weiß, wie man mit solchen Situationen umgeht. Weil er noch nie in seinem Leben Derartiges tun musste. »Vertrauen Sie mir, Herr Rauscher«, sagt er. »Es ist zu Ihrem Besten.«

»Ich glaube Ihnen. Irgendwie zumindest. Aber warum können Sie mir dann nicht einfach sagen, wohin wir fahren? Das würde mir vieles angenehmer machen.«

»Das leuchtet mir ein, Herr Rauscher. Ich mache Ihnen einen Vorschlag: Wir fahren auf die Autobahn, bei der Raststation am Mondsee halten wir an, und ich erkläre Ihnen alles. Wären Sie damit einverstanden?«

Der Rauscher nickt, ist zufrieden. Versteht die Welt nicht mehr, aber was bleibt ihm anderes übrig, als mitzumachen? Sie fahren also weiter. In Richtung Salzburg-Süd, in Richtung Kärnten. Raus aus dem Stau, rauf auf die Autobahn. Fünfundzwanzig Kilometer mit Tempo hundertdreißig auf der rechten Spur. Sie wollen nicht auffallen. Muss ja nicht jeder wissen, dass der berühmte Rauscher auf der Rückbank des Mercedes sitzt.

Dann setzt der Fahrer den Blinker. Raststation, ganz hinten auf dem Parkplatz stellt er den Wagen ab. Es ist bereits später Abend, nur noch wenige Menschen sind unterwegs. Alle auf der Suche nach einem Snack, einer Erfrischung, nach Benzin und so weiter.

Der Rauscher dreht sich erwartungsvoll zum Maier hin. Und?, will er gerade fragen, als sich die Autotür auf seiner Seite von außen öffnet.

Der Fahrer, der bereits ausgestiegen ist. Er tippt auf die Schulter vom Rauscher, der sich umdreht. Sie schauen sich in die Augen, dann sieht der Rauscher nur noch Nuancen aus Grautönen.

Die langsam ineinander übergehen, um schlussendlich zu einem undurchdringlichen Schwarz zu werden. Das Tuch vor seinem Gesicht, feucht, fast nass. Der komische Geruch, der von ihm ausgeht, raubt ihm die Sinne.

Kurz noch kämpft er dagegen an, was gleich mit ihm passieren wird, doch er hat keine Chance. Zu stark die Dämpfe, zu stark das Chloroform. Er verliert das Bewusstsein, sinkt in sich zusammen.

Der Maier nickt dem Fahrer dankend zu, der sich daraufhin wieder hinter das Lenkrad setzt, das Auto startet und weiterfährt.

»Richtung Wien.« Der Maier schaut zum Seitenfenster hinaus. »Wir fahren bei Abtenau raus.«

Der Fahrer nickt. Der Rauscher schläft.

31

Geschichten von Elena. Genau das, was mir in dieser Situation noch gefehlt hat. Dass mir irgendwelche Anekdoten von damals einfallen, von dieser Zeit, die ich schon längst vergessen haben wollte. Und die ich zwischenzeitlich auch schon erfolgreich verdrängt gehabt habe.

Ich konnte Elena wohl nie das geben, was sie wollte. Konnte ihr von Anfang an nicht das bieten, was sie gern gehabt hätte. Was auch immer das war. Raus aus Bratislava, rein ins Leben. So hat sie unsere Beziehung immer umschrieben. Wahrscheinlich hätte ich da bereits stutzig werden müssen. Erkennen müssen, dass das, was zwischen uns war, nicht reichen würde. Nicht auf lange Sicht.

Natürlich fällt einem das wieder ein, wenn man vor Kurzem erfahren hat, dass die Schwester der eigenen Ex-Frau tot in der Salzach treibend aufgefunden wurde. Natürlich erschüttert das einen, rüttelt einen durch. Das ist verständlich. Man will es nicht, kann aber nichts dagegen tun, rein gar nichts.

Ich versuche dennoch, das Thema zu wechseln, sage: »Wie war das noch mal mit deinem Typen aus Neuseeland?« Und schaue die Michi dabei an.

»Darüber willst du jetzt reden? Wirklich?« Sie lacht leise auf.

»Worüber denn sonst? Wir müssen abwarten, und ich versuche, die Zeit totzuschlagen.« Beim letzten Wort rieselt ein Schauer über meinen Rücken, aber die anderen bemerken es nicht. Ich bin froh darüber.

»Es waren nur ein paar Tage. Und Nächte. Ganz nett, aber nicht mehr. Es kam mir so vor, als ob er es ernster meinte als ich. Komischerweise ist das meistens so.« Sie schmunzelt.

Die Nonna ebenso und sagt: »Ach, die Jugend von heute. Darum beneide ich euch schon.«

»Wirklich, Nonna? Du beneidest ein leichtes Mädchen?«

»Jetzt aber, Hofer! Wie redest du denn von deiner Schwester?«

»Hab ich was von der Michi gesagt?«, frage ich und lache.

Die beiden Frauen winken ab, die gleiche Geste, wahrscheinlich universal gültig. Sie lassen mich in Ruhe, sind nicht wütend wegen meiner Bemerkung. Weil sie wissen, wie es mir geht. Wie es uns allen geht. Wir unterhalten uns weiter, wollen an der heiteren Stimmung so lange wie möglich festhalten, doch ein Ruf macht uns einen Strich durch die Rechnung.

»Lieferung für Andi Hofer!«, brüllt ein Mann.

Ich sehe aus dem Fenster, er steht direkt darunter. Die Tür ist verschlossen. Sperrstunde für heute.

Ich gehe die Stufen ins Erdgeschoss, hole schnell den Schlüssel und sperre die Tür auf. Der Bote mit Motorradhelm unter dem Arm drückt mir ein kleines braunes Päckchen in die Hand, bittet um eine Unterschrift, bedankt sich und sitzt bereits wieder auf seinem Mofa, als ich das Paket betrachte und ihm nachrufe, von wem es sei. Doch er hört mich nicht mehr, fährt seines Weges, und ich stehe da. Mit dem unheilvollen Paket in der Hand. An einem anderen Tag wäre es nur eine Lieferung gewesen, die später als erwartet zugestellt wird. Nichts wirklich Besonderes.

Aber heute ist alles anders. Ich kenne den Inhalt des Pakets nicht, aber ahne, dass er mich erneut aus der Bahn werfen wird. Dass ich eigentlich gar nicht wissen will, was die Lieferung ist, da es nichts Gutes sein kann.

Plötzlich läutet mein Handy. Schon wieder. Ich ziehe es, automatisch wie eine Maschine, aus der Hosentasche und sehe eine Nachricht vom Baum.

»Habe Elena informiert. Sie kommt nach Salzburg. Wollte nur, dass du es weißt. Mach dir keine Sorgen.«

Außerdem zwei Nachrichten von Lilly. Die erste:

»Bob geht es gut. War kurz bei ihm. Mach dir keine Sorgen.«

Mach dir keine Sorgen. Immer die gleiche Floskel, die inhaltsleere Hülle, die Menschen, die einem nahestehen, einem sagen, zuflüstern, schreiben. Weil sie keine bessere Formulierung finden, weil es wahrscheinlich keine gibt. Sie hilft trotzdem nicht. Das habe ich in den letzten Wochen gelernt. Der Vorschlag oder Hinweis, wie immer man es bezeichnen möchte, sich keine Sorgen zu machen, führt eher zum Gegenteil: Man macht sich erst recht Sorgen.

Ähnlich wie die Sache mit dem rosafarbenen Elefanten. Man kann ihn sich nicht nicht vorstellen. Einfach unmöglich. Unser Gehirn ist nicht dazu in der Lage. Die Vorstellungskraft ist ein Mechanismus, ein Prozess, den wir nicht aufhalten können, sobald er in Gang gesetzt ist. So wie das Greifen nach dem Handy, wenn es läutet. Unbewusst und unterbewusst. So wie das Sich-Sorgen-Machen. Man hat quasi keine Chance.

Denke ich und öffne die zweite Nachricht von Lilly, die erst vor ein paar Sekunden eingegangen ist:

»Bob ist weg! Sein Bett ist leer.«

Wieder dieses Gefühl der Übelkeit, das mich vor ein paar Minuten schon überwältigt hat. Dazu das einsetzende Vibrieren des Handys.

»Lilly«, steht auf dem Display.

Ich nehme ab, wieder automatisch. »Ja?«, sage ich.

»Hast du meine Nachricht gelesen?« Lillys hektische Stimme. Aus ihr spricht Angst, Panik.

»Gerade eben.«

»Weißt du, wo Bob ist?«, fragt sie verzweifelt, doch ich weiß es nicht, kann ihr nicht helfen, bin überfordert.

»Nein, warum sollte ich?«, erwidere ich, während mir die Michi das Paket aus der Hand reißt. »Bitte, komm zu mir«, sage ich zu Lilly.

Und sie: »Ich kann nicht weg. Das Krankenhaus ist in hellem Aufruhr. Die Polizei durchsucht das ganze Gebäude nach Bob. Der Baum ist auch schon da.«

»Lilly!« Baums Stimme im Hintergrund. »Geht's dir gut?«

»Ich telefoniere gerade mit dem Hofer«, sagt sie.

Und er: »Sag ihm, dass wir alles im Griff haben. Ich muss jetzt weiter. Pass auf dich auf.«

»Hast du gehört, Andi?«, fragt mich Lilly. »Sie haben alles im Griff.«

Aber ich weiß, dass das wieder nur so ein Satz ist, der der Situation nicht gerecht wird. Der verharmlost, was gerade geschieht. Der beruhigen will, aber dabei täuscht. Der alles kleinredet, was in Wirklichkeit groß ist, größer als wir alle. Dann legen wir auf. Weil wir nicht wissen, was nun noch zu sagen wäre, außer: »Ich liebe dich.«

Doch das hört Lilly nicht mehr, denn ich war zu langsam. In diesem Moment würde ich mich am liebsten schon wieder gehen lassen. Mich von dieser unendlichen Schwere erdrücken lassen, die nicht mehr verschwinden will. Diese Enge, die einem auf einmal den Atem raubt. Ganz plötzlich, ohne Vorwarnung. Doch ein Schrei reißt mich zurück in die Gegenwart.

Michi. Wie sie brüllt, wie ihre schwarzen Haare fliegen, weil sie den Kopf zurückwirft, nicht hinsehen will, die geöffnete Sendung in der Hand.

Darin: eine Karte mit einer Adresse. Ein Foto von einem leeren Krankenbett. Und ein weiteres Bild: Bob. Mit einem blauen Auge. Gefesselt und geknebelt. Angeleuchtet. Und rund um ihn herum nur Dunkelheit.

32

»Das darf nicht wahr sein!«, schreit der Baum. Seine Kollegen versuchen, ihn zu beruhigen, doch er kriegt sich nicht mehr ein, drischt mit der Faust auf den Tresen vom Krankenhaus-Empfang. »Wie kann so etwas passieren?«

Die Beamten schauen verlegen zu Boden, wissen nicht, was sie darauf antworten sollen. Ein junger Mann, ganz unten in der Polizeihierarchie stehend, sagt leise: »Es war uns nicht bewusst, dass Herr Tutsiami in Gefahr war. Niemand hat uns darüber informiert. Wir sollten nur ein Auge auf Frau Mühlheimer haben, deren Aussage wir mittlerweile übrigens erfolgreich aufgenommen haben.«

»Ja, ja«, erwidert der Baum. »Das ist alles schön und gut, aber vor einer halben Stunde war mindestens ein Dutzend Polizisten hier. Von denen muss doch einem etwas aufgefallen sein! Ein Schwarzer, der aus seinem Zimmer verschleppt wird, obwohl klar ist, dass er Teil der aktuellen Ermittlungen ist. Aber niemand hat etwas bemerkt: keine Krankenschwester, kein Arzt und kein Polizist. Wahrscheinlich ist der Entführer seelenruhig mit unserem Zeugen zum Haupteingang rausspaziert. Das ist doch zum Verrücktwerden!«

Der junge Beamte kratzt sich am Kopf, schaut seine Kollegen fragend an und sagt dann: »Woher wissen wir denn, dass er entführt wurde?«

»Der Mann war sediert, lieber Herr Sendler, bis oben hin voll mit Beruhigungsmittel, damit er schlafen und seine traumatischen Erlebnisse verarbeiten kann. Er war nicht einmal in der Lage, aufzustehen.«

»Aber was ergibt das für einen Sinn?«

»Eben. Deshalb macht mir sein Verschwinden ja umso mehr Angst.« Der Baum, wie er vor seinen Kollegen steht, das Kommando übernimmt. Seit der Goldberger nicht mehr im Dienst ist, ist er der Chef.

Der arme Goldberger, der noch immer in der geschlossenen Abteilung der Psychiatrie sitzt. Manchmal hat er gute Phasen, manchmal schlechte. In den schlechten läuft er wütend durch sein Zimmer, schlägt auf die mit Gummi gepolsterte Wand ein und brüllt ganz laut, dass er so nicht weitermachen will.

In den guten ist er klar im Kopf. Erinnert sich an den Fall mit dem Hofer, an jedes Details, jeden Fehler, den er gemacht hat. An einfach alles. Derzeit überwiegen die schlechten Momente, aber die Ärzte meinen, dass es schon bald aufwärts mit ihm gehen wird. Der Baum hofft es für ihn. Auch wenn er den Goldberger nicht wirklich leiden kann, hat er das nicht verdient.

Jetzt also der Baum. Wie er die Beamten einteilt und ihnen erklärt, warum jetzt was und wie zu tun ist. Dass es höchste Zeit ist, die Wiener Kollegen zu informieren. Dass sie Verstärkung brauchen, alle Beamten, die sie kriegen können. Weil dieser Fall auszuufern droht und der Fokus klar sein muss. Weil man sich nicht zum Gespött der Medien machen darf, was aber passieren wird, wenn diese herausfinden, dass einer der Hauptzeugen vor den Augen der Polizei aus dem Krankenhaus entführt worden ist. Warum auch immer. Ohne Motiv, ohne Grund.

Der Baum denkt nach. Will Licht in die Sache bringen, Klarheit gewinnen.

Dann läutet sein Telefon. Eine Nachricht vom Hofer.

»Wir müssen los. Doch wieder auf eigene Faust. Es tut mir leid. Versuch nicht, mich aufzuhalten. Ich melde mich. Und schick die Kavallerie, wenn ich dir folgenden Text sende!«

Der Baum wartet ein paar Sekunden, dann vibriert sein Handy erneut.

»Dead end.«

Der Titel eines französischen Horrorstreifens. Von Bobs Lieblingsfilm.

Sonst nichts.

Teil 3

Nacht und Not

1

Stell dir vor: Manchmal kann man einfach nicht mehr anders, als die Reißleine zu ziehen, das Glas mit dem Hammer zu zerschlagen, die Notbremse zu betätigen. Weil alles zu schnell geht. Weil der Zug mit höchster Geschwindigkeit in Richtung Hölle rauscht. Kein Keil dieser Welt würde noch zwischen den Zug, in dem du sitzt, und die Wand, auf die er zufährt, passen. Es folgt das Entsetzen. Dieses Gefühl, von dem man sich das ganze Leben lang fragt, wie es wohl sein wird. Kurz vor dem Tod. Wenn man das Ruder noch einmal herumreißen will, aber bemerkt, dass die Möglichkeit nicht mehr besteht. Was man da wohl spürt? Was einem da durch den Kopf geht?

Fragen über Fragen. Und keine Antworten. So ist das Leben. Danke für diese Erkenntnis, liebe Gasteiner Oma.

2

Das Ende der Welt. Wann hat man es wirklich erreicht? Im Kollektiv. Oder als einzelnes Individuum. Wann ist es so weit? Werden die Dämme brechen, wird die Welt als solche aufhören zu existieren? Ein entfernter Bekannter hat dem Baum mal erzählt, dass man das Ende der Welt erst dann verstehen wird, wenn man Äthiopien gesehen hat. Das furchterregende, unglaublich arme Land, das von der Ersten Welt im Stich gelassen wurde. Die Millionen von Menschen, die am Rande der Gesellschaft leben, die verhungern, verdursten. Drogen und dreckiges Wasser, das ist der Alltag in Addis Abeba. Das ist das Ende der Welt.

So hat ihm das mal bei einem Bier der Bekannte geschildert.

Sein Name will und will dem Baum gerade nicht einfallen. Aber egal. Er weiß auch nicht, warum er jetzt gerade an diesen einen Abend zurückdenken muss. Vielleicht, weil er sich so fühlt: wie am Ende der Welt angekommen, wie in Äthiopien. Irgendwie pietätlos die Vorstellung.

Und deshalb denkt der Baum weiter. An das, was ihm bevorsteht. An eine weinende Elena im Türrahmen. Innerhalb einer Stunde ist sie nach Salzburg gekommen. Weil sie in Linz war, eine Freundin besuchen, schneller ging's nicht.

Der Baum, der auf sie zugeht, unbeholfen, nicht weiß, wie er sie begrüßen, ob er sie umarmen soll, umarmen darf. Er entscheidet sich dafür. Sie presst ihren Körper an seinen, schluchzt hemmungslos, kriegt sich gar nicht mehr ein.

Sie sieht immer noch so aus wie damals. Unfassbar. Fast fünfzehn Jahre später, und sie ist immer noch umwerfend schön. Die langen dunklen Haare, das dezente Make-up, die braune Haut. Wie einem Modekatalog entflohen, so steht sie da.

»Erzähl mir, was passiert ist«, sagt sie plötzlich. Und: »Schön, dich wiederzusehen.«

Der Baum nickt ihr aufmunternd zu. Auch er freut sich, irgendwie. Obwohl die Umstände nicht schlechter sein könnten.

Sie setzen sich an einen Besuchertisch in eine Ecke des Krankenhausganges, und er beginnt zu erzählen. Was passiert ist, wie der aktuelle Erkenntnisstand ist, woran sie arbeiten. Und von Bob. Der nicht mehr da, verschwunden ist.

Sie schaut ihn ungläubig an, unterbricht ihn nicht, lässt ihn ausreden. Sie will nicht, dass er aus dem Konzept kommt, dass er etwas Wichtiges vergisst, auslässt. Muss alles wissen und den Tod ihrer Schwester verstehen. Doch das wird sie nicht. Nicht, solange nicht klar ist, was hinter dem Mord steckt und vor allem wer.

»Und jetzt?«, fragt sie, als sein Redeschwall ein Ende hat, als er tief durchatmet.

»Jetzt müssen wir abwarten, was passiert und was wir herausfinden.«

»Darf ich sie sehen?«

»Ich denke nicht, dass du das willst.«

»Ich denke vielmehr, dass ich es muss.«

»Warum?«

»Für mich.«

»Ich weiß nicht, Elena. Überleg dir das wirklich gut. Es ist kein schönes Bild. Behalte sie besser so in Erinnerung, wie sie war.«

»Muss sie nicht identifiziert werden?«

»Das wurde sie bereits. Wir haben DNA-Spuren gefunden, die mit jenen zusammenpassen, die bereits in unserem System waren.«

»Warum hatte die Polizei Carinas DNA?«

»Weißt du das nicht?«

»Nein.«

»Sie wurde vor drei Jahren wegen Drogenmissbrauchs verhaftet. Keine große Sache, sie war nur zwei Tage in Haft. Danach ist sie nicht mehr auffällig geworden.«

»Wegen des Konsums wurde sie eingesperrt?«

»Eher wegen Vandalismus. Sie hat halb Hallein zerlegt. Mit einem Baseballschläger.«

»Spinnst du?«

»Das ist die Wahrheit, leider. Hat sie dir nie davon erzählt?«

Elena schüttelt den Kopf.

»Vielleicht sogar verständlich. Wenn mir das passiert wäre, hätte ich auch niemandem etwas davon gesagt.«

»Als ob dir so etwas passieren könnte.«

»Man weiß nie.«

»Damit hast du wohl recht. – Also?«, fragt Elena schließlich.

»Also was?«

»Kann ich sie jetzt sehen?«

»Wenn du unbedingt willst.«

»Bitte.«

»Okay, dann folge mir.«

»Wird es schlimm werden?«

»Ich denke schon, ja.«

»Okay.«

»Bist du dir wirklich sicher?«

»Gehen wir.«

Sie laufen gemeinsam den Gang entlang.

Wortlos, bis Elena sagt: »Wie geht es dem Hofer? Ich habe das von seiner Entführung gelesen.«

»Aber du hast dich nicht gemeldet.«

»Wirklich? Du machst mir Vorwürfe? Jetzt?«

»Entschuldige.«

»Was hätte ich auch sagen sollen? Schön, dass du gefunden wurdest? Schön, dass du noch lebst? Wäre das passend gewesen?«

»Wahrscheinlich nicht, nein.«

»Eben.«

»Elena?«

»Ja?«

»Es ist gut, dass du da bist.«

»Danke, dass du mich informiert hast.«

»Du schaffst das.«

»Ich gebe mein Bestes.«

»So wie immer.«

»So wie immer.«

3

Bob hat schon immer gern Filme gesehen. Französische Filme, Horrorstreifen im Speziellen. Aber auch auf sämtliche Bud-Spencer-und-Terence-Hill-Filme fährt er ab. Wie er dabei lachen kann, schwerelos wird. Wenn die bösen Jungs wieder einmal eine auf die Nuss bekommen. Von vorn, von hinten, mit den Köpfen zusammenstoßen.

Rums. Peng. Klopp.

Bob mag die Geräusche, die Dynamik. Die Charaktere, die platten Plots. Gut gegen Böse. Immer ist klar, wer auf welcher Seite steht. Die Guten sind durch und durch integer. Die Bösen durch und durch teuflisch. Keine Grauzonen, es ist eindeutig, wer eins mitten in die Fresse bekommen muss.

»Sehr unsubtil«, hat der Baum diese Filme oftmals kommentiert, doch genau das mag der Bob an ihnen. Zwischentonlos. Und genauso fühlt er sich auch in dem Moment, als sich die Heckklappe des Lieferwagens öffnet und er an den Beinen aus der Pritsche herausgezerrt wird. Er hat sein Zeitgefühl komplett verloren, hat während der Fahrt kein Gespür dafür entwickelt, wo sie waren, wohin sie fuhren. Und hat auch jetzt keins.

Geknebelt und gefesselt, seine Augen verbunden. Er kann einen Lichtstrahl erkennen, davor eine Silhouette, die sich durch den feinen Stoff seiner Augenbinde abzeichnet. Er spürt den Staub, der sich auf seiner Haut niederlässt, als er auf den harten Boden fällt, die spitzen Steine überall.

Er merkt, dass es eine einzelne Person ist, die ihn hinter sich herschleift, die ihn gefesselt und mitgenommen hat. Er hat kein Bild zu ihr im Kopf, kein Gesicht vor Augen. Alles ging zu schnell. Hinein ins Auto und ab durch die Mitte.

Gaby Mühlheimer hat er nicht mehr gesehen. Wie es ihr wohl geht? Sein letzter Informationsstand ist, dass sie die Notoperation gut überstanden hat. Die Arme. Hoffentlich wird sie es schaffen.

Denkt Bob, als ihm mit dem nächsten Ruck an seinen schmerzenden Füßen klar wird, dass nicht Gaby Mühlheimer gerade ein großes Problem hat, sondern er selbst.

Er will schreien, sich wehren, um sich schlagen, doch nichts davon gelingt ihm. Zu eng sitzen die Fesseln, die Binde, der Knebel. Er kann sich nur um die eigene Achse drehen. Er will seinen Entführer herausfordern, will ihn dazu bringen, mit ihm zu reden, sodass er vielleicht erkennen kann, um wen es sich dabei handelt.

Das Problem ist nur: Der andere sagt nichts.

Bob hört nur das Pfeifen des Windes, hie und da das Zirpen eines Insektes. Er muss irgendwo im Nirgendwo sein. Fernab vom Schuss, weit weg von Salzburg. Wobei: So weit von der Stadt entfernt können sie auch wieder nicht sein. Damit sich das ausginge, hätte er lange bewusstlos sein müssen.

Es ist Abend. Bob spürt das irgendwie, obwohl ihm der Sehsinn genommen wurde. Er weiß, dass es die letzten Sonnenstrahlen des Tages sein müssen, die auf seinem Gesicht tanzen. Alles andere ist unmöglich, unrealistisch.

Erneut spürt er ein Ziehen an seinen Gliedmaßen. Es dauert nur ein paar Sekunden, dann rollt sein Körper über eine unebene Fläche bergab. Er kann es nicht verhindern, lässt es geschehen. Bis er gegen eine Wand prallt. Ein Belastungstest für die Rippen, sie knacken laut. Innerlich stöhnt er auf, reißt sich aber zusammen und bleibt stumm.

Er hört, wie ein Tor geschlossen wird.

Ein dumpfer Laut, ein Echo. Dann wieder Dunkelheit.

Wie vorher.

Wie die Verzweiflung, die sich wieder in ihm aufbaut.

Wie vorher.

Und die Hoffnung, die immer kleiner zu werden scheint.

Wie vorher.

Bob, wieder einmal auf sich allein gestellt.

»Hilfe«, wimmert er leise und in den Knebel.

Doch niemand kann ihn hören.

4

Wir sitzen im Auto. James Blunt im Radio. »Everything is okay«, singt er, aber für mich fühlt es sich nicht so an. Ganz im Gegenteil. Vom »Okaysein« sind wir derart weit entfernt, dass es sich nicht in Worte fassen lässt.

Die vielen Wagen, die sich auf der Autobahn drängen, obwohl die Stoßzeit für Berufspendler längst vorbei ist. Eigentlich gibt es keinen Grund dafür, dass so viele Menschen zu genau diesem Zeitpunkt unterwegs sein müssen. Die Dämmerung, die bereits in schwarze Finsternis übergeht, hüllt uns ein. Die Beleuchtung im Auto ist fast komplett ausgefallen, nur noch ein schwaches Licht im Armaturenbrett scheint auf die gefahrenen Stundenkilometer, die Tankanzeige.

Seit Salzburg haben wir kein Wort gewechselt. Ich spüre Michis Blick von der Seite, immer wieder mal. Wie sie anhebt, etwas zu sagen, es dann aber doch lieber bleiben lässt.

Meine Gedanken schweifen zu dem kleinen Paket, zu den Fotos, der Adresse, zu dem per Hand hingekritzelten: »Keine Polizei, versteht sich.«

Ich, wie ich aus dem Hirschen renne, in Richtung meines Autos, das ich irgendwo in der Gstättengasse abgestellt habe, in zweiter Reihe, Strafzettel an der Windschutzscheibe. Alles egal jetzt.

Die Michi, die mir hinterherläuft, die »Warte auf mich!« ruft.

Ich will sie abhängen, will sie nicht in noch größere Gefahr bringen, als sie ohnehin schon ist. Ich werde zu dieser Adresse fahren und reinen Tisch machen. Ganz gleich, was dafür nötig sein wird. Will das alles endlich hinter mir lassen. Einen Schlussstrich ziehen, so schnell wie möglich.

Doch die Michi lässt sich nicht abhängen, und ich kann sie nicht zurücklassen.

»Du spinnst doch!«, ruft sie mir zu, als ich bereits im Auto sitze und den Wagen starte. Schon hockt sie auf dem Beifahrersitz und zeigt mir einen Vogel. »Was soll denn das?«, fragt sie mich.

Und ich sage: »Bleib hier, Michi, bitte. Du bringst dich nur unnötig in Gefahr, ich schaff das schon allein.«

»Du bist ja von allen guten Geistern verlassen.« Keine Frage, ein Statement. »Meinst du wirklich, dass ich dich jetzt allein lasse? Nach allem, was wir heute schon erlebt und durchgemacht haben? Never ever, würde Bob sagen. Wir ziehen das jetzt gemeinsam durch oder gar nicht.«

»Michi, bitte.«

Sie verschränkt ihre Arme, schmollt. Die Lippen übereinandergestülpt, wie früher. »Da kannst du lange bitten.«

Ich schaue sie an, sehe ihr tief in die Augen, merke, dass ich keine Wahl habe. Wenn die Michi Hofer etwas will, dann wird es die Michi Hofer auch bekommen. »Na gut«, sage ich, lege den ersten Gang ein, und wir fahren los. Meter für Meter dem Verderben entgegen.

Eine Stunde später passieren wir Linz. Michi gähnt herzhaft, streckt sich neben mir, versucht, wach zu bleiben, obwohl die Müdigkeit uns beide zu übermannen droht. Zu lang der Tag, zu unglaublich das an ihm Erlebte.

»Ach, Linz«, sagt sie auf einmal. »Da ist mir auch schon mal eine Geschichte passiert.«

»Wo nicht?«

»Jetzt hör aber auf. Du stellst mich immer wie das ärgste Flittchen hin. Vor allen.«

»Du legst es aber auch immer wieder darauf an.«

»Überhaupt nicht.«

»Doch, mit solchen Sätzen wie dem gerade eben zum Beispiel.«

»Aber wenn es doch stimmt.«

»Dann musst du damit leben, dass manche dich als Lebefrau bezeichnen.«

»Der Begriff gefällt mir.«

»Das denke ich mir.«

»Nein, wirklich. Das klingt so international, global.«

»Eh.«

»Soll ich jetzt erzählen, was mir in Linz mal passiert ist?«

»Will ich es wirklich wissen?«

»Keine Ahnung.«

»Na gut, lass mich raten: Ein wilder Rave im ›Posthof‹, oszillierende Leuchtstäbchen im BH, ein Joint, dessen Stoff härter war als gedacht. Und zack, bist du am nächsten Tag mit einem Kater in einer Studenten-WG aufgewacht und hattest keine Ahnung, ob du mit einem der Jungs geschlafen hast und wie du überhaupt dorthin gekommen bist. Also zurück in den Zug, die Unwissenheit hat noch an dir genagt, aber da musstest du durch, das gehörte dazu. Back in Salzburg und Ende der Geschichte.« Ich lächle sie an, schelmisch. Weiß, dass ich den Nagel auf den Kopf getroffen habe. Merke es an der Röte, die ihr ins Gesicht steigt. An den dunklen Wangen. »Richtig?«

»Vergiss es einfach«, sagt sie und dreht sich zur Seitenscheibe, um stoisch nach draußen zu schauen, um so zu tun, als interessiere sie die Landschaft. »Schön ist's hier«, sagt sie tatsächlich, und dann

müssen wir beide lachen, unvermittelt. Es bricht aus uns heraus. Weil wir zum ersten Mal in unser beider Leben froh sind, uns zu haben, aufeinander zählen zu können. Eine merkwürdige Beziehung haben wir, ja, aber sie besteht, ist existent, intakt. Und das ist es, was in Momenten wie diesem zählt.

»Du kennst mich wirklich besser als gedacht«, setzt sie noch nach, während wir weiterfahren.

Kilometer für Kilometer. An Amstetten vorbei und weiter.

5

Mindestens ein Mal im Leben gerät man in Schieflage. Ein Mal im Leben muss man sich entscheiden: Geht man nach links oder nach rechts. Oder versucht man es mit dem Kopf durch die Wand. Oder geradeaus, über Stock und Stein. Denn Marmor, Stein und Eisen bricht, nur ein fester Wille nicht. Oder so ähnlich.

Das haben sie ihnen vor dem Juristenexamen gesagt. Jeder Anwalt käme in seinem Juristenleben an den Punkt, an dem alles den Bach runterzugehen drohe. Wo man entweder vorher die Handbremse ziehen oder mit Karacho auf den Abgrund zufahren müsse.

Für Rechtsanwalt Maier scheint dieser Tag gekommen zu sein. Das Problem ist nur, dass er über den Punkt des Sich-noch-entscheiden-Könnens bereits hinausgeschossen ist und nicht mehr zurückkann. Nicht, nachdem der unbekannte Erpresser ihn dazu genötigt hat, den Rauscher abzuholen, und er dem Befehl Folge geleistet hat. Nicht, nachdem er Josef engagiert hat, einen Ex-Knacki aus der Wiener Justizanstalt Stein, der immer wieder mal wegen Körperverletzung und Co. einsitzt. Der Maier hat ihn einmal verteidigt, viele Jahre ist das mittlerweile her. Damals ist er mit einer bedingten Haftstrafe davongekommen, obwohl er einem Studenten die Nase gebrochen und ein paar Zähne ausgeschlagen hatte. Im Suff. Blau hat sich der Josef einfach nicht mehr unter Kontrolle, doch ansonsten ist er eine gute Haut.

Und weil er dem Maier einen Gefängnisaufenthalt weniger in seinem Leben verdankt, tut er ihm hin und wieder gern einen Gefallen. Der ruhig auch mal etwas ausgefallen sein darf. Wie zum Beispiel die Entführung eines gerade erst freigelassenen Häftlings. Auch wenn dieser relative Berühmtheit erlangt hat, in Österreich zumindest, ist das dem Josef egal. Der Maier wird schon seine Gründe dafür haben, das zu tun, was er tut. Und ja, er konnte den Rauscher ohnehin nie leiden, diesen aufgeplusterten Unsympathen. Da kam ihm der Auftrag gerade recht, dem Möchtegernpromi etwas Chloroform unter die Nase zu halten. Ohnmächtig binnen Sekunden. Gern hätte er ihm auch noch eine Ohrfeige verpasst, einfach so, weil er es gekonnt und die Möglichkeit dazu gehabt hätte, doch der Maier hat abgewinkt.

»Der Rauscher muss unverletzt bleiben«, hat er gesagt. Und der Josef hat sich daran gehalten. Wenn der Chef das so will, wird es auch so gemacht.

Jetzt fährt er stur weiter auf der Autobahn. Immer mal wieder wirft er einen Blick in den Rückspiegel, überprüft, ob der Rauscher nicht zu früh wieder zu sich kommt. Doch der schläft immer noch wie ein Baby und rutscht von Minute zu Minute weiter in Richtung Boden. In einer unnatürlich verrenkten Haltung, regungslos, weggetreten. So wie es sein soll. Auf der Rückbank. Daneben der Maier, der starr aus dem Seitenfenster blickt und dem die Nervosität deutlich anzusehen ist.

Der Josef ist zufrieden. Der Maier weniger.

6

Ermittlungen laufen immer gleich ab. Auf der Suche nach einem Motiv werden Angehörige, Freunde, Weggefährten des Opfers befragt. Es wird nach Zeugen gesucht, getüftelt und recherchiert. In der Hoffnung, irgendwann die Nadel im Heuhaufen zu finden. Diesen einen Funken, der dann zu einem Feuer wird. Bis man endlich klarsieht. Weil da auf einmal Licht in die Sache kommt, Licht ins Dunkel.

Davon ist der Baum noch weit entfernt. Wie er in seinem Büro sitzt, die Hände über dem Kopf verschränkt. Er denkt nach, versucht, Zusammenhänge zu erkennen, das Ganze irgendwie auf einen Nenner zu bringen, doch es gelingt ihm nicht. Zu vieles ist ihm nicht bekannt, zu vieles passt nicht zusammen.

In der letzten Stunde hatte er mit ein paar seiner Kollegen gesprochen, um Infos einzuholen. Über Anna Lebowski, die Tote von Caorle.

Es sei Selbstmord gewesen, versicherten sie ihm. Sogar eine Spezialabteilung in Wien habe sich mit dem Fall befasst und sei zu keinem anderen Schluss gekommen. Sie hat sich das Leben genommen. Selbst. Keine Gewalt von außen. Also kein Mord.

Somit besteht auch keine Ähnlichkeit mit dem Tod von Carina. Deren Leiche deutliche Zeichen von Fremdeinwirkung aufweist, dafür braucht es keine aufwendige Analyse. Die beiden Toten haben sich gekannt, waren Quellen zufolge sogar eng befreundet. Die It-Girls von Salzburg quasi. Anscheinend bekannt genug, um Verrückte auf den Plan zu rufen, um ihren Hass auf sich zu ziehen und ihre Wut zu schüren. Warum auch immer.

Der Baum kann sich keinen Reim darauf machen, versteht die Welt, diesen Tag nicht mehr, der eine derartige Wendung genommen hat. Obwohl er eigentlich gut begann. Aber jetzt sitzt er hier, planlos, ziellos.

Da schwingt ohne Vorwarnung die Tür seines Büros auf, und ein kurzatmiger Beamter steht im Rahmen. Schweißperlen auf der Stirn, abgehackte Atmung, Burger sein Name. »Herr Baum … ich …«

»Jetzt schnaufen Sie erst mal tief durch, Burger. Was ist denn passiert?«

»Ja, äh, ja … danke … Aber … ein Anruf … für Sie.«

»Wer ist es?«

»War … es … Hat … schon … aufgelegt.«

»Und?«

»Hat nur … einen … Satz … gesagt.«

»Was?« Es wird von Sekunde zu Sekunde bunter. Wilder. Grausiger.

»Die Stimme … hat nur … einen Satz … gesagt.« Burger atmet endlich tief ein und aus. Und ein zweites Mal. Dann scheint er sich beruhigt zu haben. »Ich soll ihn Ihnen persönlich übermitteln.«

»Und der wäre?«

»›Trauen Sie dem Hofer nicht.‹«

Der Baum schaut den Burger ungläubig an. »Bitte?«

»›Trauen Sie dem Hofer nicht.‹ Mehr hat der Anrufer nicht gesagt. Seine Stimme war verzerrt, schwer zu verstehen. Aber ich bin mir ganz sicher, dass ich den Satz richtig wiedergegeben habe. Er hat ihn noch einmal wiederholt und dann aufgelegt.«

»Wollen Sie mich verarschen?«

»Nein, Herr Baum, natürlich nicht.«

Die Gedanken, die in diesem Moment durch Baums Kopf wirbeln, sind zu schnell, um sie zu fassen. Zu schnell für ihn, zu schnell für irgendwen sonst. »Danke«, stammelt er leise.

Der Burger nickt, schließt vorsichtig die Tür und läuft den langen Gang zurück zu seinem Büro.

Der Baum greift nach seinem Handy, sucht in der Anrufliste nach dem Hofer und tippt auf seinen Namen. Das Leerzeichen ertönt ein paarmal, dann meldet sich die Mobilbox. Der Hofer geht nicht ran.

Wütend schleudert der Baum sein Smartphone auf den Tisch und hämmert mit der Faust auf seine Unterlage aus Papier ein. Das darf doch alles nicht wahr sein, denkt er, doch es hilft nicht. Nichts kann die Wut, die Schwere, die sich auf ihn senkt, von ihm nehmen. Nichts kann ihm in dieser Situation helfen.

Außer das Wissen, dass alles gut werden wird. Aber daran zu glauben, davon ist er gerade weit entfernt.

Sehr, sehr weit.

7

Wenn man spürt, dass der Showdown langsam näher rückt, entsteht so ein Kribbeln. Man will es unterdrücken, aber es lässt sich nicht verhindern. Es ist das Resultat einer Mischung aus Nervosität, Angst und Aufregung. Ja sogar ein wenig Freude schwingt darin mit.

Das alles kann eine einzelne Person binnen weniger Sekunden spüren und begreifen. Vor allem, wenn sie gerade die Heckklappe eines Wagens öffnet und darin einen gebrochenen Menschen sieht. Gefesselt und geknebelt. Sich wehrend gegen die Gefangenschaft, dumpf wimmernd, unverständlich, unklar.

Dieses erhabene Gefühl der Macht. Der Macht über einen anderen Menschen. Das alles spürt derjenige, der den bemitleidenswerten Körper aus dem Fond des Autos zieht. Den Körper, der sich gegen ihn stemmt, gegen ihn ankämpft, doch keine Chance hat. Keine Möglichkeit zu entrinnen. Nicht so, gefesselt, wie er ist.

Bob fühlt den kalten Boden unter seinen Händen. Er versucht, sich den Untergrund bewusst zu machen, Reflexe, Licht, Geräusche wahrzunehmen. Doch vergeblich. Wie ein eingerosteter alter Mann kommt er sich vor, als er seine Sinne wieder aktivieren will. Doch es wird nicht besser. Ein paar Vögel in weiter Ferne, Gezwitscher, das ist alles, was er wahrnimmt. Und den Schmerz, der durch seinen ganzen Körper fährt, als der andere ihn endlich loslässt, als der Untergrund noch härter wird. Als sich plötzlich ein komischer Geruch ausbreitet.

Der Geruch von Kühen, Stall, Bauernhof. Wie er versucht, einen Konnex zwischen den Gerüchen herzustellen, doch selbst der widerliche Gestank, der ihm in seine Nase dringt, hilft ihm nicht. Ganz im Gegenteil. Er macht es noch schwieriger für ihn. Weil er sich nicht darin erinnern kann, wann er einen solchen Geruch das letzte Mal in der Nase gehabt hat. Es muss Jahre her sein, in Bad Gastein wahrscheinlich. Ist er also wieder in Bad Gastein?

Immer größer wird die Angst, immer stärker breitet sie sich in ihm aus. Weil es nichts Persönliches ist. Weil er weiß, dass er nur der Lockvogel ist.

Später wird Bob nicht mehr beantworten können, ob er es schon vorher gewusst oder ihn erst die verzerrte Stimme darauf gebracht hat, die jetzt sagt: »Dann warten wir hier gemeinsam auf den Hofer. Einverstanden?«

Und wieder wird alles schwarz um ihn.

8

»Sollte mir etwas zustoßen, sag Lilli bitte, dass ich so froh war, sie kennengelernt zu haben.«

»Hör auf damit.«

»Nein, wirklich, ich meine es ernst.«

»Das weiß ich. Deshalb sollst du ja auch damit aufhören.«

»Aber irgendetwas wird geschehen. Ich weiß es, und du weißt es auch. Es bringt nichts, die Augen vor der Realität zu verschließen. Irgendwer spielt ein Spiel mit uns, mit mir. Und wir beide haben keine Ahnung, wie dieses Spiel ausgehen wird.«

»Trotzdem.«

»Es gibt kein Trotzdem.«

»Wir sollten die Polizei anrufen, den Baum.«

»Das können wir nicht, Michi, und das ist dir auch klar. Weil sie mich dann drankriegen werden wegen der Sache mit dem Bundschuh. Ich bin erledigt, Michi, so oder so.«

»Aber das kannst du jetzt doch noch gar nicht sagen.«

»Michi, bitte. Jetzt hörst du aber auf damit.«

»Womit?«

»Mir falsche Hoffnungen zu machen. Das Spiel hat begonnen. Und alle Vorzeichen stehen gegen mich.«

Die Michi sagt nichts mehr. Schaut scheinbar gebannt durch die Windschutzscheibe auf den glänzenden Asphalt vor uns. Vor Kurzem muss es geregnet haben, ein paar nasse Spuren sind noch zu sehen.

Wir nehmen die nächste Ausfahrt, fahren über die Bundes-

straße. Immer weniger Autos. Nach ein paar Kilometern erreichen wir ein dichtes Waldstück. Hier will niemand liegen bleiben, hier hält man nur, wenn es unbedingt sein muss.

Und das muss es. Ich verringere langsam die Geschwindigkeit, achte auf die Kilometersteine am Straßenrand, suche nach dem Weg, der uns an den verdammten Ort führen soll. Ich spüre Michis Blick, der auf meinem Gesicht ruht, die Traurigkeit, die Hilflosigkeit, die sie erfüllen. Weil sie nur Zaungast ist, eine Zuschauerin, irgendwie dabei und irgendwie auch nicht.

Auch ihre Unzufriedenheit kann ich verstehen. Dass sie nicht das Heft in der Hand hat, stört sie. So sind wir. Uns sehr ähnlich. In mancherlei Hinsicht zumindest.

Ich setze den Blinker, obwohl weit und breit kein anderer Wagen zu sehen ist. Die Dunkelheit der Nacht hat uns verschlungen. Ich fühle mich, als wären wir bereits drei Tage wach. Als wäre dies der längste Tag aller Zeiten. Und wahrscheinlich ist er das auch.

»Was willst du jetzt tun?«, bricht sie plötzlich das Schweigen, das sich in meinem Wagen ausgebreitet hat. Während wir über den verlassenen Feldweg holpern, das Licht der Autoscheinwerfer auf und ab springt. Wie wir uns diesen Pfad ebnen, der eigentlich keine Straße mehr ist, der in den letzten Jahren nicht allzu oft befahren worden sein dürfte. Aber dem man gleichzeitig anmerkt, dass erst vor Kurzem, vielleicht vor einer Stunde, ein paar Minuten, jemand ihn befahren hat. Mit einem schwereren Fahrzeug als dem unsrigen. Einem Lieferauto vielleicht, einem Kleinbus oder etwas Ähnlichem.

Ich fahre weiter, unbeirrt und in der Hoffnung, dass mir irgendwann klar werden wird, was unser genaues Ziel ist. Denn das wissen wir nicht. Wir haben nur die Koordinaten bekommen, die wir online bereits eingegeben haben. Ein Haus, irgendwo im Nirgendwo, ein Waldstück, mit Google Earth zu sehen. Von oben, unscharf. Weil da ansonsten nichts ist, weil es keinen Sinn machen würde, bessere Bilder davon bereitzustellen. Weil da niemand hinwill, niemand hinmuss. In diese verlassene Gegend, so weit ab vom Schuss.

Dann sage ich: »Ich weiß es nicht. Wir müssen abwarten, schauen, was passiert.«

Ich wirke entspannter, als ich es bin. Alles in mir zieht sich zusammen, verkrampft sich. Mein Magen schmerzt, mein Herz klopft, in einer hohen Frequenz, irgendwie unrhythmisch. Doch ich versuche, mir nichts anmerken zu lassen. Um Michi nicht zu beunruhigen, um ihr nicht auch noch den Rest an Mut kaputtzumachen, den sie noch in sich trägt. Ansonsten wäre sie nicht hier. Ansonsten hätte sie mich niemals begleitet.

Das schätze ich an ihr. Diesen Heldenmut. Edel.

Das denke ich, als die Bäume lichter werden. Der Weg macht einen scharfen Knick nach rechts, es folgt eine Steigung. Wir fahren, Schritttempo. Alles in uns ist auf Krawall eingestellt. Noch die feinsten Härchen auf unseren Unterarmen richten sich auf. So angespannt sind wir, so viel Angst ist da. Dann das Bauernhaus. Wie es plötzlich vor uns auftaucht.

Ein alter, verlassener Hof, schon von Weitem zu erkennen. Ein kleines Feld, das ihn umgibt. Etwas weiter entfernt ein Futterhaus.

Und als wäre diese Szenerie nicht schon angsteinflößend genug, beginnt es am Horizont zu blitzen. Nur kurze Zeit später: Donner. Unheilvoll ziehen sich die Wolken über der weiten Lichtung zusammen, auf der wir langsam zum Stehen kommen. Ich drehe die Scheinwerfer des Wagens aus, um nicht sofort auf uns aufmerksam zu machen.

In der gleichen Sekunde bemerke ich, wie dumm dieser Gedanke ist. Dass das Spiel sowieso schon begonnen hat, ohne dass ich gefragt wurde. Dass wir erwartet werden. Dass das Licht auf der anderen Seite des Geländes angeht. Eine Laterne, irgendwo an einer Seitenwand des Bauernhauses installiert. Ein grelles gelbes Licht, das zu flackern beginnt. Einmal, zweimal, dreimal. Dann leuchtet es wieder durchgängig.

Die Michi und ich schauen uns an. Wir fühlen uns wie in einem Horrorfilm. So surreal das alles, so unglaublich.

Wieder das Flackern. Wir öffnen die Autotüren gleichzeitig, steigen aus. Es ist ein Zeichen, das wird mir in diesem Moment klar. Ein abartiges Zeichen, dass wir uns nähern sollen, das mich anlocken soll, das irgendetwas zu bedeuten hat.

Ich setze einen Fuß vor den anderen, bin vorsichtig, aufmerksam, will nichts verpassen. Es darf mir nichts entgehen. Der matschige Boden macht es schwer, etwas zu erkennen. Wieder der Beweis dafür, dass es hier geregnet hat, und die Ahnung, dass es, den dunklen Wolken über uns zufolge, bald wieder losgehen wird.

Blitz und Donner. Die Laterne. Ein erleuchtetes Szenario. Ich nähere mich dem Licht, nur noch wenige Meter bis zum Bauernhof. Ich sehe die Steinplatten, die früher eine Terrasse waren, die alte Farbe, die an vielen Stellen bereits von der Wand gebröckelt ist. Helles Ocker auf weißem Grund.

Nur noch ein paar Schritte und ich bin da.

Ich höre den keuchenden Atem von Michi hinter mir. Sie wollte nicht im Auto bleiben, sondern bei mir sein. Ich konnte und wollte mich nicht entscheiden, was für sie besser wäre. Im Auto zu warten oder mitzukommen. Beide Varianten sind gefährlich. Ich könnte mich dafür verfluchen, Michi mitgenommen zu haben, sie dieser Gefahr auszusetzen, was auch immer gleich passieren wird.

Denke ich, als plötzlich das eintritt, womit ich nicht gerechnet habe. Alles habe ich erwartet, wirklich alles.

Nur das nicht.

Dass der Bob vor mir steht, in vielleicht fünfzehn Meter Entfernung, sein ganzer Körper zittert. Zuerst glaube ich, dass er eine Pistole in der Hand hält, und ducke mich weg, als er diese hebt. Dann erkenne ich ein Megafon.

Er setzt es an seine Lippen und sagt: »I'm so sorry. Ich musste es tun.«

Ich bin überfordert. Kann nicht mehr klar denken, brülle: »Was denn, Bob? Was musstest du tun?«

»Es vortäuschen. Pretending.« Seine Stimme, durch den eingebauten Verstärker verzerrt.

»Was hast du vorgetäuscht?«, schreie ich.

»The kidnapping.«

Mir wird übel, heiß, schwindlig. Alles auf einmal. »Aber …«, stottere ich.

»I know it all. You said it while sleeping.«

»Aber ...« Mir fällt nichts anderes ein.

»Michi, go home«, setzt der Bob nach. »Please.«

»Bob, was soll das?« Michis Stimme wie aus weiter Entfernung. Dabei steht sie direkt hinter mir, hat vor Überraschung den Atem angehalten. Genau wie ich.

Der Bob antwortet ihr nicht. Sagt nur noch einmal: »You have to go, Michi. Now!« Die Wut in seiner Stimme. So selten, so gar nicht zu ihm passend.

»Was willst du damit bezwecken, Bob?«, brüllt die Michi, Tränen in den Augen.

»Go!«, schreit der Bob ins Megafon. »Or Andi will die. Now!«

»Was?« Michis Stimme ist schriller geworden.

»This is the dead end«, sagt der Bob in normaler Lautstärke und schaut traurig zu Boden. »And now go. Es ist das letzte Mal, dass ich dich darum bitten werde.« Sein Deutsch, so hart, so akzentfrei, wenn er denn will. Weil er es kann, es beherrscht.

Michi hat sich noch immer nicht bewegt, sich nicht von der Stelle gerührt. Ihr Blick, auf Bob gerichtet. Bobs Blick, auf sie gerichtet. Dann greift er in seine Tasche, der Regen setzt ein, das grelle Leuchten am Himmel, der laute Donner, der ihm folgt. Es dauert ein paar Augenblicke, bis ich erkenne, dass er jetzt tatsächlich eine Waffe in der Hand hält. Eine Pistole, klein, schwarz, direkt auf uns gerichtet, auf Michi.

»I'm really, really sorry«, wimmert er und entsichert sie. Ihr Lauf wandert ein paar Zentimeter nach links, es sieht so aus, als zielte er direkt auf Michis Stirn.

Ich kann nicht mehr schweigen, brülle: »Lauf weg, Michi! ... Bob, lass sie gehen! Bitte!« Wie ich ihre Schritte höre, die sich langsam entfernen, weg von uns, weg von dieser ganzen Scheiße. Die Pistole in seiner zitternden Hand. Er bewegt sie auf und ab, um Michi zu bedeuten, dass das alles schneller gehen muss, dass uns keine Zeit mehr bleibt.

Ich wende mich ihr zu. Michi setzt langsam ihre Schritte, ihre Augen fixieren Bobs Gesicht. Noch ein paar Meter, dann dreht sie sich um, vorsichtig. Und geht zurück in Richtung des Wagens. Ihr

Körper bebt. Vor Angst, vor Wut, vor der Unmenge an Emotionen, die sie in diesem Moment überkommen, sie gefangen halten.

Ich starre wieder zu Bob. Warte darauf, was nun passieren, was die Zeit bringen wird.

»Was –«, will ich sagen, doch Bob unterbricht mich. Mit einer raschen Handbewegung, einem leisen Zischen.

»Wait«, sagt er.

Und ich warte. Drehe mich nicht noch einmal nach Michi um.

Es scheint eine Ewigkeit zu dauern, bis Bob sich wieder bewegt. Bis er das Megafon auf den Boden legt, die Waffe langsam senkt. Erst als er die in weiter Ferne zuschlagende Autotür hört, lässt seine Anspannung nach, und er schrumpft wieder zurück zu alter Statur.

Der Bob, wie ich ihn kenne, seit Jahren, seit Jahrzehnten. Ich habe keine Ahnung, was dieses Schauspiel soll, will, dass es sofort aufhört. Diese Scharade, dieses wirre Versteckspiel. Bitte, sofort, bitte, bitte …

Aber nichts hört auf.

Nein, das tut es nicht.

9

Wie sie den sterilen Raum betritt und sich Ruhe in ihr ausbreitet. Weil nirgends ein Geräusch ist, kein Geruch, keine Störung. Nur dieser Raum mit den silbernen Wandbeschlägen, mit dem weißen Fliesenboden und den vielen Bahren. Die meisten von ihnen leer, unbenutzt. Auf anderen scheint jemand zu liegen, regungslos, tot. Von einem grünen Tuch bedeckt. Würdevoll soll das aussehen.

Elena geht langsam voran. Die Krankenschwester hat ihr den Weg gezeigt, ist an der Tür stehen geblieben und hat sie leise geschlossen. Wollte ihr genügend Zeit und Privatsphäre lassen, um sich adäquat zu verabschieden, um noch ein paar Momente mit ihrer Schwester verbringen zu können.

Elena hat ihr beim Betreten des Raums wortlos zugenickt, hat die Trauer in den Augen der Krankenschwester gesehen, ihre aufgequollenen Lider, die roten Adern. Hat beides bemerkt und sich gedacht, dass die Menschen manchmal schon merkwürdig sind. Wie sie in bestimmten Situationen empathisch sein können, während sie sich in anderen, in denen es oftmals nötig wäre, genau gegenteilig verhalten. Kein Mitgefühl, keine Reue zeigen, kein schlechtes Gewissen haben. Nur so hart sind wie ein Mensch, der schon viel erlebt hat. Zu viel.

Mit diesen Gedanken versucht sie sich abzulenken. Von der Situation, die ihr viel zu viel ist, mit der sie nicht umgehen kann, auch wenn sie sie selbst so gewollt hat. Insgeheim wünscht sie sich, der Baum hätte sie begleitet, um in diesem Moment nicht allein zu sein, doch da muss sie durch. Sie weiß es.

Sie will es nicht wahrhaben, aber sie weiß es.

Also geht sie weiter. Bahre Nummer zwölf, haben sie ihr gesagt. Auf der liegt ihre Schwester. Ein letztes Mal wird sie sie jetzt sehen. Ein allerletztes Mal in ihrem Leben. Sie tastet sich langsam heran, findet die Beschriftung, das Totenbett, vor dessen Anblick sie sich die letzten Stunden so gefürchtet hat.

Als sie es erreicht, atmet sie tief durch. Ein paarmal hintereinander. Bevor sie das Tuch an einer Ecke packt, es nach unten zieht und vor ihr der nackte Körper ihrer Schwester liegt. Einfach so.

»Carina«, schluchzt sie leise. »Was ist mit dir passiert?« Mit Tränen in den Augen beugt sie sich über sie, gibt ihrer Schwester einen Kuss auf die Stirn. Sie spürt die kalte Haut auf ihren Lippen. Dann umarmt sie ihn. Den Leichnam. Die Tote aus Salzburg. Und wünscht sich, dass das alles nicht wahr ist, dass das nur ein Traum ist, nicht mehr.

Doch als hinter ihr die Tür aufgeht und der Baum ohne Vorwarnung hereinstürzt, aufgeregt, weiß sie, dass das die Realität ist und nichts anderes.

»Elena!«, ruft er. Und: »Es tut mir leid, aber ich muss weg. Der Hofer, es passiert gerade etwas. Aber ich kann nicht sagen, was.«

Elena schaut ihn ungläubig an. »Wohin fährst du?«

»Ich weiß es noch nicht«, sagt der Baum wahrheitsgemäß.

»Nimm mich mit«, erwidert sie plötzlich.

Der Baum schaut sie verständnislos an. »Das geht nicht«, will er sagen, aber bringt die Worte nicht über die Lippen, als er ihre verweinten Augen sieht, ihren kleinen, zerbrechlichen Körper.

»Bitte«, fleht sie ihn an. »Ich will nicht hierbleiben und kann es auch nicht. Nicht allein, nicht so.«

Der Baum nickt, versteht, kann einfach nicht anders. Er bedeutet ihr mitzukommen, gleich, jetzt.

Sie dreht sich noch einmal zu Carina um. Oder besser gesagt, zu dem Rest, der von ihr übrig ist. Sie drückt ihrer Schwester einen letzten Kuss auf die bleichen Wangen, dann zieht sie das Tuch wieder hoch, langsam über ihren Oberkörper, über ihr Gesicht, die Haare.

Tief atmet Elena durch, wendet sich wenig später ab und verlässt mit dem Baum die Leichenhalle. »Ich muss hier raus«, flüstert sie noch leise, als sich die Tür schon schließt.

Carina bleibt zurück. Allein, aber auch gemeinsam mit den anderen Toten in diesem Raum, eine Symbiose des Todes. Irgendwie bilden die Leichen eine Gemeinschaft und irgendwie auch wieder nicht.

Denn am Ende, so hat es immer schon geheißen, ist doch jeder wieder allein. Auch wenn niemand das will.

10

Der Regen, plötzlich überall. Die Scheibenwischer, auf höchster Stufe, und trotzdem kaum Sicht. Die nassen Schlieren auf der Windschutzscheibe, die von den Wasserfällen verwaschen werden. All das raubt Josef den letzten Nerv.

Genauso wie das nervöse Getue des Rechtsanwalts Maier, sein Herumgezappel, die ängstlichen Blicke, die er nach draußen wirft, durchs Seitenfenster, durch das er schon längst nichts mehr erkennen kann. Es ist zur Gänze angelaufen, dreckig, feucht.

Doch der Maier hört nicht auf, wendet seinen Kopf von links nach rechts. Richtet dabei seinen Blick immer wieder auf den Rauscher. Die Furcht, dass er auf einmal aufwachen, um sich schlagen, ausrasten, den Anwalt überwältigen könnte. All das spürt der Josef auf dem Fahrersitz, trotz der Entfernung zu seinen beiden Fahrgästen. Er kann Maiers Gefühle förmlich riechen. Die Fertigkeit hat er sich antrainiert, damals im Knast. Das alles einzuatmen: Angst, Wut, Zorn, Liebe. Jede Emotion hat einen Eigengeruch, den er interpretieren kann. Und eine eigene Farbe. Rot ist die Liebe, ganz klischeehaft. Ein dunkles Blau steht für die Wut. Ein komisches Braun für die Angst.

Und genau dieses Braun sieht der Josef jetzt, riecht, erschnuppert es. Weil es den Maier vollends umgibt. Der Josef möchte ihm das am liebsten sagen, es ihm auf die Nase binden, doch er belässt es dabei, mischt sich nicht ein. Weil ihn das alles nichts angeht, weil er dem Maier nur einen Gefallen tut, einen längst überfälligen.

Und weil er weiß, dass der Rechtsanwalt keine Angst haben muss. Der Rauscher wird noch lange genug bewusstlos sein. Die Menge an Chloroform wird ihn locker so lange außer Gefecht setzen, bis sie an ihrem Ziel angekommen sind. Was übrigens nur noch wenige Minuten dauern wird, da die Abzweigung bereits in Sichtweite ist. Der Josef fährt, wie es ihm der Maier erklärt hat.

Biegt ab an der Hinweistafel, folgt dem Weg irgendwann nach rechts. Es gibt kein Entkommen, keine Möglichkeit, sich zu verfahren. Man könne sich auf diesem Weg gar nicht verirren, hat der Maier ihm vor dem Losfahren noch gesagt, und der Josef hat ihm geglaubt. Warum auch nicht?

Zu klar war seine Beschreibung des Weges. Als wäre er schon einmal da gewesen, hat sich der Josef gedacht, als wäre das kein Zufall, dass sie genau zu diesem Ort fahren.

Der Gedanke bestätigt sich, als er den matschigen Pfad entlangfährt. Als sie nach kurzer Zeit eine Gabelung erreichen, an der er wie beschrieben abbiegt und sich auf einmal vor ihnen ein grauer Kasten abzeichnet. Durch den Regen ist alles schwer zu erkennen, und die Dunkelheit der mittlerweile aufgekommenen Nacht tut ihr Übriges.

Der Josef hat die ganze Fahrt über nichts gesagt, doch jetzt bricht er sein Schweigen: »Wir sind da, oder?«

Der Maier nickt.

»Waren Sie schon einmal hier?«

Der Maier nickt erneut.

»Warum?«

Der Maier schluckt.

»Entschuldigen Sie, ich wollte nicht indiskret sein.«

»Das sind Sie nicht«, erwidert der Maier.

Der Josef schweigt, setzt wieder seinen lethargischen Blick auf.

Bis der Maier plötzlich stammelt: »Ich war schon einmal hier, weil ...« Er bricht ab, schluckt wieder. »Weil ... das mein Zuhause ist.«

Der Josef schaut ihn ungläubig an.

Dann sagt der Maier: »Halten Sie. Wir müssen hier aussteigen. Helfen Sie mir, den Rauscher aufzuwecken. Und anschließend warten Sie hier, bis ich wieder da bin. Sie bewegen sich nicht von der Stelle, gehen uns nicht nach, machen nichts, wofür ich Sie später bestrafen muss, klar?«

Jetzt schluckt auch der Josef, bekommt es mit der Angst zu tun. Er, der harte Kerl, der brutale Knochen. Doch in diesem Moment kann er nicht anders, auch nicht aus seiner Haut. Spürt, dass etwas ganz Seltsames im Gange ist, etwas, das niemand der Beteiligten steuern kann. Also nickt er. Weil ihm nichts anderes übrig bleibt.

Er steigt aus, hält sich die Hände über den Kopf, damit der Regen ihn nicht schon in den ersten Sekunden bis auf die Haut durchnässt, doch der Wolkenbruch wird immer stärker. Nirgendwo eine Deckung, keine Chance.

Er öffnet die hintere Wagentür, beugt sich in den Innenraum, packt den schlaffen Rauscher-Körper an den Schultern und richtet ihn auf. Holt mit dem rechten Arm weit aus und gibt ihm zwei Ohrfeigen. Zuerst auf die rechte Wange, dann mit dem Handrücken auf die linke. Die Abdrücke im Gesicht, deutlich sichtbar, rote Striemen, doch der Rauscher rührt sich nicht.

Also wiederholt der Josef das Prozedere. Einmal, zweimal. Endlich kehrt das Leben in den Rauscher zurück. Seine Augenlider beginnen zu flattern, seine Arme zucken, langsam, aber sicher kommt er zu sich.

Als er wenig später die Augen öffnet, sagt der Josef: »Willkommen unter den Lebenden. Willkommen zurück.«

Der Rauscher blickt in Josefs kaltes, emotionsloses Gesicht, erkennt es nicht, windet sich, will fliehen, doch zu straff sitzen die Fesseln, zu stark presst sich Josefs Hand auf seinen Mund. Er kann nicht schreien, sich nicht wehren.

»Kein Wort jetzt«, zischt der Josef dem Rauscher zu, während der Maier aussteigt und sich nach der langen Fahrt die Füße vertritt.

»Knebeln Sie ihn, Josef!«, ruft er über das Autodach hinweg. Der Regen im Gesicht, der knittrige Anzug, der von Sekunde zu Sekunde nasser wird. Nichts davon stört ihn, den Maier, ganz im Gegenteil. Zum ersten Mal am heutigen Tag fühlt er sich frei. Obwohl die Angst größer ist denn je, obwohl das Ocker, das er nicht sieht, für Josef allgegenwärtig ist.

Er weiß nicht, was das zu bedeuten hat, aber es ist zu Hause. Komischerweise. Seit Jahren das erste Mal. Steht er vor dem verlassenen Haus, neben dem zertrampelten Feld.

Der Bauernhof, seine Eltern, die ihn nie ernst genommen, die ihm seine Kindheit geraubt haben. Früh gestorben sind sie, Gott sei Dank. Denkt er und gleichzeitig an seine zwei Geschwister: Beide hatten kein Interesse an einem Leben auf dem Hof. An Stallarbeit, Kühen und Mist. Und er erst recht nicht. Noch nie konnte er etwas damit anfangen, genauso wenig wie mit den harten Worten des Vaters, den Schlägen ab und an. So schnell wie möglich wollte er weg von hier. Fortlaufen und nicht mehr zurückschauen. Weg nach Salzburg. Studium und so weiter. Weil er immer schon recht haben und sein eigenes Leben leben wollte. So wie er es sich vorstellte und nicht anders.

Deshalb: Rechtsanwalt. Und nie mehr zurück in diese Einöde. In diese wilde, unerforschte Gegend. Das hatte er sich nach dem Tod seiner Eltern geschworen. Und doch steht er jetzt wieder hier. Mit den frisch polierten italienischen Lederschuhen mitten im Dreck. So wie früher, als sie sich beim Spielen darin gewälzt haben. Er, seine Schwester, sein Bruder. Lange her. Nur noch eine verblasste Erinnerung an vergangene Zeiten. Ein Bild in seinem Kopf, schon leicht vergilbt, zu viel Zeit ist vergangen.

Daran denkt er, als der Josef ihm den Rauscher vor die Füße wirft. Rücksichtslos ist er, der Josef, aber tief drinnen eine gute Seele. Dessen ist sich der Maier sicher.

Er hat dem Rauscher die Augen verbunden, den Mund gestopft. Wimmernd liegt er auf dem nassen Boden, der Regen prasselt nieder, die Tropfen auf seinem Gesicht. Der Maier wischt sich die Nässe aus den Augen, vom Nasenrücken, dem Mund. Dann zerrt er den Rauscher hoch, packt ihn unter den Achseln, stellt ihn auf die Füße. Wackelige Beine, vor Kälte, vor Angst.

»Los jetzt«, sagt der Maier, geht hinter den Rauscher und schubst ihn vor sich her. Nickt dem Josef noch einmal zu, dankend, wissend. Dann gehen sie. Schritt für Schritt.

Der Rauscher stolpert hin und wieder, blind, sieht den Untergrund vor sich nicht. Mit tauben Füßen und toten Sinnen.

»Weiter«, sagt der Maier, lauter: »Wir sind nicht zum Vergnügen hier.« Und setzt nach: »Leider.« Er ist sich bewusst, dass diese Situation das Schlimmste in seinem Inneren nach außen kehrt, dass etwas Böses in jedem Menschen schlummert, auch in ihm, und nur darauf wartet, sich bei der erstbesten Gelegenheit zu zeigen. Rauskommen, zuschlagen, so lautet die Devise des Bösen.

Das weiß der Maier und versucht, sich selbst zu beruhigen. Sich nicht vor Augen zu halten, was das bedeuten könnte. In welche Gefahr er sich bringt. Sich und den Rauscher.

Und den Josef. Der wieder zurück in den Wagen geklettert ist. Die Kleidung nass, der Geruch nach Feuchtigkeit überall. Er zündet sich eine Zigarette an und wartet.

Beobachtet, wie der Maier und der Rauscher langsam im Nebel der Finsternis verschwinden. Als niemand mehr zu sehen ist, lehnt er sich zurück und schließt die Augen.

11

Manchmal sollte man auch zurückdenken. An die tollen Momente, die man im Leben erfahren hat. An Tage, Stunden, Minuten, Sekunden, in denen sich das Leben von seiner besonders schönen Seite gezeigt hat. An die Augenblicke eines Urlaubs, den Sonnenuntergang, das letzte Glas Wein auf der Terrasse am Strand. An la dolce vita sozusagen.

Manchmal sollte man aber auch daran denken, dass es das Leben an dem einen oder anderen Tag nicht wirklich gut mit einem meinte. Dass es einen durchgeschüttelt, einem ohne Vorwarnung mit voller Wucht ins Gesicht geschlagen hat. Weil es so etwas kann, so etwas tun darf.

Ich denke an den Rauscher, an das Verhör vom Goldberger. An den kargen Raum, das alles ist erst ein paar Monate her, noch immer so nah, so greifbar. Als ich jetzt im strömenden Regen stehe und darauf warte, was der Bob als Nächstes tun wird. Ich denke an die Erpresser von Bad Gastein, an die Oma, an die Nonna. Aber auch an Carina, an Elena und die ganze verdammte Geschichte. An unsere Trennung, die mich so traurig gemacht und für kurze Zeit aus meinem normalen Lebensrahmen geworfen hat. Weil ich nicht damit umgehen konnte, ohne sie zu sein, allein. Weil ich mir damals sicher war, dass wir ewig zusammenbleiben würden, ein Herz und eine Seele.

Seelenverwandte, hat Elena immer gesagt und dabei wahrscheinlich das Gegenteil gedacht.

Habe ich mir im Nachhinein gedacht. Dass es ihr vielleicht nie ernst damit war, sie es einfach nur so sagte, weil man das eben tut unter Verliebten. Vielleicht kamen sie nie aus der Tiefe ihres Herzens, diese Worte, die unnachahmlichen. Dieses gehauchte »Ich liebe dich«, das ich noch Jahre später vermisst und gleichzeitig die Erinnerung daran gehasst habe. Weil Elena mir das Herz gebrochen hat, mir die Struktur genommen, den Boden, den ich so dringend brauche, einfach unter den Füßen weggerissen hat.

Nach dem Unfall im Jahr 1999, der mein Leben in seiner Gänze verändert hat. Der mich lange begleitet, beschäftigt, mich fertig-

gemacht hat. Bis ich vor ein paar Monaten endlich die Wahrheit erfahren habe. Dass es ein Hund war, den ich überfahren hatte. Kein Mensch, ein Hund. Immer noch schlimm, aber besser als ein Mann, eine Frau oder ein Kind, habe ich mir eingeredet. Und der Gedanke stimmt auch heute für mich: immer noch schlimm, aber etwas weniger als befürchtet.

Elena hat die Zeit nicht mit mir durchstehen können. Wahrscheinlich lag es tatsächlich an mir. Ich war nicht mehr auszuhalten, wurde zu einem anderen Menschen, einem Getriebenen. Und jetzt ist Elena plötzlich wieder da, irgendwie zumindest. Durch den Tod von Carina wieder in meinem Leben präsent. Unglaublich, was ein Tag verändern kann. Schon einmal erlebt und heute wieder.

Es kommt mir so vor, als wären Minuten vergangen, während ich an diese Sachen denke, doch es sind nur Bruchteile von Sekunden, in denen ich die Zeit noch einmal Revue passieren lasse. So schnell geht das. Ich habe viel erlebt, aber auch viel vergessen. So ist das Leben, so ist die Zeit.

Zeit, um das Zepter wieder zu führen. Deshalb brülle ich: »And now?« In Englisch. Seiner Sprache. Bobs. Er schaut mich überrascht an.

»Now you have to go«, antwortet er.

»Wohin?«

»Into the house.«

»Warum?«

»Das wirst du gleich sehen.«

Ein letzter Blick zu meinem Wagen, dann gehe ich zu der schweren Eichentür, drücke sie auf, flüchte vor dem Regen nach drinnen und höre noch, wie Bob schreit: »But no tricks!« Ich schließe die Tür hinter mir, und Stille umgibt mich.

Plötzlich geht das Licht an. Eine kleine Funzel, an der Decke montiert, flackert ganz schwach nur.

Vor mir: ein Holztisch, ein Laptop, ein Diktiergerät. Dazu ein klappriger Plastikstuhl in Gelb, der in einer Ecke der niedrigen, alten Bauernstube steht, die ansonsten leer ist. Auf dem Tisch ein Zettel, mit Klebeband befestigt.

»Bitte, nimm Platz. Bitte, spiel mit mir. Bitte, spiel alles ab.« Steht darauf. Ich hole den Stuhl aus der Ecke, stelle ihn vor den Tisch, komme mir vor wie in »Dead End«, dem Horrorstreifen, ein irgendwie mieser Film.

Genau wie diese Situation hier.

Es dauert nicht lange, dann geht das Licht wieder aus. Ich klappe den Laptop auf. Auf dem Desktop nur eine Datei. Ein Video. Benannt: »Der Rauscher«.

Ich klicke es doppelt an, lehne mich zurück. No way back. Ab jetzt.

12

Der Baum, wie er nach draußen läuft. Raus in die Nacht, raus aus der stickigen Polizeizentrale mit dem Leichenschauraum im Keller. Elena hinter ihm, wie sie beide rennen. Bis sie an der frischen Luft sind, bis sie endlich wieder durchatmen können. Freie Bahn, Neustart.

»Geht's dir nicht gut?«, fragt sie ihn.

Der Baum winkt beschwichtigend ab. »Wird schon wieder«, schnauft er. »Ist nur gerade etwas zu viel. Alles auf einmal.«

»Was ist passiert? Was ist mit dem Hofer?«

»Wenn ich's doch nicht weiß. Irgendwer will ihm etwas anhängen. Wieder. Da waren die Botschaften heute, die Anrufe. Auch auf meinem Handy. Irgendetwas stimmt hier verdammt noch mal ganz und gar nicht.«

»Aber nur, weil ein Irrer sich bei dir meldet, kannst du dich doch nicht komplett aus dem Konzept bringen lassen. Das passiert doch bestimmt öfter in deinem Beruf, oder?«

»Schon, aber nicht so.«

»Wie: so?«

»Der Anrufer ist konkret geworden. Und dann noch das Gefühl, dass da mehrere Puzzleteile sind, die zusammengehören, die man nur ineinanderfügen muss, damit man endlich das Bild sieht.«

»Und du schaffst es nicht?«

»Was?«

»Sie ineinanderzufügen.«

»Nicht wirklich, nein.«

Elena streicht ihm über die Schulter. »Es wird alles gut«, sagt sie. »Ich bin mir sicher.«

Der Baum schüttelt vehement den Kopf. »Nein, Elena, du warst nicht dabei. Du hast nicht erlebt, was wir erlebt, was wir mitgemacht, miteinander durchgestanden haben. Das schaffen wir kein zweites Mal. Wir haben nicht noch einmal so viel Glück. Wir haben das Schicksal herausgefordert, und jetzt schlägt es mit aller Gewalt zurück. Das kann nicht gut gehen.«

Elena schluckt, bekommt Angst, muss aber die Frage loswerden. »Glaubst du, das alles hat etwas mit Carinas Tod zu tun?« Sie will nicht daran denken, nicht an den toten Körper ihrer Schwester, an die Bahre, die graue Haut. Und tut es trotzdem.

Der Baum zuckt mit den Achseln. »Ich weiß es nicht, Elena, möglich ist es. Und das werde ich herausfinden, das verspreche ich dir.«

Sie nickt, ist ihm dankbar. Einfach dafür, dass er da ist. Seine Anwesenheit reicht ihr in diesem Augenblick. Gibt ihr ein wenig Stärke, weil sie ihre eigene in den letzten beiden Stunden fast komplett verbraucht hat. Ihre Robustheit, ihre Härte, alles weg, sie ist nur noch ein Schatten ihrer selbst. »Und? Was willst du jetzt machen?«, fragt sie.

»Herausfinden, wo der Hofer ist.« Er zieht sein Handy aus der Tasche, wählt erneut Hofers Nummer: Die Mobilbox geht ran. Dann wählt er Bobs. Mit demselben Ergebnis. Schließlich Michis: kein Durchkommen. Mit jedem Versuch steigt mehr Furcht in ihm auf. Davor, dass etwas Schlimmes geschehen ist, dass von heute auf morgen alles anders sein wird.

Carina: tot.

Der Hofer: vermisst.

Der Bob: entführt.

Die Michi: verloren gegangen.

Er spürt Elenas Ungeduld. Dass sie darauf wartet, dass etwas weitergeht, dass der Baum etwas unternimmt. Doch er steht ratlos da, weiß weder ein noch aus. Hat keine Ahnung, was sein nächster Schritt sein wird, wohin er gehen, fahren, laufen soll. Er hat die Richtung verloren, die Orientierung.

Dann beginnt sein Smartphone zu läuten.

Er greift hektisch danach, hofft auf einen Rückruf. Vom Hofer, von Bob oder von der Michi. Aber es ist keiner von ihnen. Stattdessen die Dienststelle, die er gerade verlassen hat. Wieder der Burger. Der Baum hebt ab. »Ja?«, blafft er unfreundlich.

»Sorry, dass ich Sie noch mal störe, Chef. Ich soll Ihnen mitteilen, dass an der Leiche von Carina Moltova Fingerabdrücke gefunden wurden. An den Kleidungsfetzen. Nicht überdeutliche, aber sie können zugeordnet werden. Ich glaube, Sie sollten schnellstmöglich zurück ins Büro kommen. Die Herkunft der Spuren wird Sie brennend interessieren.«

»Warum?«

»Weil sie von jemandem stammen, den Sie kennen.«

»Aha.«

»Andreas Hofer.«

»Was ist mit ihm?«

»Es sind seine Fingerabdrücke.«

»Wie?«

»Auf dem Rockrest von Carina Moltova sind Spuren von Andreas Hofer. Wir haben seine Fingerabdrücke damals –«

»Ja, ja, ich weiß.«

»Entschuldigen Sie.«

Der Baum fährt sich übers Gesicht, schweißnasse Hände. »Nein, mir tut es leid, Sie können ja nichts dafür.«

»Und nun, Chef? Kommen Sie wieder ins Büro?«

»Natürlich, ich stehe noch direkt davor. Musste nur kurz frische Luft schnappen.« Er legt auf, steckt das Handy wieder ein und setzt sich mit zitternden Beinen auf die Betontreppe, neben der er gestanden hat.

»Alles klar?«, fragt Elena, und er nickt.

Er kann ihr nicht die Wahrheit sagen, kann niemandem erzählen, was er gerade erfahren hat. »Natürlich. Nur etwas Dienstliches. Elena, ich muss zurück, ein paar Sachen erledigen. Wir geben unser Bestes, was Carina betrifft. Ich informiere dich, wenn es Neuigkeiten gibt. Aber jetzt muss ich gehen. Die Kollegen warten schon.«

Elena nickt, aber glaubt ihm nicht. Er kann es in ihren Augen sehen.

»In Ordnung«, sagt sie, weil ihr nichts Besseres einfällt. »Ich habe mich gleich gegenüber eingemietet, in einer kleinen Pension. Wir sehen uns später, einverstanden?«

Die letzten Worte hört der Baum schon beinahe nicht mehr, da er bereits die Treppe hinauf zum Haupteingang läuft. Er winkt Elena noch einmal zu, die Geste soll aufbauend wirken, dann wird er von dem großen Gebäude verschluckt.

Elena bleibt unschlüssig stehen.

Währenddessen stürzt der Baum durch die langen Gänge, zurück in den Keller.

13

Stell dir vor: du auf einem gelben Plastikstuhl. Er quietscht, wenn du deine Sitzposition auch nur einen Millimeter veränderst, wenn du dein Gewicht verlagerst. Vor dir ein Tisch aus grobem Holz, die Maserung sichtbar, die Astlöcher, die Harzflecken. Niemand sonst ist in diesem Raum. Nur du, der Tisch, der Stuhl und diese merkwürdigen Utensilien, die nicht hierherpassen. Nicht an diesen gottverlassenen, verregneten Ort in der Pampa vor Salzburg. Das alte Bauernhaus, wie es dasteht, gegen Wind und Wetter kämpft, gegen jegliche Art von Witterung. Sie kann ihm nichts anhaben, das Haus behauptet sich. Auch wenn es an vielen Stellen schon undicht ist.

Und dann dieser Laptop mit dem Video, das abgespielt wird. Zuerst nur ein paar Schemen, die sich abzeichnen, ein Spiegel im Hintergrund. Dann zwei Menschen, die sich durch eine Tür zwängen. Das Bild verschwimmt, Nahaufnahme. Es dauert ein paar Sekunden, dann ist alles wieder scharf.

Die beiden Menschen sind trotzdem nicht erkennbar. Aber, so viel ist klar, ein Mann und eine Frau. Sie umarmen sich, zerren gegenseitig an ihrer Kleidung, um sie sich vom Leib zu reißen. Ich will diese Szene nicht beobachten, bin aber ob der Leidenschaft gefesselt, die ich auf dem Bildschirm sehe.

Endlich hat sie es geschafft, ihm das Hemd auszuziehen. Man sieht seinen Oberkörper von hinten, die Rückenmuskeln, er wirkt durchtrainiert, fit. Die fix installierte Kamera lässt keinen Perspektivwechsel zu, gebannt starre ich auf das Bild. Es scheint, als wären Ewigkeiten vergangen, bis ich etwas anderes sehe als die Rückenansicht des Mannes.

Bis sich die Frau ins Bild schiebt. Sie scheint halb nackt zu sein, setzt sich auf ihn, berührt ihn an verschiedensten Stellen. Dann bückt sie sich nach unten, und während sie den Mann auf die Brust küsst, fällt sein Blick nach rechts, direkt in die Kameralinse.

Ich sehe in die weit aufgerissenen Augen von Miroslav Rauscher. Wie er lächelt, die Situation genießt. Ein paar Momente später dann das gleiche Schauspiel, aber andersherum. Jetzt die Frau: Ihre Haare fallen ihr ins Gesicht, sie schaut nach links.

Mir stockt der Atem. Habe keinen Zweifel daran, dass sie es ist. Ich habe sie zwar schon lange nicht mehr gesehen, doch ihre Augen, so plastisch, so eindringlich. So ähnlich wie die von Elena.

Es ist Carina Moltova, meine ehemalige Schwägerin, die sich neben den Rauscher legt. Beide sind nackt, ob vollständig, weiß ich nicht, da ich nur die oberen Körperhälften sehen kann. Der Rauscher und Carina drehen sich wieder weg von der Kamera, das Bild wird schwarz, das Video ist zu Ende.

Ich nehme das Diktiergerät, das direkt neben dem Laptop liegt. Den Zettel auf dem Tisch ignoriere ich, will nicht wissen, was ich gleich hören werde. Es würde eh nichts bringen.

Auf dem Display sehe ich, dass zwei Audiodateien gespeichert sind. Ich drücke die Play-Taste, und die Aufnahme startet. Zuerst höre ich ein Rauschen, dann ein lang gezogenes Schnarchen und schließlich eine murmelnde Stimme. Zuerst erkenne ich sie nicht, aber dann sickert die Erkenntnis durch: Das bin ich.

Ich, der im Schlaf vor sich hin stammelt. Am Anfang unverständlich, dann immer klarer. Zum Schluss glasklar: »Der Bundschuh, tot, einfach tot … Ich hab's gesehen, ich hab ihn berührt. Er war kalt, sein Körper, so kalt, kalt, kalt. Und so weiß, so bleich, so unglaublich hell. Aufgedunsen auch. Ich wollte so etwas nie sehen. Stell dir vor: Eine Leiche im Kofferraum, und du weißt nicht, was du mit ihr anstellen sollst. Wie auch? Habe ich vorher noch nie gehabt, die Situation. Niemand will so etwas, aber zurückgeben kannst du sie nicht, die Leiche. Und den Tod rückgängig machen ebenso wenig. Also, wohin mit dem Bundschuh? Vielleicht einfach in den Fluss werfen? Irgendwo ab vom Schuss, wo mich niemand sieht? Das habe ich mir überlegt. Wie würdest du denken? Doch auch wie ich, oder? Du hast keine Wahl, du weißt nur, dass es vorbei ist, wenn dich die Polizei mit diesem Toten erwischt, den du nicht einmal wirklich kennst. Ein für alle Mal vorbei. Kein Pardon mehr, keine Entschuldigungen, die milde stimmen, oder sonst was. Einsperren, sofort. Haftstrafe und so weiter. Das ist klar. Das wäre jedem in einer solchen Situation klar.

Was also tun? Sich entscheiden, den ursprünglichen Plan in die Tat umzusetzen. Weg mit dem Körper, ab mit ihm in die Fluten, ins alles verschluckende Wasser. Der Bundschuh in der Salzach, wie er davonschwimmt und dabei langsam untergeht. Das An-der-Wasseroberfläche-treiben-Stadium hat er schon überschritten, darüber habe ich mal eine Doku gesehen …«

Meine Stimme, so glockenhell, so verständlich. Als würde ich ein Gespräch mit einem Freund führen. Dabei muss ich schlafen, denn ich kann mich nicht erinnern, so etwas jemals gesagt zu haben. Zu niemandem. Nur zu Michi, aber das war erst vor wenigen Stunden und in einem anderen Kontext.

Schauer laufen mir den Rücken hinunter, ich schüttle mich, versuche, mich weiterhin zu konzentrieren, doch es fällt mir immer schwerer. Auch das Sitzen, einfach alles. Und es ist noch nicht zu Ende: »Ich habe den Bundschuh getötet. Irgendwie zumindest. Ich trage Verantwortung für den Tod eines Unschuldigen. Warum musste der Bundschuh sterben? Wegen dem Rauscher? Wegen mir? Ich habe ihn entsorgt. Wie ein totgefahrenes Tier, wie Abfall. Die Polizei, der Baum, die Beamten, alle glauben, dass sich der Manager nach Argentinien abgesetzt hat. Nur ich weiß es besser. Denn ich habe ihn auf dem Gewissen.

Ich habe den Bundschuh getötet. Ich habe den Bundschuh getötet. Ich habe den Bundschuh getötet. Ich habe den Bundschuh getötet. Ich habe den Bundschuh getötet. Ich habe den Bundschuh …«

Der letzte Satz, zuvor wie ein Mantra wiederholt, hängt unvollendet in der Luft. Dann bricht die Aufnahme ab. Ich lehne mich mit meinem ganzen Gewicht zurück, reize die Biegsamkeit der Stuhllehne bis zum Äußersten aus. Die Welt um mich herum beginnt zu summen, zu vibrieren. Ich ertrage das nicht länger.

Zum zweiten Mal in meinem Leben wünsche ich mir zu sterben. Umfallen und tot sein. Doch niemand erfüllt mir meinen Wunsch, niemand hilft mir, niemand sagt mir, wohin diese Nacht noch führen wird, wozu das alles nutze ist.

Durch den Gedankenstrudel, der in meinem Kopf gerade wirbelt, hätte ich beinahe die zweite Aufnahme auf dem Diktafon vergessen.

Noch immer halte ich das Gerät in meiner rechten Hand. Ich drücke den Knopf neben der Play-Taste, um den nächsten Track abzuspielen.

Erneut das obligatorische Rauschen, dann die verzerrte Stimme: »Hallo, mein Lieber. Schön, dass du bis hierhin mitgemacht hast. Ich warte vor der Tür auf dich. Kommst du zum Spielen, oder darfst du so spät nicht mehr raus? Doch, oder? Trau dich. Na, los doch … Auf drei. Eins.«

Das lang gezogene Ausatmen ist deutlich hörbar.

»Zwei.«

Wieder diese künstliche Pause, das Verharren in der Stille, um die Situation möglichst unerträglich zu machen.

»Drei.«

Ich springe im selben Moment auf, als sich die Tür laut öffnet.

Bob, nass von oben bis unten, steht im Türrahmen, er muss mich durchs Fenster beobachtet haben. »Und los«, sagt er.

Ich denke: Gehe nicht über Los. Aber was bleibt mir anderes übrig?

Also gehe ich. Folge dem Bob. Geradeaus, in Richtung der Scheune. Ich ziehe mein Smartphone aus der Tasche und sehe, dass es den Geist aufgegeben hat. Schwarzes Display. Der Akku ist alle.

Aber wahrscheinlich hätte ich in der Einöde ohnehin keinen Empfang. Abtenau: das Ende der Welt.

Dead end quasi.

Stell dir vor: Daran denke ich gerade. Absurd. Und dann noch einmal: Gehe nicht über Los. Gehe nicht über Los. Gehe bloß nicht über Los.

14

Salzburg kann so schön sein. Wenn die Sonne auf die Festung Hohensalzburg fällt, auf den Mönchsberg. Auf der gegenüberliegenden Seite der Kapuzinerberg. So düster, so unnahbar und rau. Auch schön. Wenn auch von einem ganz anderen Kaliber.

Ähnlich dem Spektakel in der Nacht. Wenn der volle Mond über der Stadt wacht und gewisse Plätze in einem ganz anderen Licht erscheinen. Tag und Nacht. Yin und Yang. So unterschiedlich.

Die Nonna ist ein großer Salzburg-Fan. Obwohl sie eigentlich aus Bad Gastein kommt. Oder vielleicht gerade deshalb. Sie wollte immer in die große Stadt, schon früher. Dabei ist Salzburg von einer großen Stadt so weit entfernt wie das männliche österreichische Fußball-Nationalteam von dem Weltmeistertitel. Denn eigentlich ist auch Salzburg Provinz.

Urbane Provinz. So nennt die Nonna das mittlerweile. Weil es so schön klingt. Denkt sie, während sie im Bett liegt. In einem

Gästezimmer im ersten Stock des Hirschen. Weil sie mit der Arbeit nicht mehr fertig geworden ist. Es ist zu viel gewesen. Obwohl sie schon früher als zur normalen Schließzeit zugesperrt hat. Nachdem sie den Hofer ein paarmal vergeblich angerufen hatte, hat sie den Gastraum verlassen und ist nach oben gegangen.

Er hätte sicher nichts dagegen. Sie hat schon öfter hier übernachtet, wenn es ihr zu spät geworden ist, um in ihre Wohnung zurückzufahren. Mit dem Bus, der 1er-Linie Richtung Europark. Sie richtet sich im Bett auf, greift zum Nachttisch und versucht es ein weiteres Mal auf dem Handy vom Hofer. Weil sie sich Sorgen um ihn macht, weil ihr klar ist, dass sie sich wieder auf etwas Gefährliches eingelassen haben. Er und sie. Der Andi und die Michi. Die beiden Verrückten, die zwei Lebenskünstler.

Zuerst läutete es normal, aber der Hofer ging nicht ran. Jetzt ist sofort die Mobilbox dran, und eine künstliche Stimme erklärt ihr, der Teilnehmer sei gerade nicht erreichbar. Bei dem Wort »Teilnehmer« hat sie schon immer kurz schmunzeln müssen. So unpassend in diesem Zusammenhang.

Heute nicht. Ihre Sorgen wachsen mit fortschreitender Zeit ins Unermessliche. Niemand ist zu erreichen, niemand ist da.

Nur die Nonna in ihrem Gästebett, die Decke nach dem erfolglosen Anruf wieder bis zum Kinn hochgezogen, obwohl es draußen trotz Regens noch immer warm ist. Und sie wartet. Irgendwann wird sich schon jemand melden. Hofft sie. Und schließt die Augen.

»Jetzt kommt schon, das ist doch langsam offensichtlich ...« Der Baum läuft die Treppe nach unten, vorbei an dem Obduktionsraum und in das Zimmer mit den Kollegen. Vier, fünf von ihnen erspäht er auf den ersten Blick. Sie sitzen an ihren Tischen, stehen vor einem Flipchart, überlegen, denken, arbeiten.

Der Burger schaut auf, vor ihm Dutzende Zettel, darauf Aufzeichnungen, Notizen.

Der Baum geht schnurstracks auf ihn zu, baut sich vor dem übervollen Schreibtisch auf und durchbohrt den jungen Beamten mit einem Blick.

»Ich kann nichts dafür, Chef. Das sind die Fakten. Ich weiß, dass Sie das nicht hören wollen.«

»Warum nicht?«

»Weil Sie … na ja … irgendwie persönlich befangen sind.«

»So ein Unsinn.« Seine Faust kracht wütend auf die Tischplatte.

Der Burger schluckt. Sein Adamsapfel hüpft auf und ab. Weil er nervös ist, wenn er so mit seinem Vorgesetzten redet. Davor hatte ihn seine Mutter immer gewarnt. Nur ja nicht zu aufmüpfig sein, nur ja nicht übertreiben, nur sich immer schön anpassen. Denn nur so wird man erfolgreich.

All diese Grundsätze wirft der Burger in diesem Moment über Bord. Weil er muss. Er holt tief Luft, dann sagt er: »Chef, Sie wissen, wie sehr ich Sie schätze. Aber Ihnen ist auch bekannt, dass es Vorschriften gibt. So wie beim letzten Mal, als Ihr Freund von dieser Entführung betroffen war. Und Sie Ihre Befugnisse überschritten haben. Gott sei Dank, so muss man heute sagen. Gar nicht auszudenken, was sonst passiert wäre. Aber das jetzt ist eine andere Situation. Auf dem Minirock einer offensichtlich ermordeten Frau wurden die Fingerabdrücke von Andreas Hofer gefunden, der Ihr bester Freund ist. Das ist kein Kavaliersdelikt, das bedeutet, dass er unter Mordverdacht steht. Ihre persönliche Nähe zum Verdächtigen kann nicht toleriert werden. Anweisung von ganz oben.«

Der Baum schnauft. Wie ein Traktor, wenn er anfährt. Laut, krachend, unregelmäßig. Noch einmal knallt die Faust auf das Holz. »Und warum sagt mir das dann niemand von ganz oben?«

Der Burger hält dem eindringlichen Blick vom Baum stand, bedeutet ihm aufzustehen. Sie entfernen sich ein paar Schritte von den anderen Polizeibeamten, spüren die neugierigen Blicke im Rücken, und der Burger flüstert: »Sie werden es in Kürze auch auf diesem Weg erfahren, Chef. Ich wollte es Ihnen nur vorab sagen, weil …«

»Ja?«

»Weil ich Sie sehr schätze und Sie das nicht verdient haben.«

Der Baum schaut den Burger lange an. Dann murmelt er: »Danke. Sie sind ein guter Mann.«

»Und ich weiß noch etwas.«

»Sie bringen sich in Schwierigkeiten, Burger. Schweigen Sie lieber.« Der Baum wendet sich langsam ab.

»Es ist aber wichtig«, flüstert der Burger.

Der Baum hält inne. »Na gut, ich höre.«

»Ich glaube, es gab Ungereimtheiten im Labor.«

»Welcher Art?«

Der Baum und der Burger sprechen immer leiser. Das Läuten des Telefons und das Klappern von Computertastaturen überlagern ihre Worte.

»Ich habe mitbekommen, dass es möglich sein könnte, dass die Spuren auf der Kleidung der Leiche nicht vom Täter stammen, sondern von jemand anderem.«

»Was meinen Sie damit?«

»Na ja, dass sie von einer anderen Person absichtlich dort platziert wurden, um den Verdacht auf den Hofer zu lenken. Das Ganze wurde, wenn es denn stimmt, professionell gemacht, aber nicht professionell genug, um die Beamten der Spurensicherung zu täuschen.«

»Alles andere würde mich wundern.«

»Was haben Sie jetzt vor?«, fragt der Burger.

»Ich muss noch mal weg.«

»Sie wollen den Hofer warnen, oder?«

»Was heißt hier ›warnen‹? Ich müsste ihn erst einmal finden.«

»Ist er geflüchtet?«

»Das glaube ich weniger. Warum sollte er das tun?«

»Na ja, wegen der Spuren.«

»Burger, bitte.«

»Man darf nicht alles glauben, auch wenn es noch so glaubwürdig erscheint. Habe ich in der Ausbildung gelernt. Wissen Sie noch, wer das gesagt hat?« Ein schelmisches Lächeln stiehlt sich auf die Lippen vom Burger.

Der Baum, wic er leise aufstöhnt. »Ich habe das gesagt, Burger, ich weiß. Und jetzt: Ruhe.« Er zwinkert dem Kollegen zu, dann verlässt er wortlos den Raum. Er spürt die Blicke der anderen Beamten. Sie prallen an seinem Hinterkopf ab wie stumpfe Pfeilgeschosse. Niemand sagt etwas, aber alle haben mitbekommen, dass da etwas nicht stimmt. Schon wieder der Baum. Und schon wieder der Hofer, den mittlerweile ganz Salzburg zu kennen scheint.

Irgendetwas liegt da im Argen, ist im Busch. Ein Strohfeuer, das sich schneller ausbreitet, als gut ist. Dem Baum ist das in diesem Moment scheißegal. Er erlebt ein Déjà-vu sondergleichen. Er denkt an die Minuten vor ein paar Monaten im Winter in Bad Gastein zurück. Alles schneit wieder herein, die Erinnerungen, die Ereignisse, die schockierenden Einsichten.

Er versucht, sie zu verscheuchen, die Gedanken, die unnötigen. Weg mit ihnen. Jetzt. Sagt er sich und wedelt mit den Händen vor seinem Gesicht herum. Wenn ihn in diesem Moment jemand sehen würde, würde derjenige glauben, er sei wahnsinnig geworden. Und irgendwie ist er das auch.

Denkt der Baum, muss kurz lachen, ohne Grund, einfach so. Dann geht er durch die Schwingtür ins Freie und sieht, dass Elena auf der steinernen Treppe der Polizeizentrale sitzt. Ihr Gesicht hat sie in den Händen vergraben.

Sie weint.

15

»Was willst du, Bob? Hör endlich damit auf und sag mir, was das soll. Brauchst du Geld? Ist etwas passiert, von dem ich nichts weiß? Sprich mit mir. Bitte!« Meine Stimme in dem strömenden Regen. Das Gewitter, das immer wilder, brutaler wird. Der Donner immer lauter. Die grellen Blitze, die in meinen Augen schmerzen, den Sehnerv vergewaltigen. Der darauffolgende Donner, so krachend. Ein Ursturm nach dem anderen.

Die Tropfen, kalt auf der durchnässten Kleidung, der Haut. Bobs Augen, so weiß in der Dunkelheit, quasi von Weitem zu erkennen. Er steht ein paar Meter vor mir, schaut mich an.

Erst jetzt kann ich ihn genauer betrachten. Seine gekrümmte Haltung, seinen müden Blick. Alles an ihm wirkt fertig. So habe ich Bob noch nie zuvor in den Jahrzehnten, die ich ihn schon kenne, gesehen. Er wirkt wie ein anderer Mensch. Ist nicht mehr er selbst, nur noch ein Roboter, ferngesteuert. Er geht rückwärts. Das nasse Gras quietscht unter seinen klobigen Schuhen, das dunkelblaue Regencape, das er trägt, glänzt feucht, reicht ihm bis zu den Knöcheln. Die Kapuze hat er weit über den Kopf gezogen.

Ich folge ihm. Schritt für Schritt. Merke, dass er auf die Scheune zusteuert. Erst jetzt fällt mir auf, wie groß das Nebengebäude ist, wie mächtig mitten im Nichts.

»Bob, bitte«, flehe ich ein weiteres Mal, aber er ignoriert mich. Scheint gar nicht hinzuhören, geht weiter. Nur noch ein paar Meter und er hat die halb offen stehende Holztür erreicht. Die Sekunden verstreichen quälend langsam. Die Feuchtigkeit scheint sich in meinem ganzen Körper auszubreiten. Ein Frösteln, das plötzlich über meine Haut läuft, mich zucken lässt, meine Arme, Beine, Schultern.

»We're already there«, sagt Bob. Als ob er fühlt, was ich fühle.

Rückwärts gewandt stößt er mit den Fäusten die Tür auf. Sie schwingt ohne großen Widerstand nach hinten. Bob lässt mich nicht aus den Augen, fixiert mich. Er traut mir nicht, ich sehe es in seinen Augen. Er rechnet damit, dass ich jederzeit auf ihn losgehen, ihn niederreißen, treten, verprügeln könnte. Er scheint mir alles zuzutrauen. Angst ist in seinem Blick, in seinen geweiteten geröteten Pupillen.

»Und jetzt?«, schreie ich. Der Drang danach überkommt mich, ich kann mich nicht mehr zurückhalten. »We're already there«, ahme ich ihn nach.

Plötzlich macht Bob zwei, drei, vier schnelle Schritte an mir vorbei und ist verschwunden.

»Come in and find out!«, brüllt er, aber seine Stimme faded langsam aus. Wie ein Song, dessen Komponist kein Ende mehr erfinden konnte. Man verringert einfach die Lautstärke. Ganz langsam, aber stetig. Irgendwann ist das Lied dann vorbei. Oder das Leben. Oder einfach alles.

Doch der Tod ist mir gleichgültig geworden, jetzt, hier, während ich im Matsch stehe, die Hände geballt in den Taschen, weil mich diese unglaubliche Sommernacht im übertragenen Sinne quasi erfrieren lässt. Er ist mir egal geworden, weil ich nichts mehr gegen ihn tun kann, weil die Würfel gefallen sind.

Es gibt keinen Ausweg mehr. Das hier ist das Ziel, das hier ist das Ende. Nicht mehr, nicht weniger.

Deshalb setze ich einen Fuß vor den anderen, was mir immer schwerer fällt. Der Dreck an den Schuhen zieht mich nach unten, es gibt kein Entrinnen mehr. Rein in die Höhle des Löwen. Mit dem Risiko, nie mehr rauszukommen.

Ich denke an die Michi, die in unserer Nähe wartet. Wahrscheinlich versucht sie, alle Hebel in Bewegung zu setzen, obwohl sie nichts tun, obwohl sie keinen einzigen Hebel betätigen kann. Kein Empfang hier draußen, keine Hilfe in Sicht. Weit und breit niemand da, der uns aus dieser beschissenen Situation retten könnte.

Deshalb gehe ich weiter. Betrete die abgewrackte Scheune.

Sehe ein kleines, flackerndes Licht vor mir, weit hinten im Gebäude. Denke an die ähnliche Situation in Bad Gastein damals.

Alles kommt wieder hoch, ist wieder da.

Doch heute gibt es keine Lösung. Ich kann nur weitergehen, immer weiter.

Und das tue ich. Schritt.

Für Schritt.

Für Schritt.

Bis ich eine menschliche Silhouette vor mir sehe. Auf einem Stuhl stehend, der Kopf hängt nach unten, eine Schlinge um den Hals. Ein Seil, das an der Scheunendecke angebracht ist. Es ist still, nur das laute Aufprallen der Regentropfen auf dem undichten Dach ist zu hören.

Nicht schwer zu erkennen, die nassen Pfützen überall. In der Nase der Geruch nach Feuchtigkeit, abgestanden, alt.

Ich schlucke die Panik hinunter, die sich scheinbar grenzenlos in mir aufbaut. Nie zuvor in meinem Leben habe ich so viel Angst gehabt wie jetzt. Nie in meinem Leben werde ich jemals wieder so viel Angst haben wie in diesem Augenblick.

Ich gehe weiter, kann die Person immer noch nicht identifizieren. Weiß nicht, ob sie noch lebt oder schon tot ist. Doch als ich näher komme, sehe ich das Auf und Ab des Brustkorbs, sehe, dass der Mensch atmet, langsam zwar, aber immer noch rhythmisch.

Näher, ich gehe immer näher ran. Ich kann es nicht mehr erwarten und will es gleichzeitig doch nicht wissen. Welches Leben hier am seidenen Faden hängt. Ob es noch zu retten oder schon alles zu spät ist.

Will auch nicht glauben, dass es noch Hoffnung gibt. An diesem gottverlassenen Ort. Oder überhaupt, im Leben ganz allgemein.

Ich will einfach an gar nichts mehr glauben, will, dass das alles so schnell wie möglich vorbeigeht, dass ich von hier fliehen kann, dass es genug ist, aufhört, zu Ende ist.

»Ich kann nicht mehr«, keuche ich. Obwohl ich das Gefühl habe, nie mehr etwas sagen zu können, fallen mir die Worte aus meinem Mund.

Dann geht Licht an, Flutlicht. Zusammen mit den Blitzen, die draußen toben, erhellt es die Scheune. Plötzlich ist die Umgebung erleuchtet, aus den Schemen und den Schatten wird die Realität.

Ein Mann hängt an einem Seil, die Füße ausgestreckt, die Beinmuskeln angespannt, die Zehen auf dem klapprigen Holzstuhl. Noch kann er stehen, aber es fehlen nur Zentimeter, bis er in sein Verderben stürzt. Er versucht, das Gleichgewicht zu halten, durchzuhalten. Ich sehe es in seinen Augen, seinem Gesicht, es ist hochrot. Mit letzter Kraft reckt er sein Kinn nach oben, will den Druck auf seinen Hals verringern. Die roten Striemen um sein Genick, das schwere Seil, das ihm die Luft abdrückt.

Sein Körper schreit. Tonlos zwar, aber trotzdem laut. Ich kann spüren, wie sein Schmerz, seine Wut, sein Zorn und die Hilflosigkeit auf mich übergehen. Wie sein Blick mich trifft: Todesangst.

So hat man ihn noch nie zuvor gesehen. So aufgelöst, so anders.

Der Rauscher.

Wie er an einem Seil hängt. Und auf seinen Erlöser wartet.

Seinen Erlöser, der nicht kommen will.

16

Der Mensch kennt viele Gefühle. Von der Freude, die man aus tiefstem Herzen empfindet, bis hin zu einer Unzufriedenheit, die einen von innen aufzufressen scheint. Was man in einem normalen Leben aber meist nie empfinden muss, ist eine tiefe Zerrissenheit. Ein Yin und Yang, beides in einem wohnend, beides nie in Einklang zu bringen. Weil es unmöglich ist. Weil sich Gegensätze nicht immer anziehen.

Genauso fühle ich mich nun. Als ich den Rauscher vor mir sehe, den flehenden Blick aus seinen gleichzeitig hasserfüllt blitzenden Augen. Ein schriller Ton breitet sich in mir aus. Wie ein Tinnitus. Oder wie ich mir einen Tinnitus vorstelle.

Ich überlege, den Rauscher zu fragen, ob er mir die Situation erklärt, ob er mir beim Verstehen hilft, doch er könnte es eh nicht. Der Knebel in seinem Mund, zu tief, zu einschneidend, um ein Wort hervorzubringen. Auch wenn er sich noch so sehr anstrengen würde.

Ich gehe ein paar Schritte auf ihn zu, stehe unmittelbar vor ihm, weiß, dass jetzt etwas passieren muss, passieren wird.

Und plötzlich ist da wieder Bobs Stimme, die sagt: »Do you know him?« Zitternd die Frage, weinerlich sein Timbre.

Ich lache verächtlich auf. »Ist das dein Ernst? Du weißt ganz genau, dass das der Rauscher ist. Was soll das also?«

»That's your chance«, sagt der Bob.

»Meine Chance?«

»Es ihm heimzuzahlen.«

»Was?«

»Come on.«

»Ich verstehe, was du damit sagen willst. Ich wollte nur wissen, ob bei dir alle Sicherungen durchgebrannt sind.«

»You want it.«

»Was?«

»Er hat dein Leben zerstört.«

»Das hat er tatsächlich, aber ich war auf einem guten Weg, mir ein neues aufzubauen. Bis du gekommen bist und alles wieder

kaputtgemacht hast. Verdammt, Bob, was denkst du dir eigentlich dabei?«

»Revenge.«

»Das ist doch Irrsinn.«

»Jeder will Rache.«

»Das stimmt so nicht.«

»Im tiefsten Herzen schon. Auch wenn du es dir nicht eingestehen willst.«

Dieses akkurate Deutsch, das er ansonsten nicht spricht. So klangvoll, so betont. So grausam.

»Ich will keine Rache üben, Bob. Es ist aus, hier und jetzt. Lass den Scheiß. Erlöse den Rauscher von diesem Martyrium, es gibt andere Wege, um mit einem ungerechten Urteil fertigzuwerden. Ja, ich würde lieber sterben, als dieses Arschloch auf freiem Fuß sehen zu müssen, aber das ist es trotzdem nicht wert.«

Der Rauscher, wie er mich anstarrt, wie er merkt, dass es vielleicht doch noch Hoffnung für ihn gibt. Ein Gefühl, von dem er sich wohl in dem Moment verabschiedet hat, als er mich erkannte, als ich vor ihm stand. Jetzt ist es wieder da, flammt auf, hält die Lebenssuppe am Köcheln.

»There is no way back. It's not possible«, sagt Bob.

»Warum nicht?«

»Weil der Rauscher schon hier ist. Wir können ihn nicht gehen lassen. Er wird uns in Schwierigkeiten bringen, und das werden wir nicht zulassen.«

Wieder diese bleierne Schwere, die den Körper vom Rauscher erfasst. Alles zurück auf Anfang: Angst, Panik, Tod.

»Uns wird schon etwas einfallen«, mache ich einen neuen Versuch, ihn umzustimmen, merke aber währenddessen, dass es wahrscheinlich tatsächlich schon zu spät ist, um umzukehren oder einen anderen Weg einzuschlagen.

Klappe zu, Affe tot sozusagen.

»Das wird es nicht. Es gibt nur eine Möglichkeit.«

»Und die wäre?«

»Du bringst den Rauscher um. Jetzt.«

»Spinnst du?«

»Nein.«

»Du meinst das also ernst?«

»Yes.«

»Aber das kann ich nicht.«

»You have to.«

»Muss ich nicht.«

»Doch.«

»Und wenn ich mich weigere?«

»Dann wird jemand anderes sterben.«

»Wer?«

»Willst du das wirklich wissen?«

»Jedenfalls wäre es hilfreich für eine Entscheidungsfindung.« Ich glaube ihm nicht, das ist doch alles nicht wahr, nicht real.

»Na gut«, sagt der Bob.

Und dann höre ich durch den Lautsprecher plötzlich ihre Stimme: Lillys Stimme.

»Hilf mir, Andi. Bitteeeeeee …«

Das letzte Wort, wie es kaum durch ihre Tränen dringt, in ihnen zerfließt. Die Angst, die Traurigkeit sind in jeder Silbe zu spüren.

»Du Monster!«, brülle ich. »Was willst du damit bezwecken?« Ein kurzes Rauschen, dann ist Lilly nicht mehr zu hören. In mir baut sich die Wut auf, will hinaus, will am liebsten die Scheune abfackeln. An Ort und Stelle. Nichts mehr von ihr übrig lassen. Alles soll brennen, lichterloh.

Doch alles, was brennt, ist der Zorn in mir. Und meine Augen, in denen plötzlich Salzwasser schwimmt. Weil sich meine ganze Welt verändert hat, schon wieder.

Aber es hört noch immer nicht auf, geht weiter.

Erneut Bobs Stimme, brüchig, weit entfernt: »Er oder sie«, sagt er. Mehr nicht. Drei Worte, die so tief gehen, mir so wehtun, dass es kaum auszuhalten ist. Horror.

»Das meinst du nicht ernst«, stammle ich.

»Doch«, sagt er nur. Und noch einmal: »He or she. Deine Entscheidung.«

»Nein, Bob.« Ist alles, was ich noch dazu sagen kann. Dann wird auch meine Stimme schwach, kaum noch hörbar. Die Ge-

danken in meinem Kopf rotieren. Ich will nicht wahrhaben, dass diese Entscheidung, vor die ich gestellt werde, echt ist, dass das tatsächlich gerade passiert. Ich will nicht einsehen, dass Bob zu so einem Plan, zu einem Mord fähig ist. Dass er Lilly etwas antut, sollte ich mich für das Leben vom Rauscher entscheiden.

Ich hoffe, dass ich mit meiner Uneinsichtigkeit richtigliege. Denn: Ich werde niemanden umbringen. Korrigiere: Ich werde niemanden mehr umbringen. Ganz sicher nicht.

Deshalb sage ich erneut: »Nein.«

»What?« Bobs Stimme, so ängstlich irgendwie.

»Nein.« Ich drehe mich um, schaue kurz dem Rauscher in die Augen, damit er weiß, dass ich das nicht für ihn tue, sondern nur meinem Instinkt vertraue. Der mir sagt, dass die Situation auch gut ausgehen kann, dass nichts passieren muss, wenn ich es darauf anlege. Und genau das tue ich jetzt.

Ich lege es darauf an.

Ich lasse es darauf ankommen.

Weil ich kein Mörder sein will. Nie, nie, nie.

Deshalb drehe ich mich um, gehe ein paar Schritte zurück in Richtung Tür, sehe Bob nicht mehr und schreie laut: »Fuck you, Bob. Fuck you!«

Ich renne los, höre einen dumpfen Schlag und ein lautes Ächzen. Ich will mich nicht umwenden, will nicht wissen, was soeben passiert ist, kann aber nicht anders. Ich befürchte, dass der Rauscher in den letzten Lebenszügen liegt, doch der Stuhl steht immer noch da. Auf ihm der Rauscher mit gestreckten Beinen, nichts an dem Bild hat sich geändert.

Nur der Lichtschein, der von irgendwoher kommt.

Eine Tür auf der rechten Seite des Nebengebäudes scheint sich geöffnet zu haben. Lauter ist jetzt der Regen, das Wetter, auch hier drinnen. Ich nehme jedes Geräusch noch deutlicher wahr. Meine Sinne sind so geschärft wie noch nie zuvor.

Ich will losrennen, als ich den Bob wieder in der Scheune sehe. Blutverschmiert ist er, eine Wunde klafft am Kopf, seine dunkle Haut irgendwie bleich.

»Run!«, brüllt er. »Run, Andi, run!«

Doch es ist zu spät. Sein Körper prallt auf den harten Boden, schlägt auf, bleibt in einer verkrümmten, unnatürlichen Haltung liegen. Seine Hände drücken auf die riesige Platzwunde. Das Blut, das zwischen seinen Fingern hindurchsickert.

Und dahinter: eine dunkle Gestalt, klein, gedrungen, in der Hand eine Waffe, die auf den am Boden liegenden Bob zeigt.

»Du hast es nicht anders gewollt. Wenn Lilly als Druckmittel nicht genügt, wie steht's dann mit Bob? Oder deiner geliebten Schwester?«

Ich erkenne die Stimme. Schauer. Am ganzen Körper Gänsehaut, ein beklemmendes Gefühl, noch nie in dieser Form erlebt. »Wo ist die Michi? Was hast du mit ihr gemacht?«

»Das erfährst du noch früh genug. Und jetzt tu endlich, was ich dir sage.«

»Aber wohin soll das führen?«

»Zu einem Ende.«

»Für wen?«

»Für uns alle.«

»Inwiefern?«

»Jeder hat sein Päckchen zu tragen. Promis, Wirte, Polizisten, Anwälte. Jeder hat etwas zu verbergen, jeder muss etwas innerlich verarbeiten. Aber manchmal reicht das einfach nicht. Etwas innerlich zu verarbeiten. Manchmal muss mehr passieren, um mit einer Situation umgehen zu können.«

»Ich verstehe nicht.«

»Das ist auch nicht nötig. Verstehen wird ohnehin überbewertet.«

»Das ist doch Unsinn. Irrsinn. Wahnsinn.«

»Es gibt so viele Worte mit Sinn.«

»Und viele treffen auf das hier zu.«

»Manche.«

»Wahnsinn wohl am ehesten.«

»Das sehe ich anders.«

Die Stimme meines Gegenübers, allumfassend ist sie, einnehmend und irgendwie auch lethargisch. Sie macht mich fertig. Ganz, ganz sicher.

»Das ist mir egal. Sag mir, was jetzt passieren soll.«

Ein kurzes Aufatmen.

Mein Blick fällt wieder auf Bob, der bewusstlos zu werden droht. Sein Atem wird flacher und flacher, die Blutlache größer und größer. Wie in Zeitlupe spielt sich alles vor mir ab. Grausam.

Währenddessen noch immer das Seil um den Hals vom Rauscher. Dem man die Anstrengung anmerkt, ansieht, dass seine Kraft schwindet, dass er sich auf dem Stuhl nicht mehr lange wird halten können.

Dann wieder die bekannte Stimme: »Du musst einfach nur den Stuhl wegtreten.«

»Du bist doch krank.«

»Nein, nur realistisch.«

»Das ist Wortklauberei.«

»Egal, tu es endlich.«

»Sonst was?«

»Wird Bob sterben.«

»Das wird er ohnehin.« Ich spüre, wie mein Körper bebt, als ich die Worte ausspreche. Kalt, bestimmt, unerschrocken. Als wollte ich sie immer schon einmal sagen. Ich erschrecke über mich selbst. Aber wahrscheinlich ist mein Unterbewusstsein schon weiter, hat sich mein Verstand bereits auf das eingestellt, was kommen wird. Dass Bob diese Hölle nicht mehr verlassen, dass jede Hilfe zu spät kommen wird. Dass kein Notarzt mehr eintreffen und den letzten Lebensfunken in Bob wieder zum Erglühen bringen wird. Kein Sanitäter, der den vor sich hin Siechenden auf eine Bahre hieven, ihm seine Hände auf den Brustkorb pressen wird, rhythmisch, viele Male hintereinander, und dann seinen Mund auf den von Bob legen wird, um ihn zu reanimieren. Um Luft in die Lungen zu pumpen, ein ums andere Mal. Bis er wieder reagieren, bis er die Augen aufschlagen wird. Back to life quasi. Back to reality.

Nichts von alldem wird passieren. Das haben meine Synapsen bereits realisiert. Heute wird tatsächlich das Ende kommen. So wie Bob es vorausgesagt hat. Kryptisch zwar, aber dennoch treffend. Heute werden hier alle sterben. So oder so. Was macht das für einen Unterschied?, denke ich und frage: »Was macht das für einen Unterschied?«

»Inwiefern?«, will die Stimme wissen.

»Na, was ändert sich? Wenn ich den Stuhl unter Rauschers Füßen wegtrete, erstickt er, und ich werde zum Mörder. Trotzdem werde ich die Scheune nicht verlassen, trotzdem wird Bob nicht mehr zu sich kommen und einfach sterben. Er wird verrecken, und ich werde erschossen. Punkt, aus. Das Ende. Warum soll ich nicht versuchen zu fliehen? Das würde zum selben Ergebnis führen, aber ich wäre kein Mörder. Oder liege ich mit dem Gedanken falsch?«

Wieder dieses tiefe Durchatmen. Zweimal hintereinander. Dann: »Du hast ein winziges Detail nicht bedacht.«

»Und das wäre?«

»Deine Schwester.«

Als hätte ich sie tatsächlich vergessen, fällt es mir wie Schuppen von den Augen. Die Drohung, dass Michi etwas zustoßen wird. Weil sie sich nicht in Sicherheit gebracht hat. Weil sie irgendwo vor der Holzscheune auf mich wartet, vergeblich. Weil ich nicht zurückkommen werde, nie mehr.

»Was ist mit ihr?«, frage ich betont sicher, aber meine Stimmbänder schmerzen vor Anstrengung. Zu viel das Ganze, zu groß die Belastung.

Die Frage schwebt im Raum, als frische Regenluft durch das Scheunentor hereinweht, kalt, schneidend fast. Der Regen wird leiser, lässt langsam nach.

Zwei weitere Personen betreten das alte Futterhaus, das früher einmal dazu diente, die Nahrung für die Tiere aufzubewahren, sie zu verpflegen. In kalten winterlichen Zeiten konnten sie sich hier unterstellen. Und heute: Schauplatz von Mord und Totschlag. Das Leben, so spielt es manchmal.

Ich drehe mich noch einmal um, schaue auf den regungslosen Bob am Boden, ganz still ist er, sein Atmen kaum mehr zu erkennen. Die Blutung hat gestoppt, das Rot trocknet in seinem Gesicht. Ich wende mich zurück, zu den Neuankömmlingen. Erkenne Michi, ihr schwarzes Haar. Ihr Make-up, verschmiert. Sie hat geweint, um sich geschlagen, gebrüllt. Ich kann es in ihren Augen sehen. Wie sie sich dagegen gewehrt hat, hierhergeschleift zu werden. Von ihm. Dem groß gewachsenen Mann, der hinter ihr steht, der sie im Zaum hält, indem er ihre Haare nach unten reißt. Michis schmerzerfülltes Stöhnen zeugt davon, wie weh er ihr damit tut. Sie beißt sich auf die Unterlippe, ich sehe es, will nicht schreien, will ihm nicht zeigen, dass er alle Macht dieser Welt über sie hat und sie keine Kraft mehr, um sich ihm erfolgreich zu widersetzen.

Ich blicke in das Gesicht des Mannes, kann es wieder nicht glauben. Alles beginnt sich zu drehen. Die Hütte, der Hof, der Boden, der Bob, das Blut, die Waffe, die Köpfe. Mir wird schwindlig und übel zugleich. Denn mir ist klar: Das angekündigte Ende ist nicht mehr aufzuhalten. Jetzt ist es da, in greifbarer Nähe.

Ich sehe ihm an, dass er das nicht will, was er tut, dass er nicht freiwillig handelt, sondern in irgendeiner Form dazu gezwungen wird. Ich habe keine Ahnung, wie das zusammenpasst, was hier gespielt wird: ein unlösbares Rätsel.

Schwieriger als Rubiks Zauberwürfel.

Von Rot auf Gelb auf Blau, so wechseln auch die Farben in meinem Gesichtsfeld. Ich kann fast nichts mehr sehen, als der Mann mit seinen Lippen die Worte formt: »Es tut mir wirklich leid«, dann ein Messer aus der Tasche zieht und es mit zitternden Fingern an Michis Schläfe setzt.

Ein Horrorfilm. Die Gewalt, so plötzlich, so abrupt. Wie er langsam den Druck erhöht und das Messer in Richtung Stirn zieht, wie die Haut nachgibt und schon etwas Blut aus einer kleinen Wunde sickert.

Unglaublich, dass er dazu imstande ist. Das hätte ich ihm nicht zugetraut, ihm nicht.

Dem Rechtsanwalt Maier.

In seinem Designeranzug, mit seinem teuren Schweizer Taschenmesser in der Hand.

Er steht neben der Michi, die langsam gen Boden rutscht. Keinen Halt mehr findend, vor Verzweiflung schluchzend.

»Was ist jetzt? Der Rauscher oder die Michi? It's your choice.« Wieder diese Stimme. Ich muss mich übergeben.

17

»Ja, ich habe es bereits gehört. – Nein, ich weiß nicht, wo er ist. – Natürlich verstehe ich das. Befangenheit und so, schon klar.«

Der Baum am Handy, neben ihm Elena.

»Was ist denn jetzt schon wieder passiert?«, fragt sie ihn, wischt sich die Tränen aus dem Gesicht und geht ihm nach. Wie ausgelöscht, die Traurigkeit, die sie vor Kurzem noch beim Gedanken an ihre tote Schwester erfasst hat.

Der Baum bedeutet ihr mit einer hektischen Handbewegung, dass er gerade nicht kann, gerade kein offenes Ohr für ihre lästigen Fragen hat.

»Ja, ja, verständlich, ja. – Nein, ich werde mich da raushalten, versprochen. Trotzdem möchte ich mich für ein, zwei Tage entschuldigen. – Nein, natürlich will ich nicht auf eigene Faust ermitteln, sondern einfach nur den Kopf freikriegen. Das müssen Sie doch verstehen. Nach allem, was passiert ist, überfordert mich die neue Situation. Ich stelle alles in Frage, einfach alles. – Ja, okay, vielen Dank.« Er legt auf, schaut Elena an. »Wir müssen los.«

»Wohin?«

»Das weiß ich noch nicht.«

»Aber es ist mitten in der Nacht.«

»Na und? Was lungerst du denn vor der Polizeizentrale rum? Hast du nichts Besseres zu tun?«

»Zum Beispiel?«

»Schlafen?«

»Meine Schwester ist tot, Baum, sie wurde ermordet. Wie soll ich deiner Meinung nach schlafen können?«

Er schluckt eine Antwort hinunter, merkt, dass es unpassend wäre, etwas zu erwidern. Und dass er beinahe vergessen hat, welchen Verlust Elena gerade erlitten hat. Dass die Sache mit dem Hofer wieder alles andere überdeckt, jedes Gefühl, jede Regung, auch die Trauer. Das denkt der Baum gerade und dann an seine Frau, die er schon seit gut vierzehn Tagen weder gehört noch gesehen hat. Ebenso wie seine Kinder. Nicht einmal ein Telefonat, ein kurzes Gespräch. Es herrscht eisige Stimmung, die Beziehung, das Familiengefüge wird immer schwieriger. Eine kurze Auszeit, die sich seine Frau gewünscht hat, sozusagen.

Ob es ihnen gut geht?, fragt er sich. Diese Dinge fallen ihm genau in einem derartigen Moment ein. Dinge, die er nicht beeinflussen kann. Zumindest nicht hier und jetzt. Angelegenheiten wie diese brauchen Zeit. Zeit, Konzentration und Einsatz. Mit nichts davon kann er gerade hausieren gehen. Nichts davon hat er parat. Weil ihn diese Situation so im Griff hat, weil er ihr nicht auskommt. Weil er Elena an der Hand packt, sie mit sich schleift, ohne etwas zu sagen.

Auch Elena schweigt, lässt sich von der starken, warmen Hand ziehen, die trotzdem gefühlvoll ist. Trotz ihres energischen Anpackens, trotz ihrer Ungeduld. Kurz fühlt sie sich beschützt. Von den starken Händen von Franz Ferdinand Baum. Schön ist das.

Sie laufen über die Straße, so spät in der Nacht herrscht kein Verkehr mehr, rennen über den Gehsteig und einen verlassenen Parkplatz, bis sie auf der nächsten Grünfläche stehen. Sie verstecken sich hinter einer hochgewachsenen Hecke. Der Baum lässt ihre Hand los, packt Elena an den Schultern, zieht sie an sich und sagt: »Entschuldige.«

»Wofür?«, fragt sie.

»Dafür«, sagt er. Und küsst sie.

18

Die Nonna, wie sie nicht schlafen kann. Wie sie sich im Bett des Gästezimmers hin und her wälzt. Weil sie eine alte Kräuterhexe sei, sagt der Baum immer. Weil sie das Wetter spürt, fühlt, wenn etwas Böses naht, wenn etwas Unheilvolles in der Luft liegt.

Sie hat ihm dafür immer auf den Hinterkopf geschlagen, ganz sanft nur, und dabei gelacht. Er solle nicht so einen Blödsinn reden, hat sie stets erwidert. Irgendwann müsse er noch einmal dafür bezahlen, dass er sie Kräuterhexe nennt. Sie selbst will nicht daran glauben, dass an seiner Behauptung etwas dran ist. Dass sie vielleicht wirklich einen sechsten Sinn für solche Dinge besitzt. Nein, das könne nicht sein, hat sie sich eingeredet.

Die Kaltenbrunner Fritzi liegt also in dem Gästebett, ein paar Meter über dem Gastraum vom Hirschen, und sinniert vor sich hin.

Vor wenigen Minuten hat ihr Bein begonnen wehzutun. So wie immer, wenn etwas passieren wird. Heute denkt sie zum ersten Mal seit Langem wieder daran. Dass der Baum vielleicht recht behalten wird, dass sie tatsächlich eine Art Hexe ist. Weil sie alles spürt, weil sie weiß, wann es Zeit wird zu handeln.

Der pochende Schmerz in ihrem rechten Oberschenkel wird immer wilder, ist kaum mehr auszuhalten. Sie versucht, mit Druck den Druck aufzulösen, presst sich ihre Hand ins Fleisch, aber es funktioniert nicht. Der Schmerz wird noch intensiver. Endlich steht die Nonna auf, schüttelt die Beine aus, nimmt ihr altes Smartphone und wählt eine Nummer. Weil sie weiß, dass es an der Zeit ist. Zeit, um zu helfen. Zeit, um einzugreifen.

»Ja?« Der Baum mit Lippenstift an der Oberlippe, sein Blick ist nervös, fahrig.

Elena sitzt neben ihm, irgendwie erstarrt. Keine Mimik mehr. Das hätte nicht geschehen dürfen, denkt sie und ist trotzdem froh darüber. Warum auch nicht? Ein kleiner Kuss, mehr nicht, kein Drama, kein Problem.

Der Baum reißt sie aus ihren Gedanken. Oder besser gesagt: seine lauter werdende Stimme.

»Nein, Nonna, ich kann gerade nichts tun. Bleib ruhig und leg dich wieder hin. Wir kümmern uns um alles. Es wird schon nichts Schlimmes geschehen sein. – Ja, ja, ich weiß, dein Bein,

ein Anzeichen, eine Vorahnung. Sei mir nicht böse, Nonna, aber gerade habe ich leider keine Zeit dafür. Ein andermal gern wieder, okay?«

Sein Finger, der versehentlich die Freisprechfunktion aktiviert. Nonnas laute Stimme, wie sie durch die kühle Salzburger Nacht flirrt: »Behandle mich nicht wie eine Vierjährige, Baum, ich warne dich.«

»Nonna, bitte. Du weißt, dass ich alles dafür tue, um Andi, Bob, dich und die Michi zu beschützen. Aber dein schmerzendes Bein ist kein sicherer Hinweis auf ein mögliches Verbrechen.«

»Von einem Verbrechen habe ich auch nichts gesagt. Nur davon, dass etwas Schlimmes bevorsteht. Und du weißt genau, dass ich recht habe.«

Ja, das weiß er. Ja, das ist ihm vollends bewusst. Ja, verdammt noch mal, will er schreien, das weiß ich ganz genau. Doch er sagt nur: »Dein Gespür reicht mir nicht, Nonna, versteh das doch.«

»Also nix mehr mit Hexe.«

»Doch, du bist und bleibst eine alte Hexe für mich.«

»Ach, rutsch mir doch den Buckel runter, Baum.«

»Gern, liebe Nonna, aber erst morgen wieder.«

»Du kannst echt ein Arschloch sein.«

»Ich mache mir genauso große Sorgen wie du, aber ich muss Prioritäten setzen. Wenn mich das in deinen Augen zu einem Arschloch macht, finde ich das mehr als schade.«

»Vergiss es einfach. Aber halt mich auf dem Laufenden.«

»Das kann ich dir nicht versprechen.«

»Warum nicht?«

»Weil du mich gerade ›Arschloch‹ genannt hast.«

»Du weißt doch, wie ich das meine. Ich bin beunruhigt. Und das vermutlich zu Recht. Nach all den Dingen, die in den letzten Monaten passiert sind.«

»Na gut. Ich melde mich, einverstanden?«

»Einverstanden. Ach, Baum, eins noch: Ich habe da vor Kurzem etwas aufgeschnappt. Ein Gespräch zwischen zwei Managertypen im Hirschen. Haben ziemlich reich ausgesehen. Als wären sie jemand.«

»Ich hab jetzt echt keine Zeit für deine Boulevard-Märchen, Nonna.«

»Das ist kein Märchen. Die beiden haben sich über diesen Anwalt unterhalten, bei dem der Hofer und die Michi heute waren.«

»Über den Maier? Was ist mit ihm?«

»Der scheint tief in den Miesen zu stecken.«

»Was meinst du damit?«

»Schulden, Schweigegeld wegen sexuellen Missbrauchs. Solche Dinge.«

»Das war bestimmt nur Gasthaus-Gerede.«

»Sie haben ziemlich authentisch geklungen. Wussten, wovon sie reden, kannten den Anwalt gut. Haben auch was von dessen Geschwistern gefaselt und dass das nicht mehr lange gut gehen wird. Ich glaube, da ist was dran.«

»Und was soll ich jetzt tun?«

»Der ganze Mist hat heute mit den verdammten Drohungen angefangen. Und mit dem Besuch bei diesem Anwalt.«

»Oder mit der angekündigten Freilassung vom Rauscher.«

»Oder mit der Toten, die Bob gefunden hat.«

»Oder mit dem Verschwinden von Bob.«

»Oder mit dem vom Hofer.«

»Oder damit, ja.«

»Trotzdem: Der Anwalt hat Dreck am Stecken. Vertrau mir.«

Der Baum schüttelt den Kopf, weiß nicht, was er darauf noch antworten soll, außer: »Mal sehen, ja.«

Dann legt er auf. Ohne dass die Nonna noch einmal zu Wort gekommen ist oder Veto einlegen konnte. Dagegen, dass sie sich wieder einmal nicht ernst genommen fühlt. Dass er ihr zu wenig Respekt entgegenbringt. Ihr, einer lebenserfahrenen, reifen Dame. Nur ein natürliches Maß an Respekt, mehr erwartet sie gar nicht. Doch nicht einmal das ist ihr vergönnt.

Deshalb flucht sie leise in sich hinein. Ihr Nachthemd leuchtet im Mondlicht, das durch das Fenster fällt. Dann legt sie sich wieder hin, sie tut es ungern nur, aber was bleibt ihr anderes übrig? Es ist mittlerweile fast Mitternacht, der Tag quasi vorbei.

Wie zuvor schon zieht sie die Decke bis zu ihrem Kinn hoch

und wartet. Ihre Augen huschen hin und her, bis sie ein paar Minuten später müde werden, träge. Bis sie sich schließen und die Nonna in einen unruhigen Schlaf fällt.

Ein Traum mit merkwürdigen Bildern, abgeschnittenen Köpfen. Mit einem Mann, der, an einem Seil aufgeknüpft, um sein Leben kämpft. Mit einer Scheune mit knarzenden Holzbalken und einem wilden Gewitter, das über sie hinwegfegt. All das vermischt sich in Nonnas Gehirn zu einem Alptraum, wie sie ihn noch nie zuvor durchträumt hat.

»Sie ist immer noch so wie früher, oder?« Elena schaut den Baum an, und beide müssen lachen.

»Wenn du mich fragst: noch schlimmer.«

»Das macht das Alter.«

»Wahrscheinlich.«

Noch einmal lachen sie kurz auf, dann verstummen sie. Merken, dass die Situation komischer nicht sein könnte. Dass sie versuchen, sich darüber hinwegzutäuschen, was über kurz oder lang nicht funktionieren, nicht reichen wird.

»Und jetzt?«, fragt sie. Und nimmt dem Baum damit die Frage weg, mit der er das Eis brechen wollte.

Er zuckt mit den Achseln, dann antwortet er: »Jetzt sollte ich mich wohl auf die Suche nach dem Mörder deiner Schwester begeben.«

»Aber du bist doch befangen, oder?«

»Mag schon sein. Trotzdem muss ich etwas tun.«

»Damit bringst du dich nur in Schwierigkeiten. Lass es lieber bleiben.«

»Willst du denn nicht wissen, was mit Carina passiert ist? Wer ihr so etwas Bestialisches angetan hat?«

»Doch, natürlich, aber –«

»Was?«

»Ich will nicht, dass du deswegen deinen Job verlierst, Ärger bekommst.«

»Da stehe ich drüber.«

»Jetzt sei nicht so, Baum. Ich weiß, dass du deine Arbeit liebst.

Wirf nicht alles weg. Vertrau deinen Kollegen, die den Fall bearbeiten. Sie werden das doch auch herausfinden, oder?«

Der Baum lässt pfeifend Luft durch seine zusammengepressten Zähne entweichen. Was anscheinend so viel heißen soll wie: eher nicht.

»Komm schon, Baum. Das ist wirklich vermessen. Zu glauben, dass du der Einzige bist, der die Sache aufklären kann. Ich weiß«, will sie ihn beruhigen, da er bereits mit den Armen zu fuchteln beginnt, »dass du der Beste bist, aber sei bitte vernünftig. Für mich. Ich brauche dich jetzt, hier, als Beistand.«

»Beistand? Wie das klingt.«

»Wie denn?«

»So altmodisch.«

»Darauf stehst du doch, oder?«

»Manchmal.«

Sagt er, und sie umarmt ihn. Der Baum und die Elena. Wieder eng umschlungen, wieder ein Kuss. Alles wieder wie vor ein paar Minuten.

Plötzlich stemmt er ihren Körper von seinem weg, beugt sich aber wieder vor und flüstert ihr ins Ohr: »Ich muss jetzt wirklich los.«

»Aber nicht ohne mich«, erwidert sie trotzig. »Solltest du den Mörder meiner Schwester suchen, werde ich dabei sein. Ich will ihm von Angesicht zu Angesicht sagen, was er für ein mieses Schwein ist.«

»Du klingst pathetisch.«

»Aber es ist doch so: Auge um Auge. Zahn um Zahn. Das ist nur fair.«

»Du erinnerst mich immer mehr an den Hofer.«

»Sag das nicht noch einmal.«

»Okay.«

»Der Vergleich ist fast schon als gemein zu werten.«

»War aber nicht so gemeint.«

»Na dann. Wohin fahren wir also?«

»Ich muss erst noch etwas erledigen.«

»Wegen des Anwalts?«

»Woher weißt du das?«

»Ich habe dich mal recht gut gekannt. Und die Nonna sowieso.«

»Da hast du recht.«

»Also fahren wir zu dem Rechtsanwalt?«

»Müssen wir wohl.«

Sie nehmen sich bei der Hand, laufen zurück zum Parkplatz, zum Auto. Und fahren los.

19

Um diese Zeit, mitten in der Nacht, ist Salzburg wie ausgestorben. Nur wenige Autos sind auf den engen Straßen in der Altstadt unterwegs. Taxis hauptsächlich, ein paar Touristen, die sich so spät auf der Suche nach einem der vielen Hotels verirrt haben. In der Festspielzeit fast ausgeschlossen, ein Zimmer zu bekommen, wenn man nicht Monate im Voraus reserviert hat.

Der Baum und Elena parken in zweiter Reihe, Feuerwehrzone. Egal, es wird schon niemand merken.

Der Baum hat schnell gegoogelt und herausgefunden, dass Rechtsanwalt Hans Maier im selben Haus wohnt, in dem er arbeitet.

Zusammen mit seiner Haushälterin auf einhundertzwanzig Quadratmetern mit Blick auf die Salzach, das hat ein Klient auf einem Bewertungsportal gepostet. Warum auch immer. Heute kommt diese Info dem Baum zugute. Er muss den Maier aufsuchen, muss herausfinden, ob die alte Hexe Nonna wirklich Visionen hat. Ob sie ein ähnliches Gespür hat wie Sherlock Holmes, ob sie Verknüpfungen herstellen, deduktiv denken, das große Ganze verstehen kann.

Oder ob sie vielleicht einfach nur verrückt ist. Sich Sachen einbildet.

Der Baum tut jetzt einfach das, was er tun muss. Weil ihm

nichts anderes übrig bleibt. Er keine Alternative hat, keine bessere Idee.

Deshalb läutet er an dieser Tür in der Getreidegasse. Um null Uhr dreißig. Er läutet, immer und immer wieder. Die Nachbarn müssten den Lärm schon hören, weil er den Finger nicht mehr von der Klingel nimmt, weil das Läuten im ganzen Haus widerhallt.

Trotzdem dauert es eine gute Minute, bis es in der Gegensprechanlage knistert.

»Was ist?« Eine weibliche Stimme, dunkle Färbung, mit einem osteuropäischen Akzent. Vielleicht dem bulgarischen.

»Ich muss Rechtsanwalt Maier sprechen. Sofort.« Der Baum, sein fordernder Ton.

Elena, die neben ihm steht und ihn überrascht anschaut. So kennt sie ihn gar nicht. So stark, so kämpferisch. Er gefällt ihr von Sekunde zu Sekunde besser.

»Ist nicht da«, sagt die Haushälterin. Und: »Gehen Sie wieder!«

»Das kann ich nicht, bevor ich ihn gesprochen habe.« Der Baum, lauter noch als zuvor, ungestümer.

»Was soll ich tun, wenn nicht da der Herr?« Der Akzent wird stärker.

»Wo ist er?«

»Ich nicht wissen.«

»Natürlich wissen Sie das!«

»Ich nicht sagen dürfen. Nicht Fremdem, der mitten in Nacht an Haustür läutet.«

»Ich bin von der Polizei, mein Name ist Franz Ferdinand Baum. Wenn Sie nicht sofort die Tür aufmachen, trete ich sie ein.«

»Polizei? Zeigen Ausweis vor Kamera.«

Der Baum schaut verblüfft zu Elena, ist überrascht von der Schlagfertigkeit der Haushälterin. »Gern.« Er zieht seinen Polizeiausweis aus der Hosentasche und hält ihn vor das kleine Objektiv oberhalb der Klingel.

»Näher«, fordert die Haushälterin.

Baums Hand wandert ein paar Zentimeter der Kamera entgegen.

»Noch näher.«

»Jetzt kommen Sie schon.«

Es dauert ein paar weitere Sekunden, dann ertönt ein Summen, und die Tür zum Stiegenhaus springt auf. Der Baum und Elena betreten ein großräumiges Foyer, das man hinter der gedrungenen Fassade, die für die Häuser in der Salzburger Altstadt typisch ist, niemals erwarten würde. Marmor überall, alles vom Feinsten. Gerade recht für den Maier Hans.

Ein dünner Lichtschein nur fällt von oben durch eine geöffnete Tür ins Stiegenhaus. Der Baum und Elena gehen die Treppe hinauf.

Eine winzige Frau steht im Morgenmantel im Türspalt. Zerzauste Haare, müde Augen.

Der Baum baut sich vor der Haushälterin vom Maier auf. Wie ein Bulldozer steht er da, eine Eiche. Im wahrsten Sinne des Wortes: der Baum. »Wie heißen Sie?«, fragt er die zerbrechliche Frau.

Falten im Gesicht, die Erschöpfung ist ihr anzusehen. »Geht Sie nichts an«, antwortet sie frech. Frecher, als es ihr Aussehen erwarten ließ.

»Haben Sie eine Arbeitsgenehmigung?«

Sie winkt ab, schnaubt Luft wie ein Drache durch die Nase aus. »Genehmigung? Das ist, wonach ihr fragt? Um das geht es also? Aber ja, habe Genehmigung. Seit vielen Jahren. Aber egal, denn Rassisten seid ihr und bleibt ihr auch. Immer glauben, dass kleine polnische Frau nix Genehmigung hat. Obwohl können besser Deutsch als manche Österreicher. Auf jeden Fall besser, als Sie Polnisch können, oder?«

Der Baum schluckt verlegen.

Ein Lächeln huscht über Elenas Gesicht. Von all den seltsamen Momenten, die sie heute bereits erlebt hat, ist die Begegnung mit der polnischen Haushälterin der beste. Ihre grantige Schlagfertigkeit, ihre polnische Kernigkeit. Von der könnte ich mir viel abschauen, denkt Elena und beobachtet den Baum, wie er mit der Frau kämpft, um Worte ringt, versucht, ihr eine Information zu entlocken, die sie ihm partout nicht geben will.

»Bitte, Frau …«

»Janica. Nennen mich Janica.«

»Ist das Ihr richtiger Name?«

»Nein.«

»Aber warum …? Egal.« Dem Baum ist es unbegreiflich, was man an einem Tag und in einer Nacht alles erleben kann. Er versucht, wieder den Faden zu erwischen, den roten, der sich durch die Geschichte zieht. »Also, Frau Janica, dann hören Sie mir jetzt bitte zu. Es geht um Leben und Tod.« Wider besseres Wissen sagt er das, behauptet es. Und hat dabei keine Ahnung, wie sehr die Worte stimmen, wie zutreffend sie gerade in diesem Augenblick sind.

»Tod? Wer stirbt?«

»Vielleicht Ihr Chef.«

»Nein.«

»Warum nicht?«

»Ist auf Kurzurlaub.«

»Hatte er den schon länger geplant?«

»Nein, Herr Chef normalerweise nix planen und wenig Urlaub machen. Ab und zu seine Kinder sehen, mehr nicht. Das heute war ganz spontan, er hat gesagt: ›Frau Janica, ich jetzt fahren weg. Nicht für lange, nur kurz, aber brauchen Abstand von die Arbeit. Zu stressig in letzter Zeit.‹ Er hatte Fall mit Prominentem. Rauscher oder so ähnlich. Stand in jeder Zeitung, Sie wissen vielleicht?«

Der Baum nickt grimmig. »Ja, ich weiß.«

»Und nicht gut finden?«

»Das kann ich nicht beurteilen. Noch einmal, Frau Janica: Wohin ist Ihr Chef gefahren?«

»Weg.«

»Schon klar, aber wohin?«

»Kann nicht sagen.«

»Dann muss ich Sie festnehmen.«

Elena verfolgt die Szene gebannt, lacht fast los.

»Warum festnehmen? Habe nichts falsch gemacht.«

»Weil Sie die Polizei anlügen.«

»Nicht lügen, nur nicht alles sagen.«

»Das kommt aufs Gleiche raus. Frau Janica, ich verhafte Sie hiermit wegen …« Der Baum zieht ein Paar Handschellen aus der Gesäßtasche seiner Jeans.

Elena schaut ihn ungläubig an.

Der Baum geht ein paar Schritte auf die Haushälterin zu, die ihn genauso verblüfft wie Elena anstarrt. Er greift nach ihren Händen, reißt sie unsanft nach vorn und legt die Handschellen um ihre schmalen, knochigen Gelenke.

»Das ist … nicht …«, presst sie zwischen zusammengebissenen Zähnen hervor, versucht, ihre Hände ihm zu entziehen, bevor es zu spät ist, bevor er sie, vielleicht mit einem weiteren Paar Handschellen, an einen Heizkörper fesseln wird. »Hören auf damit!«, schreit sie, nun schon etwas lauter, doch die Handschellen schließen sich mit einem leisen Klicken.

Elena flüstert leise: »Baum, bitte, muss das denn sein?«

Doch der Baum lässt sich nicht aus dem Konzept bringen, schaut die Haushälterin mit weit aufgerissenen Augen an. Sein offen stehender Mund, mit dem er nun fast keift: »Sie sagen mir jetzt sofort, wo sich dieser verdammte Maier aufhält, oder ich schwöre bei Gott –«

»Nicht Gott, bitte nicht«, fleht die kleine Frau und wirkt wieder zerbrechlich, beinahe fragil. »Janica hat nichts getan«, jammert sie, spricht von sich in der dritten Person Singular. »Janica immer gut zu Herrn Maier. Und Herr Maier immer gut zu Janica.«

»Das mag alles sein, Frau Janica, und das kann auch gern so bleiben«, sagt der Baum. »Aber nur, wenn Sie mir endlich sagen, wo er sich aufhält. Ansonsten nehme ich Sie mit, und Sie werden für lange Zeit kein Sonnenlicht mehr sehen.«

Elena muss bei der Drohung beinahe loslachen. Wie der Baum übertreibt, ein dunkles Szenario malt, das dermaßen überzogen ist, dass es schon fast wieder wahr sein könnte. Und das seine Wirkung keinesfalls verfehlt. Denn Frau Janicas Entschlossenheit scheint von Sekunde zu Sekunde zu bröckeln, einzustürzen.

»Mein Kreislauf«, stöhnt sie plötzlich und lässt sich langsam zu Boden gleiten. Als würden ihre Knie sie nicht mehr tragen, als lastete das gesamte Gewicht der Welt zu schwer auf ihren schmalen Schultern.

Der Baum sieht die Tränen, die auf einmal ihre Wangen hinunterrinnen, ziellos, aber unaufhaltsam. »Letzte Chance, Frau Janica.« Er erhöht den Druck auf ihre Hände, hört seine eigene, immer lauter und wütender werdende Stimme. All das trägt dazu bei, dass es aus der Haushälterin herausbricht. Die Wahrheit, das Geheimnis, der Aufenthaltsort.

»Abtenau«, stammelt sie leise.

»Bitte?« Der Baum hat sie nicht verstanden.

»Abtenau«, wiederholt sie.

Er schaut Elena fragend an, sie zuckt mit den Schultern.

Frau Janica nickt. Eine schnelle Bewegung mit dem Kopf, vor und zurück, hektisch, ängstlich, Schweißperlen auf ihrer Stirn, immer mehr davon.

»Was will er dort?«, fragt Elena mit freundlicher Stimme aus dem Hintergrund.

Die Haushälterin schaut sich nach ihr um, so als hätte sie vergessen, dass der Baum nicht allein ist. »Ist sein Zuhause, irgendwie.«

»Der Maier stammt aus Abtenau?« Der Baum ist überrascht.

»Familie mütterlicherseits.«

»Und da ist er jetzt?«

»Wahrscheinlich.«

»Und warum?«

»Wie gesagt: weil genug von Arbeit, Auszeit. Ansonsten nix wissen.«

Der Baum stöhnt laut auf.

Elena sagt: »Abtenau ist zwar nicht groß, aber haben Sie trotzdem eine genaue Adresse?«

»Nur für Notfälle.«

»Das ist ein Notfall, Frau Janica.« Nun wird auch Elenas Tonfall fordernder, eindringlicher.

»Bin nicht sicher.«

»Okay, das war's.« Dem Baum reißt der Geduldsfaden, er hat genug von dem Theater. Will nur noch den Maier finden, ans Licht bringen, was hier gespielt wird.

Er packt die Haushälterin an beiden gefesselten Handgelenken, zerrt sie auf die Füße, bemerkt dabei aber, wie ihr die Kräfte schwinden, wie ihr die Farbe aus dem Gesicht weicht, wie sie sich fast nicht mehr aufrecht halten kann.

»Auf Pinnwand«, sagt sie, flehend, leise. Und blickt auf eine braune Korkwand im Flur. Darauf: Post-its in verschiedenen Farben mit Adressen, Telefonnummern, Notizen. »Blauer Zettel«, setzt sie noch nach, dann schwinden ihr die Kräfte.

Der Baum lässt sie langsam zu Boden gleiten, dreht ihren Kopf zur Seite.

Sie schließt die Augen.

»Alles okay?«, fragt er sie.

»Ja«, antwortet sie, die Lider flattern. »Ist nur zu viel alles jetzt.«

Der Baum lässt sie los, geht ins Wohnzimmer, nimmt ein Kissen von der Couch und legt es unter die Füße der Haushälterin, um diese hochzulagern, um Frau Janica wieder aus dem Tal der Benommenheit zurückzuholen.

Währenddessen steht Elena vor der Pinnwand. Wie sie die unterschiedlichsten Notizen im Schnelldurchlauf scannt. Auf der Suche nach einem blauen Zettel.

Es dauert ein paar Sekunden, bis sie sie entdeckt. Kein Zettel, sondern eine Visitenkarte, ganz klein nur, abgegriffen, schlechter Druck. Kaum mehr lesbar. Von einer Pizzeria in Abtenau. Dahinter steckt ein kleines Blatt Papier. Mit einer Adresse und einer Telefonnummer. In ebenjenem Ort. Ein paar Kilometer entfernt von Golling.

Elena kann sich daran erinnern, wie der Hofer immer über das Hinterland gelacht hat. Noch kein wirkliches Bergland, irgendwie anders. Eher salzburgerische Pampa.

Diese Hassliebe. Das Land, die Stadt, Österreich. Einerseits ein Paradies, andererseits die Hölle. Das hat sie damals noch vereint, den Hofer und Elena, diese gemeinsame und geteilte Sicht auf die Dinge. Eine verschrobene manchmal, ja, aber stets ernst gemeinte. Ihre unverrückbare Meinung hat sie zusammengeschweißt. Trotzdem hat es nicht gereicht. Nicht für ewig, nicht für immer, nicht so, wie sie es sich anfangs gegenseitig geschworen hatten. Irgendetwas hat gefehlt. Auf lange Sicht zumindest.

»Elena.«

Irgendetwas hat gefehlt.

»Elena!« Die Stimme, die sie aus ihren Gedanken reißt. Der Baum, die Getreidegasse, die Frau Janica, der Rechtsanwalt, die verdammte Gegenwart.

»Elena!« Baums Stimme fetzt durch ihre Gehörgänge.

»Das muss es sein«, sagt sie, als sie endlich reagiert.

»Was?«, entgegnet der Baum.

»Die Adresse, der Ort. Dort müssen wir hin.«

»Dahin brauchen wir mindestens eine Dreiviertelstunde.«

»Eine halbe, wenn du auf die Tube drückst. Wofür bist du Polizist?« Sie lacht ihn schelmisch an.

»Das frage ich mich auch manchmal«, antwortet er lakonisch. »Und wie lange ich überhaupt noch Polizist sein werde.«

»Das bleibt abzuwarten«, sagt Elena leise, geht erst zu Frau Janica, die langsam einzuschlafen scheint, dann wie der Baum zuvor ins Wohnzimmer, nimmt eine Decke, die auf einem Couchsesselarm liegt, legt sie der Haushälterin über den Oberkörper, streicht ihr die letzten Tränen aus dem Gesicht und sagt: »Danke, Frau Janica, Sie haben uns sehr geholfen.«

Baum löst die Handschellen, und sie verlassen die Wohnung, nebeneinander, ohne ein weiteres Wort zu wechseln, dann das Haus.

Erst als sie im Auto sitzen, ergreift der Baum wieder das Wort: »Und was, wenn wir zu spät kommen?«

»Wozu?«

»Zu dem, was auch immer gerade passiert. Vielleicht sollten wir doch ein paar meiner Kollegen informieren. Die könnten ebenso schnell da sein wie wir und vielleicht mehr ausrichten.«

»Und was wäre, wenn die dort etwas vorfinden, das sie gar nicht vorfinden sollen?«

Der Baum schaut Elena ungläubig an. »Was meinst du damit?«

»Was weiß denn ich?«, antwortet sie. Und das ist das Letzte, das einer der beiden sagt, bevor der Baum mit einhundertfünfzig Stundenkilometern auf die Autobahn fährt.

Wie früher: Richtung Süden, Richtung Meer.

Aber heute: Richtung Ungewissheit. Quasi Richtung Gefahr.

20

Stell dir vor: Du kannst einzelne Partikel in der Luft erkennen. Du siehst sie vor dir schweben, willst sie berühren, doch sie weichen immer aus, wollen nicht angefasst, wollen nicht von dir erwischt werden. Auch wenn du dich noch so sehr anstrengst, dich noch stärker konzentrierst, du wirst es nicht schaffen. Und das eigentlich Schreckliche daran ist: Du weißt, dass du es nicht schaffen wirst, dass du keine Chance hast und die Situation nicht verändern kannst.

Deshalb siehst du einfach nur zu. Wie sich die Welt um dich herum weiterdreht, wie das Leben seine ganz eigenen, von dir nicht gewählten Wege einschlägt. Während du mittendrin bist. Aber nicht dabei.

»So etwas kann man nicht entscheiden«, stammle ich. Beide Hände auf den harten Betonboden gepresst, kniend, im Erbrochenen bettelnd sozusagen. »Kein Mensch kann das.«

Die Stimme, die immer noch da ist, nie mehr zu verschwinden scheint, lacht leise auf.

»Ach ja?«, fragt sie ungläubig. »Mir würde es an deiner Stelle nicht allzu schwerfallen, eine Entscheidung zu treffen.«

Ich winke ab, kraftlos, bin fast nicht mehr Herr meiner Sinne. »Es geht nicht darum, für wen ich mich entscheiden würde, sondern um die Entscheidung an sich. Das ist …« Ich kann nicht mehr, will nicht mehr. Am liebsten würde ich laut aufschreien, weinen, losbrüllen. Doch nichts davon würde etwas bringen, nichts würde zu einem Ende führen, sondern alles nur noch schlimmer machen. Das Opferlamm auf dem Weg zum Schlachthaus.

»Jetzt nicht mehr die Frage«, beendet die Stimme so tonlos, so erbarmungslos meinen begonnenen Satz. »Es geht nicht mehr darum, was richtig und was falsch ist. Oder um die Möglichkeit, irgendetwas nicht zu tun. Denn diese Möglichkeit existiert nicht mehr. Es geht nur noch um eins: Sie oder er? Die Michi oder der Rauscher?«

Ich schlucke die Wut hinunter, die Angst, die Panik. All diese Gefühle, die sich in mir aufstauen, nach oben wollen, an die Oberfläche, einfach raus aus mir. Meine Gedanken wirbeln wild durch mein Gehirn, ohne eine Lösung zu finden.

»Also?« Ungeduldig ist sie, diese Stimme, fordernd, vehement.

Ich sage nichts.

»Wie bitte?«

Ich reagiere nicht.

»Das ist keine Antwort.«

Ich schweige immer noch.

»Na gut, du hast es nicht anders gewollt, dann werden beide sterben. Und du trägst die Verantwortung dafür.«

Auf ein Zeichen hin packt der Maier die Michi noch härter an den Haaren. Sie schreit laut auf, und er zieht ganz langsam an ihnen, damit der Schmerz extralang anhält.

»Lassen Sie sie in Ruhe!«, brülle ich, doch niemand reagiert. Ich sehe nur, wie sich Michis Augen verdrehen, weil sie es nicht mehr ertragen kann, weil es ihr genauso geht wie mir in diesem Moment. Wie der Maier einen Schritt nach dem anderen macht, hin zum Rauscher, hin zu Bob.

Der Bob am Boden, blutig, ohnmächtig.

Der Rauscher noch immer auf dem Holzstuhl balancierend, auf der Kippe zum Tod. Eine falsche Bewegung und er wird ersticken. Die Bilder brennen sich in meinen Kopf. Die auf dem staubigen Boden schleifenden Füße des Rechtsanwaltes. Der dem Rauscher immer näher kommt. Genauso wie wir dem Ende.

»Hören Sie endlich auf damit!«, schreie ich, doch erfolglos. All mein Flehen, Jammern und Bitten, nichts davon wird ihn aufhalten. Es geht um diese Entscheidung. Um nicht mehr und um nicht weniger.

Alles ist egal. Ob schwarz oder weiß. Oder ob doch eine helle Graustufe, irgendwo dazwischen, nichts wird mehr einen Unterschied machen.

Es gibt kein Zurück mehr. Keine heile Welt, keinen weiteren Sonnenaufgang, keinen Neuanfang. Das Happy End wird für immer auf sich warten lassen. Die Hoffnung darauf sich nicht erfüllen.

Denke ich, stütze mich mit aller Kraft noch einmal auf den Boden und schreie: »Der Rauscher!«

Der Maier schaut mich fassungslos an.

»Bitte?« Da ist sie wieder, die Stimme. Nach langen Augenblicken des Schweigens.

»DER RAUSCHER!« Ich habe eine Entscheidung getroffen.

Der Maier reißt die Augen weit auf.

»Na dann«, sagt die Stimme. Und: »Lass sie los.«

Der Maier kann den Blick nicht mehr von mir abwenden.

»Du sollst sie loslassen«, sagt die Stimme erneut, nun lauter.

Der Maier hält Michis Haare noch immer fest, zerrt an ihnen, sie wimmert nur noch leise. Alle Kraft scheint aus ihrem Körper gewichen zu sein. Langsam lockert der Rechtsanwalt seinen Griff, lässt Michis Körper wie einen Sack Reis zu Boden gleiten. Geht erst zur Seite, macht dann ein paar Schritte zurück und gibt so den Blick auf den Rauscher frei.

»Ich bitte also darum.« Die Stimme ist tödlich, kalt.

Ich versuche, mich aufzurichten, aufzustehen. Schaffe es nur unter größter Anstrengung, mit zitternden Gliedern. Kaum gelingt es mir, das Bein anzuheben. Einen Fuß vor den anderen zu setzen. Ich bewege mich. Im Schneckentempo.

Keiner sagt etwas. Nur das laute Schnaufen vom Maier ist aus der hinteren Ecke der Scheune zu hören, in die er sich zurückgezogen hat.

Ich gehe auf den wackligen Stuhl zu, meine Augen brennen, mein Gesichtsfeld ist eingeschränkt, höre nur noch diese Stimme.

»Tu es, beende es endlich.«

Und ich gehe auf den Rauscher zu, will es tun, will es beenden, will, dass es aufhört. Endlich.

Deshalb gehe ich.
Mache einen Schritt.
Zwei Schritte.
Drei Schritte.
Vier.
Fünf.
Und so weiter.

Bis ich vor dem Stuhl stehe. Rauschers stechender Blick durchbohrt mich. Einerseits fleht er um Hilfe, andererseits will auch er ein Ende. Welches auch immer.

»Tu es.« Die Stimme, noch immer in meinem Hinterkopf, ansonsten Funkstille.

Ich überlege, auf ein weiteres Zeichen von dem Unbekannten zu warten, weiß aber, dass nichts mehr kommen wird. Weil alles gesagt ist.

Deshalb starre ich erst zu Boden, dann in die Richtung vom Maier, den ich plötzlich nicht mehr sehen kann. Ich atme tief durch, hebe mein Bein und …

Trete den Stuhl weg.

Alles beginnt sich zu drehen. Der Rauscher fällt nach unten, der Strick bremst seinen Fall. Eine baumelnde Bewegung, ein Röcheln, ein unterdrückter Schrei. Schreckgeweitete, sterbende Augen, die ich nie mehr vergessen werde. Ein Mann, der vor mir vergeblich um sein Leben kämpft. Weil ich es ihm gerade genommen habe.

Für immer. Für ewig.

Wie die Schüsse, die über den Hof hallen, die lauten Schmerzensschreie. Ein Anwalt, der auf mich zurennt, der aber zu spät kommt.

Wie immer. Zu spät.
Für immer.

Teil 4

Auf Leben und Tod

1

»Was war los mit Carina?« Sie haben minutenlang schweigend geradeaus gestarrt, in die Lichter der wenigen entgegenkommenden Autos, die sie blenden, bevor sie in der dichten Finsternis wieder verschwinden. Auf der Tauernautobahn gen Süden, A 10, die Horrorstrecke. Weil hier meistens Stau herrscht, stehende Autos, qualmende Motoren, Warnblinkanlagen auf dem Pannenstreifen und so weiter.

Jetzt sind sie fast allein unterwegs. Nur der Baum und die Elena. Er hinter dem Lenkrad, sie auf dem Beifahrersitz. Wortlos passieren sie die verschiedenen Autobahnausfahrten. Fahren immer weiter. Bis der Baum ebenjenen Satz sagt, mit dem er das Schweigen bricht und der in dem kleinen Auto widerhallt, als hätte er ihn bereits zehnmal wiederholt.

Elena schaut ihn an, weiß keine Antwort darauf, weiß nicht, was er eigentlich von ihr hören will. »Ich habe keine Ahnung. Ehrlich.«

»Ist sie in die falschen Kreise geraten?«

»Wahrscheinlich. In letzter Zeit hatten wir wenig Kontakt. Sie hat mir irgendwie gefehlt, aber dann auch nicht genug, als dass ich mich mit ihr und ihrem Leben hätte abgeben wollen. Sie war immer so kompliziert.« Elena erschauert. Weil sie merkt, dass sie zum ersten Mal in der Vergangenheitsform von ihrer Schwester spricht. Weil sie realisiert, dass sie tatsächlich tot ist und nicht mehr wiederkehren wird. Kein klassisches Comeback. Carina war pleite, betrunken, abgewrackt. Führte ein Dasein ohne Struktur. Von einer Party zur nächsten. Sie konnte nie genug bekommen. »Manchmal hat sie mich an die Michi erinnert«, sagt Elena dann auch noch.

»Inwiefern?«

»So zerbrechlich einerseits und andererseits so ungestüm und wild. Die beiden waren sich auf eine gewisse Art und Weise sehr ähnlich.«

Wieder dieses »waren«. Obwohl die Nachricht ihres Todes erst ein paar Stunden her ist. Obwohl die Michi Hofer noch lebt. Die Vergangenheit holt Elena in diesem Moment ein. Ihr altes Leben bricht mit voller Wucht über sie herein, wie ein Hurrikan, der alles verwüstet, alles durcheinanderwirbelt.

Der Baum nickt. Er muss ihr zustimmen, die Ähnlichkeiten, die Gemeinsamkeiten waren da. »Kannst du dir vorstellen, dass es jemanden gibt, der in der Lage war, Carina zu töten?«

Elena unterdrückt ein paar aufsteigende Tränen. Sie will nicht darüber reden, nicht in diesem Auto, in dieser Situation. Doch sie weiß, dass sie es muss, dass es keinen anderen Weg gibt, als zu reden. Worte können Dinge kaputt machen, aber sie können auch heilen. Und helfen. »Mir fällt niemand ein, aber was weiß ich schon. Vielleicht ist sie an einen Irren geraten, vielleicht hatte sie ihn erst vor Kurzem kennengelernt. Möglich ist alles.« Sagt sie und schluchzt dabei.

Der Baum will ihr helfen, sie trösten, sie aufmuntern, tut es aber nicht. Weil er nicht weiß, wie. Was er sagen soll, um ihr ein gutes Gefühl zu geben. Weil es in diesem Moment wahrscheinlich nichts gibt, was Elena aufbauen könnte. Nicht in einer solchen Ausnahmesituation.

Deshalb fährt er schweigend weiter.

Die Minuten verstreichen, Kilometer um Kilometer legen sie zurück, das Leben scheint an ihnen vorbeizuziehen, und irgendwann setzt er den rechten Blinker und fährt von der Autobahn ab. Die Anspannung steigt.

»Bist du bereit?«, fragt der Baum.

Und sie sagt: »Nein. Du?«

Er: »Ich wüsste nicht, wie ich mich auf das, was kommt, vorbereiten könnte.«

»Warum fragst du mich dann?«

»Weil ich Floskeln so gern mag.«

»Ich nicht.«

»Ich weiß.«

Kurz fassen sie sich an den Händen. Bald wird es so weit sein. Was auch immer.

2

Wie komisch die Welt früher war. Als noch alles seinen normalen Gang ging, das Leben noch in Ordnung war. Die Biere, mit dem Baum an der Theke getrunken, die heimlich im Freien gerauchten Zigaretten, arschkalt, frierend hinter der alten Stadtmauer. Die Nonna wie eine Oberlehrerin, mit erhobenem Zeigefinger. Dass Rauchen schlecht sei, hat sie damals gesagt. Dass wir Lungenkrebs und solche Sachen davon bekommen würden. Dass sie, wenn wir dann krank und fertig im Krankenhaus lägen, behaupten würde, sie habe es uns immer schon gesagt. Sie habe Bescheid gewusst, aber ihr sei ja nie geglaubt worden.

Der Bob, der danebenstand, ebenfalls rauchend, lachend, seine strahlend weißen Zähne, die schon damals einen ganzen Raum erhellen konnten. Der nur den Kopf schüttelte und darauf wartete, dass die Nonna ihm die Leviten lesen würde.

Die Leviten lesen. Das hatte er damals erst gelernt. Die Bedeutung dieser biblischen Formulierung, witzig fand er sie, deshalb wiederholte er sie andauernd. In fast jeder Situation, egal, ob sie gerade passte oder nicht.

Und die Michi, die mich irgendwann anrief, nur um mir zu sagen, sie habe in Bilbao in irgendeiner Spelunke den Mann ihres Lebens kennengelernt. José Martinez war sein Name, daran kann ich mich noch erinnern. Ein reicher Winzer, der eigenen Angaben zufolge im Hinterland einen Hof mit fünfzig Angestellten und weißen Reben auf braunen Weinbergen besaß. Wein, so weit das Auge reichte. In Wirklichkeit hatte Martinez Alberto Vasquez geheißen, war Schweinezüchter gewesen und hatte kurz vor dem Bankrott gestanden.

All das fällt mir ein, als ich wieder zu mir komme, als ich versuche festzustellen, wo ich bin, wie spät es ist und ob ich noch lebe.

Ein extremes Déjà-vu, das ich in diesem Moment habe. Alles wie in Bad Gastein. So derb, so grausig, so unfair, so unwirklich. Wenn man nicht mehr klar denken, nicht mehr entscheiden kann, ob das alles wirklich passiert oder nur erstunken, erlogen, erträumt ist. Und wieder bin ich nicht bei Bewusstsein gewesen, weiß wieder nicht, was tatsächlich geschehen ist und wohin das noch führen wird.

Deshalb überrascht es mich umso mehr, als plötzlich ein Mann vor mir steht. Er muss zuvor noch ein Sakko getragen haben, die Anzughose steht ihm perfekt. Ein Ärmel seines weißen Hemdes ist hochgekrempelt. Darunter sind Dutzende Tattoos zu erkennen, der Arm ist fast schwarz. Sein Anblick erschreckt mich noch nicht wirklich, denn sein Lächeln ist milde, sein Blick mitleidig. Nur die abgesägte Schrotflinte, die er nun mit der rechten Hand lässig auf seiner Schulter balanciert, macht mir Angst.

»Wie geht es Ihnen?«, fragt er leise.

Ich antworte nicht, nehme aber wahr, dass ich angelehnt an eine kalte Steinwand sitze.

»Nicht gut?«

Ich schaue ihm in die Augen, will herausfinden, ob er zu den Guten oder zu den Bösen gehört, kann aber keine Emotion entdecken. Nichts.

»Sie kommen wieder zu sich.«

Jetzt nicke ich.

»Das ist gut, das freut mich.«

»Wer …«, stammle ich.

»Bitte?«, fragt er.

»Wer … sind Sie? Wo bin ich?«

Der Mann lacht leise auf. Kurz und schmutzig. Dann sagt er: »Ich bin der Josef. Und wir sind in Abtenau auf einem abgelegenen Hof.«

»Aber …« Ich weiß nicht, was ich sagen soll.

»Ruhen Sie sich noch etwas aus, und dann schauen wir weiter«, sagt der Mann namens Josef.

Doch ich will mich nicht ausruhen. Ganz im Gegenteil: Ich will wissen, was passiert ist. Langsam kehrt die Erinnerung zurück. An das höllische Szenario. Und den Maier, der mich dazu gezwungen hat, einen Menschen zu töten. »Was ist mit dem Rauscher?«, japse ich.

»Was soll mit dem Arschloch sein?«

»Ist er tot?«

Wieder dieses Lachen. »Nein. Mein Helfersyndrom ist dann doch noch zu stark, um jemandem beim hilflosen Sterben zuzuschauen.«

»Wie meinen Sie das?«

»Dass ich ihm geholfen habe. Er war kurz vorm Abkratzen. Sein Gesicht schon ganz blau.«

»Aber … wie?«

»Ganz einfach: Ich hab ihn an den Beinen gepackt und dann seinen Körper mit einem Ruck nach oben geschoben. Schon hat er wieder Luft bekommen. Dann hab ich ihn noch einmal kurz losgelassen, langsam, vorsichtig. Er hat sich natürlich dagegen gewehrt, aber währenddessen habe ich den Stuhl hochgehoben, seine Füße daraufgestellt und schließlich das Seil mit einem Schuss durchtrennt. So einfach war das.«

»Aber …«

»Sie sind ziemlich lebhaft für jemanden, der beinahe draufgegangen ist.«

Ich lasse mich von ihm nicht abhalten, will alles wissen. Was mit Michi passiert ist, mit Bob, dem Anwalt. Weit und breit ist niemand zu sehen, nur der Josef. Aber überall die Spuren von dem, was hier in der letzten Stunde passiert ist. Der Strick, das Blut, überall. »Wo ist … Michi?«

»Sie meinen die Hübsche mit den dunklen Haaren?«

Ich nicke. Weil mir nichts mehr anderes übrig bleibt und ich keine Kraft, keine Energie mehr habe, gegen die Beschreibung meiner Schwester aufzubegehren. Weil ich innerlich tot bin. So fühle ich mich.

»Das weiß ich nicht. Ich habe nur mitbekommen, dass die pure Hektik herrschte, als ich hierherkam. Der Rauscher, Sie,

alles war irgendwie rot, so etwas habe ich noch nie zuvor gesehen.«

Ich versuche aufzustehen, schaffe es aber nicht.

»Lehnen Sie sich besser weiter an. Ein Notarzt ist benachrichtigt und unterwegs«, sagt Josef fürsorglich, und die ganze Situation wird immer surrealer.

»Ist … der Maier mit ihnen weg?«

Josef lacht leise auf. Mehrmals hintereinander. Vielleicht ein Markenzeichen von ihm. »Der Maier ist nirgendwohin.«

»Nicht?«

Josef tritt einen Schritt zur Seite und gibt den Blick frei auf den leblosen Körper des Rechtsanwaltes.

»Tot?«

Josef atmet tief durch. »Das will ich doch hoffen.«

»Aber … wie?«

»Erschossen.« Sein Blick fällt auf die dunkle Schrotflinte, die er neben sich auf den Boden gelegt hat.

»Sie haben ihn getötet?«

Der Josef schüttelt beschwichtigend den Kopf. »Natürlich nicht, sind Sie irre?«

»Wer dann? Und was machen Sie überhaupt hier? Wer sind Sie?«

»Also, ich bin der Josef. Ich habe den Maier hergefahren, weil ich ihm noch einen Gefallen schuldete. Weil mir das alles ziemlich seltsam vorkam, habe ich in der Scheune irgendwann nachgeschaut. Eigentlich hätte ich an der Einfahrt warten sollen, aber irgendwann hat mir das zu lange gedauert. Und außerdem diese Ahnung. Ich weiß nicht, was hier passiert ist und warum, aber es ist abartig. Der Schuss kam aus dem Hinterhalt, als ich den Rauscher hochgestemmt habe. Hat den Maier getroffen. In den Schädel. Ging durch ihn hindurch. Da kommt jede Hilfe zu spät, da kannst du nur mehr zusehen, wie das Leben in den Augen desjenigen erlischt. Innerhalb ein paar Sekunden ist alles weg und er tot.« Der Josef kratzt sich mit der rechten Hand am Kopf, fährt sich über den rasierten Dreitagebart. »Grausig ist so was«, fügt er noch hinzu.

Ich starre ihn an, seine Geschichte ist unglaublich. »Und jetzt?«, frage ich ihn.

»Muss ich los, und wir haben uns nie gesehen, verstanden? Ich werde für immer über diesen Tag schweigen, und das erwarte ich auch von Ihnen. Wie gesagt: Die Rettung ist unterwegs, man wird sich um Sie kümmern.«

Jetzt bin ich es, der heiser auflacht. »Die Sanitäter werden mich neben einer Leiche finden. Ich denke nicht, dass die sich besonders einfühlsam um mich kümmern werden. Wer hat den Maier erschossen? Und wo verdammt noch mal sind die anderen?« Ich bin den Tränen nahe, kann mich nicht mehr zusammenreißen. Ich will nur noch einschlafen, nie mehr aufwachen, am liebsten tot sein. Wie der Maier, dessen regloser Körper in ein paar Meter Entfernung von mir liegt. Blut auf der Stirn, an der Nase, am Mund.

»Das ist Ihr Problem, nicht meins. Ich habe mein Bestes gegeben und muss verschwinden, bevor die Polizei auftaucht. Alles Gute, Mann.«

Der Josef wendet sich Richtung Scheunentor. Als er gehen will, höre ich eine Stimme. Sie kommt mir bekannt vor. So bekannt, dass es fast unheimlich ist, sie hier zu hören.

»Ach du Scheiße«, sagt der Baum.

Dann ein spitzer Schrei, der mir durch Mark und Bein fährt. »Was ist passiert?«

Sie. Ich kann es nicht glauben. Dass sie es ist. Dass das tatsächlich die Realität sein soll.

Elena.

Wie sie neben dem Baum steht.

Wie ich ihr Gesicht mit meinen blutunterlaufenen Augen sehe.

Josef, der das alles beobachtet und mit der rechten Hand nach seiner Waffe greifen will, und der Baum, der schneller ist.

»Das lassen Sie schön bleiben. Hände hoch und runter auf die Knie. Na los!«

Der Tonfall meines besten Freundes verblüfft mich. Mit seinen ausgestreckten Armen, der Pistole in den Händen, dem Schweiß auf der Stirn, obwohl die Nacht mittlerweile kühl geworden ist, wirkt er wie ein Fernsehbulle.

Der Josef, der ihn überrascht anschaut und dann tut wie ihm geheißen. Knie auf den dreckigen Boden, die Finger der beiden Hände gespreizt.

Und Elena, die zu mir läuft und ruft: »Andi, geht es dir gut?«

Unglaublich. Dass Elena mir mit ihrer Hand über die Wange streicht. Meine Ex-Frau. Die ich schon seit Jahren nicht mehr gesehen habe, die aus meinem Leben verschwunden ist, weil sie es zu langweilig fand, zu eintönig, zu wenig auf das von ihr abgestimmt.

Und jetzt sitzt sie da. Neben mir. In einer der schlimmsten Situationen meines Lebens gleiten ihre weichen Fingern über mein Gesicht, und ich genieße die Berührung. Ja, ich genieße sie.

So schön könnte der Augenblick sein. Wäre da nicht der Körper vom Rechtsanwalt Hans Maier und ein Baum, der ihn erst in dieser Sekunde entdeckt. Der Schock ist ihm ins Gesicht geschrieben.

Here we are again, würde Bob sagen, wenn er hier wäre. Und: Everything is scheiße.

3

Dass der Plan danebengeht, damit konnte niemand rechnen. Dass die Person, die das alles angezettelt hat, nun selbst am Steuer sitzt, sich die Haare aus dem Gesicht streicht, wild die Luft aus dem Fenster atmet, weil der auf ihr lastende Druck zu groß ist, so weit hätte es nicht kommen dürfen.

Im Prinzip war alles daneben, in die Hose gegangen. Außer vielleicht die Sache mit der Lebowski, der Toten in der Strandkabine, die hat noch funktioniert. Niemand fragte ernsthaft nach, alle gingen davon aus, dass sich die traurige Ex des noch traurigeren Playboys selbst das Leben genommen hatte. Weil sie es nicht mehr aushielt, ihm, dem Rauscher, zuzusehen. Wie er alte

Weiber vögelte und sie aus den Klatschspalten der Illustrierten anlächelte. Ohne sie an seiner Seite, versteht sich.

Weil er sie im Stich gelassen, sie verlassen hatte. Wie ein Klotz an seinem Bein hat sie sich gefühlt, die Lebowski. Deshalb war ein inszenierter Selbstmord, dieses einsame, dramatische Ende die beste Lösung. Niemand würde nachfragen. Kein Hahn kräht mehr nach ihr. Denn die Schlampe hat es verdient gehabt. Weil sie dem Rauscher nachgestiegen ist, ihn nicht in Ruhe lassen, ihn zurückhaben wollte. Wie eine Stalkerin hat sie sich benommen. Unglaublich.

Das war zu viel. Die Lebowski musste verschwinden. Und sie verschwand. Wäre da nur nicht ihre Freundin, die Moltova, gewesen. Dieses betrunkene Luder stand auf einmal vor ihnen, während die unbekannte Person ihr den Strick umlegte. Die Moltova war auf der Suche nach leichter Beute zum Ausnehmen gewesen: Mitte fünfzig, verheiratet, wohlhabend. Mit Wohlstandsbauch hatte sie sie am liebsten. Diese Sorte war so willenlos, so abhängig von der Zuneigung einer hübschen Frau. Sie hatte keine Sonderwünsche, stellte keine Bedingungen. Hässliche Männer tun alles für eine junge, schöne Frau. Wagen keine Widerworte, keine Entgegnung. Sind einfach nur hemmungslos, hörig.

Genau damit hatte Carina Moltova so gern gespielt. Sie hatte schon genug in ihrem Leben durchgemacht, war zu oft enttäuscht worden. Deshalb spielte sie mit ihnen, wickelte sie um ihre kurzen manikürten Finger, nahm sie mit auf eine Reise, von der sie, wenn überhaupt, verändert zurückkehrten. Als Marionetten. Das war ihre Taktik gewesen. Die Moltova-Taktik.

Niemand hatte damit rechnen können, dass ausgerechnet dieses Moltova-Flittchen plötzlich vor der Strandkabine stehen würde. Angetrunken war sie, doch das reichte nicht. Reichte nicht, um ihr weiszumachen, dass alles gut sei. Dass sie sich getäuscht habe, dass sie nicht das gesehen habe, was sie zu sehen geglaubt habe. Und zwar einen Mord. An Anna Lebowski.

Die Moltova wehrte sich mit Händen und Füßen, versuchte, laut zu schreien, Hilfe zu holen, in die Welt hinauszuposaunen, was sie in diesen Sekunden beobachtet hatte. Und das konnte nicht zugelassen werden, niemals. Denn das würde den Plan durchkreuzen und alles über den Haufen werfen.

Genau das war der Grund, warum Carina Moltova der Mund mit einem feuchten Lappen gestopft wurde. Und ihr dann das Genick gebrochen wurde. Weil nichts mehr anderes übrig blieb, als zu handeln. Die einzige Möglichkeit, um heil aus der Sache rauszukommen. Alles war durcheinandergeraten, es blieb nicht mehr viel Zeit, um die zusätzliche Leiche loszuwerden, sie zu verstecken. Nur eine Lösung, die bereits früh Gestalt annahm, ein Back-up-Plan quasi, falls nichts funktionieren sollte.

Ein italienischer Sondertransport. Amici Ferroni. Keine Fragen, keine Antworten. Reine Lieferdienstleistung, diskret, ohne direkten Kontakt. Irgendwo im Internet gefunden, dubios, ja, und deshalb auch schweineteuer. Aber ein anonymer Anruf unter einer Einmalnummer mit drei Informationen – wo, wann, wohin? – hat gereicht. Kein Warum, kein Wieso, der perfekte Service.

Carina Moltova wurde mit einem Sondertransport nach Salzburg gebracht, und alles war gut.

Zumindest hatte es den Anschein.

Doch dann ging plötzlich noch mehr schief. Als die Leiche in der Salzach gefunden wurde. Als die Tote aus Salzburg plötzlich das Thema Nummer eins war.

All das, was verhindert werden sollte, passierte plötzlich. Der Plan ging den Bach runter. Im wahrsten Sinne des Wortes. Die Salzach spülte die Wahrheit an, die grausige Realität, die damit wieder ans Licht gezerrt wurde. Auch noch von der falschen Person.

Bob.

Der verdammte Bob.

Der jetzt auf der Ladepritsche liegt, immer noch bewegungslos, aber nicht tot. Keine Ahnung, wieso. Woher dieser Überlebenswille kommt. Ein senegalesischer Bullterrier sozusagen. Die unbekannte Person konnte ihn nicht zurücklassen, musste ihn mitnehmen, weil der Bob das Gesicht gesehen hat, das hinter dem Ganzen steckt. Weil er alles auffliegen lassen würde.

Und das durfte nicht geschehen. Nicht jetzt, nicht zu diesem fortgeschrittenen Zeitpunkt. Ab jetzt gibt es kein Zurück mehr. Nie mehr. Nur noch ein Vorwärts, in die Zukunft. Was immer kommen mag, es gibt keinen anderen Ausweg mehr. Sie werden alle dafür büßen. Für das, was passiert ist. Der erste Teil der Buße hat bereits begonnen.

Fehlt nur noch das Ende.

4

»Ich an Ihrer Stelle würde schnell verschwinden.«

»Und ich an Ihrer Stelle würde die Klappe halten.«

Der Josef lacht rau. Zum gefühlt hundertsten Mal in den vergangenen paar Minuten.

»Der Notarzt wird gleich hier sein. Und wenn er das hier entdeckt, dann –«

»Sind Sie am Arsch.« Der Baum spuckt beim Reden, so erregt ist er, so sehr steigert er sich in die Situation hinein.

»Ganz bestimmt nicht. Ich habe nichts getan, außer diesen armen Schweinen das Leben zu retten.«

»Wovon reden Sie?«

»Vom Rauscher und von diesem Typen hier.« Er zeigt mit seinem Zeigefinger auf mich.

»Vom Rauscher?« Derselbe fragende Blick, den ich vorher aufgesetzt habe. Unglauben gemischt mit Panik. »Was meinen Sie damit?«, hakt der Baum nach.

»Warum sollte ich Ihnen das erzählen?«

»Weil ich von der Polizei bin, das hier mein Freund ist und ich ziemlich ungemütlich werden kann, wenn es sein muss. Die beiden anderen hier Anwesenden werden in diesem speziellen Augenblick sicher mal kurz wegsehen.«

Ich starre den Baum an. Immer wilder sein Jargon und sein harter Blick, wahnsinnig fast.

»Ich habe diesen Typen gerettet, und jetzt wollen Sie mir die Scheiße der anderen in die Schuhe schieben? Sie sind ja irre.«

»Wenn's denn sein muss, ja.«

Der Josef schluckt laut, er glaubt dem Baum, kauft ihm die Toughe-Bullen-Nummer ab. »Okay, okay, okay«, beschwichtigt er den Baum dann, der noch immer seine Dienstwaffe auf ihn richtet. »Wie gesagt: Ich bin dazugekommen, als die Kacke schon am Dampfen war. Während ich den Rauscher vom Tod durch den Strick gerettet habe, wurde der Maier rücklings erschossen, und ich bekam einen kurzen Schlag auf den Hinterkopf. Ich war nur kurz weg, doch wohl lang genug, dass irgendwer alle anderen von hier wegbringen konnte. Keine Ahnung, wer. Ich habe niemanden gesehen. Ich bin wieder zu mir gekommen, und wenige Minuten später wachte der Typ hier auch auf. Mehr weiß ich nicht.«

Der Baum schaut mich an. »Stimmt das, Andi?«, fragt er mich.

Und ich schüttle den Kopf und nicke gleichzeitig. Kann es weder abstreiten noch bestätigen, weiß es nicht besser. Elenas große Augen vor mir, die mich irritieren, ablenken.

»Das darf doch nicht wahr sein«, murmelt der Baum.

»Wie auch immer sich die Geschichte abgespielt hat, Jungs«, sagt der Josef plötzlich, »ihr solltet schleunigst verschwinden. Sie werden überall hier Fingerabdrücke von dir finden, Mann.« Er schaut mich erneut eindringlich an. »Und einen toten Anwalt. Nicht gut.«

Der Baum steckt die Waffe ein, geht auf den Josef zu, zieht ihn auf die Beine, nimmt ihm die abgesägte Schrotflinte ab und schubst ihn zur Seite. »Du hast recht. Wir müssen aufräumen.«

Elena, Josef und ich schweigen. Stille herrscht in der kühlen Scheune. Die Temperaturen sind mittlerweile noch tiefer gefallen. Es muss mitten in der Nacht sein. Kein Licht dringt mehr von draußen zu uns hinein, nur noch der Wind pfeift durch die Holzritzen.

»Was meinst du damit?« Elena ist die Erste, die es wagt zu sprechen.

»Was wohl?«, antwortet der Baum unwirsch. »Dieser Abschaum hier hat recht.«

Der Josef protestiert leise gegen die Bezeichnung, denkt dann aber, dass der Bulle so ganz unrecht dann auch wieder nicht damit hat. Aber das sagt er natürlich nicht.

»Die werden den Hofer einsperren. Ein für alle Mal. Wieder so eine Geschichte, wieder ist der Rauscher involviert, der nun verschwunden ist. Und kein Zeuge, niemand, der ihn entlasten kann. Der Andi ist die einzige Konstante, der Mann, der genügend Gründe hat, um sich am Rauscher rächen zu wollen. Und an dessen Anwalt, der ihn nach ein paar Monaten in U-Haft freibekommen hat. Nach allem, was der Hofer, was wir alle durchgemacht haben. Kein Gericht der Welt wird glauben, dass das nur ein Zufall ist. Der Hofer wird keine Hilfe erhalten, keine Unterstützung, kein Verständnis.« Baums Stimme überschlägt sich beinahe, er scheint kurz vor einem Nervenzusammenbruch zu stehen. Seine Augen sind gerötet, geweitet. Die Worte, die zwischen seinen Lippen hervorschießen: hell, aufgeregt, ängstlich.

»Beruhige dich, Baum.« Elena steht auf, ihre Berührung meines Gesichts, ihre warme Haut, ihre zarten Finger, plötzlich sind sie verschwunden. Sie geht zu dem Baum und greift nach seinem Arm, der zu zittern beginnt. »Alles wird gut«, sagt sie. Obwohl sie weiß, dass das nicht stimmt. Dass das nicht stimmen kann.

»Wird es nicht«, entgegnet der Baum.

»Und je länger wir warten, desto schlimmer wird es«, sagt der Josef, und sein Blick trifft den vom Baum. Ein stilles Abkommen ist es, das die beiden Männer in diesem Moment schließen. Ein kurzes Nicken nur, dann machen sie sich an die Arbeit.

»Aber …«, sagt Elena noch, doch es ist zu spät.

Die Aufräumarbeiten beginnen. Und zum ersten Mal seit Stunden spüre ich wieder ein Aufbegehren in mir, ein Aufbäumen, den Willen, weiterzumachen, weiterzuleben.

Deshalb stemme ich mich an der Wand hoch, setze einen Fuß vor den anderen, schwitze vor Anstrengung und Schmerz und geselle mich wortlos zu den beiden Männern, die sich Gummihandschuhe übergezogen haben – aus dem Privatfundus von Franz Ferdinand Baum – und die blutbesudelte Leiche vom Maier hochhieven.

»In den Wald«, sagt der Josef tonlos. Nur diese Worte, aber alle wissen Bescheid.

Dann gehen wir.

Elena fasst nicht mit an. Sie sagt nichts mehr, reagiert nicht mehr. Weil ihr nichts anderes übrig bleibt, als zuzusehen, wie drei Männer, von denen sie zwei im Laufe ihres Lebens bereits geküsst hat, einen vierten toten Mann davontragen.

Er hat nichts Ehrenhaftes, nichts Pietätvolles an sich, dieser Akt. Nicht so, wie wenn einem Verstorbenen die letzte Ehre erwiesen wird. Es ist eine Entsorgung, nichts weiter.

Elena schluckt die Angst hinunter, die Abscheu.

Vor dem Toten.

Dem Umgebrachten.

Dem vielen Blut, überall.

Zu viele Tote für einen Tag, denke ich. Und dann: zu viele Tote für ein ganzes Leben. Zu viel Leid.

Doch diese Gedanken bringen uns nicht vorwärts. Nur wieder zurück an den Start. Zu Carina. Zu der Toten aus Salzburg.

5

Ich habe einen Menschen entfernt. Ein Leben. Vor ein paar Monaten. Habe ich ihn in den Fluss geworfen. Ohne Rücksicht auf Verluste. Weil ich keinen anderen Weg wusste. Weil es keine andere Möglichkeit gab, auch wenn man das Ganze in der Nachschau betrachtet.

Das mit dem Bundschuh wird mich hinter Gitter bringen. Dachte ich damals. Doch die Chance, dass das mit dem Maier mich hinter Gitter bringen wird, ist um ein Vielfaches höher. Millionenfache Potenzierung quasi. Und Millionen von Gedanken, die durch meinen Kopf rasen: Wie konnte das alles passieren, wer steckt dahinter und warum, was ist der Grund?

An all das denke ich, während wir die Leiche vom Maier

verscharren. Wir sprechen nicht dabei, tun so, als wäre das unser täglich Brot. Totengräber sozusagen. Als würde es uns nichts ausmachen, den zerfetzten Schädel des Anwalts ansehen zu müssen, als könnten wir mit solchen Anblicken umgehen. So tun wir, geben uns stark, unnahbar, als könnte uns nichts jemals brechen.

Dabei fühle ich mich innerlich zerrissen. Als würden meine Organe sich ausdehnen, Distanz zwischen sich bringen wollen, gegen die Bauchdecke drücken, weil sie hinauswollen. Und ihr ganzer Inhalt gleich mit. Der Josef, der Baum und ich, wir sind wie eine Räuberbande, die jeden Tag das Gleiche macht. Rauben, plündern, töten. Eine Glaubensgemeinschaft, die sich zum Ziel gesetzt hat, alles um sich herum zu entfernen. Alles Schlechte, alles, was uns Zeit und Ruhe kostet. Wir graben ein Loch. Mit einer alten Schaufel aus der Scheune. Präzise, effizient, zielführend. Eingeschworen sind wir, drei Musketiere irgendwie.

Franz Ferdinand. Josef. Andi.

Und vor uns die Leiche von Hans Maier. Und die Erde, die auf sein Gesicht fällt. Immer mehr davon. Die alles unter sich begräbt, was nicht aufpasst. Ein Ungetüm, das die Wahrheit vertuschen will. Raus aus dem Licht, rein in die Dunkelheit.

So gehen wir vor. Bis der Maier unter der Erde ist. Nicht mehr sichtbar für den Rest der Welt. Weder für uns noch für jemand anderen. Wir starren auf das Grab, der Josef mit der Taschenlampe aus Baums Auto zwischen den Zähnen. Unsere einzige Lichtquelle, neben Baums Handy und dem von Elena, das plötzlich zwischen den Bäumen herumtänzelt.

Dann die Stimme meiner Ex-Frau, leise zischend: »Die Rettung kommt, wir müssen weg von hier.« Das Flackern des Blaulichts, schon zu erkennen. Weil hier sonst nur Feld ist, die Berge weiter entfernt.

Es dauert noch einen Moment, bis wir realisieren, was das bedeutet. Dass wir laufen, verschwinden müssen, so schnell wie möglich. Hin zu Baums Wagen, mit dem er und Elena gekommen sind. Während der Josef in die andere Richtung rennen muss, zu der schwarzen Limousine, die er im Morast geparkt hat.

Unsere Wege trennen sich.
Wir zu dritt. Der Josef allein.
Die Flucht beginnt.

6

»Worüber habt ihr geredet?«, frage ich den Baum. Denn wir sind entkommen. Durch das Dickicht hindurch. Das Navigationssystem von Elenas Handy hat uns auf einen Waldweg geführt, der auf der anderen Seite des Hofes wieder auf die Hauptstraße trifft. Wir haben mein Auto auf einer abgelegenen Lichtung in der gegensätzlichen Richtung abgestellt, versteckt. In der Hoffnung, dass es niemand finden wird. Wir sind dem Blaulicht des Notarztes entkommen, der mittlerweile vor Ort sein muss. Und eine verlassene Scheune vorfinden wird, mit ein paar Blutspuren vielleicht. Was für einen Bauernhof aber nichts Besonderes ist, eventuell gar nicht auffällt.

»Was meinst du?«, entgegnet der Baum.

»Du und der Josef.«

»Wann?«

»Kurz bevor wir abgehauen sind.«

Der Baum räuspert sich, dann sagt er: »Er hat mir ein Autokennzeichen genannt. Wenn auch nicht komplett.«

»Okay.«

»Ich habe den Kollegen eine Nachricht geschrieben. Sie fahnden bereits im großen Stil nach dem Wagen. Sie werden sie finden, Andi. Bob, Michi …«

»Und den Rauscher«, sage ich.

»Egal. Hauptsache, Bob und Michi geht es gut.«

»Das glaube ich nicht.«

»Warte es ab. Die beiden sind härter im Nehmen, als du glaubst.«

»Du hast nicht gesehen, was sie mit ihnen angestellt haben.

Der Maier und dieser Fremde, von dem ich nur die Stimme gehört habe. Ich überlebe das nicht, Baum. Ich halte die Bilder nicht mehr aus.«

»Ich weiß«, sagt der Baum mit weicher, beruhigender Stimme. Doch er beruhigt mich nicht, nichts kann mich beruhigen. Nie mehr.

»Du hast mir gerade geholfen, eine Leiche zu vergraben«, sage ich. »Das ist doch nicht normal. Und wir tun so, als wäre nichts gewesen. Und dann noch meine Ex-Frau, die nichts mehr sagt, seit sie uns dabei zugeschaut hat, wie wir einen Menschen verschwinden haben lassen. Was machst du überhaupt hier, Elena?«

Endlich löst sich Elena aus ihrer Schockstarre, die sie die bisherige Fahrt über gefangen gehalten hat. Sie sitzt auf dem Beifahrersitz, dreht sich zu mir um, lockert ihren Gurt ein wenig. »Es ist wegen Carina, Andi. Oder meinst du, ich hätte mir das ausgesucht? Bei diesem ganzen Scheiß dabei zu sein?«

»Du hast Carina gehasst, Elena.« Der Satz ist mir entglitten, ich wollte ihn nicht sagen, aber jetzt ist es zu spät. Ich kann ihn nicht mehr rückgängig machen.

Ihr Blick wird hart, eisig. »Du Arsch«, zischt sie. »Du selbstherrlicher Arsch. Jetzt weiß ich wieder, warum ich dich nicht mehr leiden konnte.«

»Hast du es zwischenzeitlich vergessen gehabt?«, entgegne ich trotzig und habe keine Ahnung, warum ich das sage. Warum ich so gemein zu ihr bin. Vielleicht, weil gerade alles wieder hochkommt. Unsere Beziehung, ihr Ende, unsere gemeinsame Zeit. So schön, so wertvoll. Und gleichzeitig so anstrengend und unbefriedigend. So war unser Leben.

Andi Hofer. Elena Moltova. Irgendwie hat das nie ganz gepasst.

»Reiß dich zusammen, Andi«, sagt der Baum leise, und ich weiß, dass er recht hat. Dass er wahrscheinlich immer recht hat.

»Entschuldige«, stammle ich und bin mir sicher, dass Elena diese lapidare Entschuldigung nicht annehmen wird. Die alte Elena hätte daraufhin laut geseufzt, sich weggedreht und tagelang nicht mehr mit mir geredet. Doch vor mir sitzt anscheinend

eine neue Elena. Die sich nicht umdreht und mir stattdessen tief in die Augen schaut. Lange, endlos fast.

Dann sagt sie: »Ist schon gut. Du hast viel durchgemacht.«

Ich traue meinen Ohren nicht, glaube ihren Worten nicht. »Du bist …«, sage ich, doch es fällt mir kein Wort ein, das sie adäquat beschreibt.

»Anders geworden«, entgegnet sie knapp, fragend.

»Einzigartig«, sage ich.

Sie muss lachen, kurz nur, aber befreit. So wie ich. Und der Baum, der das Gaspedal noch tiefer tritt. Zurück in Richtung Salzburg. Ein kurzes Innehalten vielleicht.

Mehr nicht.

7

Stell dir vor: Du stehst an einer Raststätte. Südlich von Kärnten, wahrscheinlich schon in Slowenien. Du parkst dein Auto vor einem abgefuckten Häuschen, in dem sich Toiletten, Duschen, irgendein Gemeinschaftsraum befinden. Es ist mitten in der Nacht. Nichts ist zu hören außer ein paar zirpende Grillen.

Unpassend kommt dir das vor. Zu dieser Nachtzeit an diesem gottverlassenen Ort zu sein. Doch du hast keine Wahl. Kannst nicht mehr länger mit der Fracht unterwegs sein. Mit drei Menschen auf einer Pritsche. Unter einer dicken schwarzen Plane. Nein, genug ist genug.

Und stell dir vor: Du hast auf der Fahrt einen Plan gefasst. Du hast intensiv darüber nachgedacht, was passieren wird, wie du weiter vorgehen wirst, wie lange das Chloroform noch wirken wird.

Wann sich einer der drei bewegen wird, gefesselt und geknebelt zwar, aber trotzdem in der Lage, Aufmerksamkeit auf sich zu ziehen. Durch Schreien, Brüllen, was auch immer. Das kannst du nicht riskieren, nicht zu diesem Zeitpunkt.

Deshalb bist du von der Autobahn abgefahren, die lange Schleife nach rechts, hast einen weiten Bogen gemacht, unter der Straße hindurch, durch einen lichten Wald und bis zu dem kleinen Häuschen. Du hast dich daran erinnert, an die Fahrten nach Kroatien. Immer habt ihr auf ihnen hier gehalten.

Pinkelpause. Eine Kleinigkeit essen. Einen Schluck trinken. Damals. Deshalb fühlt sich alles hier für dich so bekannt an, so familiär, so vertraut. So wie früher.

Herrlich.

Und deshalb steigst du nun auch aus dem Wagen, blickst nach links und nach rechts, hast ganz hinten bei der Mauer geparkt, sodass dich niemand sehen kann. Selbst jemand, der zufällig hier vorbeikommen sollte, würde dich nicht gleich entdecken. Du hättest Zeit, dich schnell zu verstecken und zu warten, dass derjenige weiterfährt.

Du hast einen Plan. Einen guten Plan.

Hier und jetzt wird es zu Ende gehen. Nicht so wie gewünscht, aber das Leben ist ja auch kein Wunschkonzert. Das hast du schon oft zu spüren bekommen. Und heute wieder.

Egal. Immer weitermachen, so lautet die Devise. Deshalb gehst du langsam nach hinten, zur Ladefläche des Wagens. Du bemühst dich, ganz leise zu sein, damit sie dich nicht hören. Du spitzt deine Ohren, doch kein Ton ist zu vernehmen. Nur der flache Atem mehrerer Menschen, gedämpft, schläfrig.

Gut so, denkst du. Sehr gut. Dann gehst du weiter, greifst mit einer Hand die Plane, ziehst sie mit aller Kraft nach unten und aktivierst mit der anderen die Taschenlampe, die du mitgebracht hast. Es ist immer noch Nacht. Obwohl sich im äußersten Osten schon der Sonnenaufgang ankündigt, ist es hier noch immer stockfinster.

Der Lichtkegel der Lampe fällt auf die Pritschenfläche, und da liegen sie: Michi, Bob, der Rauscher. Wie benebelt, nicht mehr in dieser Realität.

Du kletterst neben sie, bist immer gewappnet gegen die Gefahr, dass einer deiner Toten wieder lebendig wird. Doch es passiert nichts. Sie atmen weiter flach. Jeder für sich.

In diesem Moment tut es dir leid. Dass alles schiefgelaufen ist, dass es so gekommen ist, wie es gekommen ist. Doch dein schlechtes Gewissen ändert auch nichts mehr daran. Ganz im Gegenteil: Es macht alles nur noch schlimmer, zieht es in die Länge.

Also musst du es einfach tun. Das zu Ende bringen, was dir vorher nicht gelungen ist. Du packst den Bob am rechten Bein. Er wehrt sich nicht, ist nicht bei Bewusstsein. Obwohl er Unmengen an Blut verloren hat, ist er immer noch am Leben. Sein Atem geht flach, sein Brustkorb hebt und senkt sich regelmäßig, aber kaum wahrnehmbar, und doch gibt er nicht auf. Ein Kämpfer, ein Soldat in jeder Hinsicht.

Nichtsdestotrotz versuchst du, ihn am Bein von der Pritsche zu ziehen. Seit du ihn verladen hast, ist sein Körper schwerer geworden. Je weniger Leben in so einem menschlichen Körper ist, umso schwerer ist er. Sagen die Gerichtsmediziner. Du kannst ihre Aussage bestätigen.

Mit aller Kraft zerrst du an dem reglosen Bob, bewegst ihn aber nur Zentimeter für Zentimeter.

Deshalb bemerkst du auch nicht, wie sich etwas in deiner Umgebung verändert. Wie plötzlich Blaulicht zwischen den Bäumen flackert, wie die schwarze Nacht zu einem blaugrauen Tag wird. Für ein paar Augenblicke zumindest. Du bist zu beschäftigt damit, diesen schwarzen, beinahe toten Menschen loszuwerden, um darauf zu achten. Hörst die heranrauschenden Autos erst viel zu spät und kannst nicht mehr zeitnah reagieren. Du duckst dich, legst dich neben die Toten auf die Pritsche. Denn es ist zu spät, um wegzurennen, um dich wegzubeamen. Das Ende ist nah.

Zu nah.

Und sieht ganz anders aus. Anders als erwartet.

So anders, dass es eigentlich nicht real sein kann.

Denkst du, als der Polizist vor dir steht, dich auffordert, die Hände nach oben zu strecken, und dich fragt, ob du bewaffnet bist.

Du nickst.

»Runter von der Ladefläche und Beine auseinander. Stellen Sie sich mit dem Gesicht zum Wagen. Keine falsche Bewegung.«

»Wir sind hier in Slowenien«, rutscht es dir heraus. »Haben Sie hier überhaupt eine Befugnis, um mich zu kontrollieren?«

»Die haben wir«, sagt der Polizist stolz, und hinter ihm tauchen weitere Beamte in der slowenischen Polizeiuniform auf. »Wir arbeiten zusammen, Lady«, sagt er. Und: »Kennen wir uns nicht?«

Der Burger tritt an dich heran, packt deine Arme und reißt sie nach unten. »Sie sind verhaftet. Wegen des dringenden Verdachts des Mordes und der Entführung. Wollen Sie dazu noch etwas sagen?«

Du schüttelst deine Haare zur Seite, schluckst kurz und sagst dann: »Fragen Sie den Hofer.«

8

Zwanzig Anrufe in Abwesenheit. Er ist nie rangegangen. Weil er nicht wusste, was er sagen sollte, hätte ihm jemand eine Frage gestellt, die ihm zu nah geht.

Wieder dieses Vibrieren, unaufhörlich. »Burger«, steht auf dem Display. Baums Finger zittern, doch er hat keine andere Wahl. Er wischt nach rechts, sogar sein Daumen schwitzt, er hinterlässt einen Abdruck auf dem Smartphone. »Ja?«, sagt er. Möglichst lässig.

»Chef, wo sind Sie?« Die aufgeregte Stimme des jungen Polizisten am anderen Ende der Leitung. »Sie können keine Großfahndung per WhatsApp-Nachricht einleiten und dann nicht mehr erreichbar sein. Was ist los mit Ihnen?«

»Was mit mir los ist? Ich habe geschlafen, Burger. Ich habe versucht, mich ein wenig auszuruhen, bevor morgen der Himmel über mir zusammenbricht. Das ist mit mir los, okay?« Sein Tonfall, so hart, so cool. Was für ein Gegensatz zu seinen müden Augen, zu seinem geschundenen, ausgelaugten Körper, der vor

mir sitzt, der so gar nichts mit seiner schneidenden Telefonstimme zu tun hat. Die perfekte Täuschung.

»Sorry, Chef«, entgegnet der Burger.

»Vergiss es. Warum rufen Sie an?«

»Weil wir sie haben, Chef! Wir haben sie!« Der Burger überschlägt sich beinahe vor Begeisterung. Sein Adrenalin ist zu spüren. Es trieft förmlich aus seiner Stimme.

»Wen?«

»Nachdem Sie die Kavallerie losgeschickt haben, wurden sofort Peilungsversuche unternommen. Und siehe da: Eine der Entführten trug ihr Handy eingeschaltet bei sich. Wir konnten das Signal herstellen und dem Wagen folgen. So haben wir herausgefunden, dass er in Richtung Kärnten unterwegs war. Auf einem Parkplatz haben wir sie dingfest gemacht.«

»Wen?«

»Na sie.«

»Name?«

Dann ein Rauschen in der Leitung. Oder besser gesagt: in Baums Ohren. Denn Burgers Worte sind glasklar. Jede einzelne Silbe. »Bitte noch einmal«, unterbricht der Baum den Redeschwall von Burger.

Und dieser wiederholt sich. Sagt denselben Namen.

»Und sonst?«, fragt der Baum äußerlich ruhig, kann aber innerlich bereits nicht mehr an sich halten. »Was ist mit Bob?«

»Wurde reanimiert. Die Ärzte wissen noch nichts Genaues, aber hoffen das Beste.«

»Und die Michi?«

»Ist bei Bewusstsein. Schwere Gehirnerschütterung und ein paar Prellungen. Ansonsten geht es ihr den Umständen entsprechend gut.«

»Der Rauscher?«

»Er war stark sediert. Sein Hals ist mit Schwellungen übersät, sie haben einen Luftröhrenschnitt gemacht. Er hat wohl zu lange nicht geatmet, seine Lunge hat nicht mehr richtig gearbeitet. Er ist noch nicht wieder bei Bewusstsein, aber er lebt und wird es schaffen.«

Ich habe mich ganz weit nach vorn gebeugt, als der Baum die Namen erwähnt, nach ihnen gefragt hat, und höre mit. Mit jeder neuen Antwort läuft mir ein weiterer kalter Schauer über den Rücken, Gänsehaut überall. Sogar die Nachricht vom Überleben vom Rauscher lässt mich aufatmen. Ich wäre verantwortlich für seinen Tod gewesen. Irgendwie zumindest. Aber er lebt, dieser Aasgeier.

»Und Lilly? Habt ihr eine Spur von Lilly?«, rufe ich ins Telefon, und der Baum erstarrt. Ich kann es förmlich sehen, wie sich seine Nackenhaare aufstellen, wie sein Hintern nach vorn rutscht, weg von mir.

»Wer ist das?«, fragt der Burger.

»Ein Freund, der auf Besuch ist. Ignorieren Sie ihn.«

»Ich dachte, Sie schlafen …?«

»Vergessen Sie's. Bitte, Burger.«

Ich recke meinen Hals noch weiter Richtung Telefon, spitze die Ohren. Elena neben dem Baum schräg vor mir, die ebenfalls mithört.

»Lilly Maier wird in Bälde in der U-Haft in Salzburg sitzen. Ein Kollege hat mir gerade eine Nachricht geschickt, dass sie bereits in den ersten Minuten der Fahrt alles gestanden hat. Sie redet wie ein Wasserfall, hat er geschrieben. Hört gar nicht mehr auf, will alles loswerden. Und erwähnt den Hofer immer wieder. Wir sollen ihn fragen, weil er noch mehr wisse. Apropos, Chef: Wo hält sich Ihr Freund gerade auf?«

Mir wird schwindlig, ich lehne mich zurück. Was ich soeben gehört habe, kann nicht stimmen. Lilly Maier. Lilly Maier. Lilly Maier.

Immer wieder dieser Name in meinem Kopf. Der sich wild dreht, an allen Synapsen vorbeitaumelt, ohne Richtung, ohne Ziel.

U-Haft, Lilly Maier, alles gestanden, der Hofer.

Ich kann nicht mehr. Der Rechtsanwalt Maier, umgebracht und verscharrt. Bob, der um sein Leben kämpft. Michi, die die wüstesten Schläge ihres Lebens verdauen muss, obwohl sie davon schon mehr als genug hat einstecken müssen. Der Rauscher, stranguliert und trotzdem noch lebendig.

Und Lilly Maier. Derselbe Nachname. Erst jetzt fällt es mir wie Schuppen von den Augen. So gewöhnlich, ein Standardname quasi. Niemals wäre ich auf den Gedanken gekommen, dass sie verwandt sind. Warum auch? Doch jetzt wird mir einiges klar. Nicht der große Zusammenhang, aber ein paar Details. Ich denke nach, versuche, in diesem Moment nicht vollkommen durchzudrehen. Spüre wieder Elenas Hand auf meinem Knie. Sie hat sich zu mir gedreht, weiß zwar nicht, was das zu bedeuten hat, merkt aber, dass es mich trifft. Härter denn je. Und will für mich da sein. Was ich ihr sehr hoch anrechne. Das einzig Positive in diesem Moment, denn dann ist da wieder die Stimme des jungen Polizisten, die aus dem Handy kommt und die schwere Stille durchbricht.

»Chef, sind Sie noch da?«

»Ja, ja, bin noch da.«

»Ist wirklich alles in Ordnung mit Ihnen? Sie wirken irgendwie merkwürdig.«

»Alles ist gut, Burger, aber nerven Sie mich nicht. Und übrigens: Toller Erfolg, den Sie da eingefahren haben. Ich gratuliere Ihnen.«

»Danke, Chef«, sagt der Burger hörbar stolz und hat seine zuvor gestellte Frage scheinbar schon wieder vergessen. Oder doch nicht: »Äh, Chef, um noch mal auf den Hofer zurückzukommen: Sie wissen nicht zufällig, wo er sich aufhält?«

»Nein, das weiß ich nicht«, lügt der Baum, und man hört ihm die Unwahrheit nicht an. Zu fest, zu selbstbewusst sind seine Worte.

Elena schließt die Augen, ich ebenso. Alles flirrt rot hinter meinen Lidern.

Der Burger sagt ein paar Augenblicke lang gar nichts mehr. Und dann plötzlich: »Wenn Sie etwas von ihm hören, sagen Sie uns bitte Bescheid. Es ist äußerst dringend.«

»Natürlich«, entgegnet der Baum. Und: »Wir sehen uns dann später. Ich werde noch ein paar Stunden schlafen, um endlich wieder zu Kräften zu kommen. Dann bin ich vor Ort, und wir schauen weiter, in Ordnung?«

»In Ordnung, Chef«, sagt der Burger laut. Zu laut für diese späte beziehungsweise frühe Stunde. »Dann bis nachher.«

»Sie sollten sich auch kurz ausruhen, Burger.«

»Das passt schon. Ich bin zu … Das ist alles zu …« Wahrscheinlich noch immer zu viel Adrenalin, das durch seine Blutbahnen rauscht.

»Ich verstehe, Burger, ich verstehe.« Der Baum lächelt und legt auf. Sofort ist das Lächeln verschwunden und die bleierne Schwere wieder da, die das Innenleben dieses immer kleiner werdenden Wagens verschlingt.

Mein Herz rast, Schweiß tritt auf meine Stirn, meine Hände zittern. Weil ich in diesem Moment den Sinn nicht erfassen kann, weil mir klar wird, wie es so weit kommen konnte.

Lilly Maier. Lilly Maier. Lilly Maier.

Meine Gedanken bestehen nur noch aus diesen beiden Worten.

Ich sehe, wie Elena nach vorn starrt, wie der Baum sich auf dem Fahrersitz windet. Weil er nicht weiß, was er sagen soll. Weil niemand in diesem Augenblick wüsste, was er sagen sollte.

»Das wird nicht gut enden«, sage ich deshalb. Nur diesen Satz. Ohne Wenn und ohne Aber.

»Du musst verschwinden, Andi«, sagt der Baum daraufhin.

Elena nickt.

Und ich verstehe die Welt nicht mehr. »Wie jetzt?«

»Du musst dich verstecken.«

»Aber wieso denn? Ich werde aussagen, alles erzählen. Ja, ich habe den Stuhl vom Rauscher umgetreten, aber nicht absichtlich, ich wurde quasi dazu genötigt. Ich habe nichts getan.«

»Das werden die anders sehen.«

»Aber warum? Und wieso sagst du ›die‹?«

»Andi, Lilly weiß alles.«

»Aber sie hat das Ganze doch angezettelt.«

»Und dafür wird sie bestraft werden, ja. Aber sie hat nichts mehr zu verlieren. Sie ist geschnappt worden, hat aufgegeben, gesteht und verweist auf dich. Sie weiß alles, Andi.«

Die Betonung des vorletzten Wortes, sie ist mir nicht entgangen. Ich denke an den Bundschuh, die Entsorgung der Leiche, meine nächtlichen Selbstgespräche, mein Unterbewusstsein. An die Aufnahmen, die mir vorgespielt wurden. An Bob, den sie als Marionette benutzt, an den Maier, ihren Bruder, den sie in der Hand gehabt hat.

Und an den Rauscher am Strick.

»Aber … Michi und Bob werden meine Aussagen bestätigen, sie waren dabei.«

»Das ändert nichts daran, dass du …«

Elena starrt noch immer regungslos aus dem Fenster.

»Zweimal«, sagt der Baum noch.

Meine Ex-Frau will nicht wissen, worüber wir reden. War immerhin einmal hautnah dabei. Wie wir den Rechtsanwalt verschwinden haben lassen, wie von Zauberhand.

»Aber –«, sage ich erneut.

»Ich kenne die Mechanismen, Andi. Glaube mir, du kommst da nicht mehr raus.«

Ich höre die Traurigkeit in seinen Worten, sehe sie im Rückspiegel in seinen Augen, die nass glänzen. »Aber …« Ein letzter Versuch.

»Ich bringe dich jetzt zur Grenze nach Slowenien. Dort steigst du in einen Zug und fährst Richtung Süden. Vielleicht nach Griechenland.«

»Bist du bescheuert?«

»Bitte, Andi, das ist kein Spiel mehr.«

»Ich werde nicht abhauen.«

»Dann werden sie dich einsperren.«

»Sollen sie doch.«

»Du hast keine Chance. Lilly wird dich hinter Gitter bringen.«

»Das soll sie erst mal versuchen.«

»Warum bist du so?«

»Wie denn?«

»So stur.«

»Weil ich nichts getan habe. Und wenn ich jetzt davonlaufe, glaubt die ganze Welt das Gegenteil, dass ich schuldig bin. Nur Schuldige rennen weg. Das hast du selbst immer gesagt. Also werde ich mich meiner Verantwortung stellen, Franz Ferdinand.«

Der Baum stöhnt laut auf. »Damit hast du ja generell auch recht, aber es gibt Ausnahmesituationen. Und das ist eine davon, Andi, glaub mir doch.«

»Nein.«

»Ich wende jetzt.« Der Baum setzt den Blinker.

»Wenn du das tust, springe ich aus dem fahrenden Auto.«

»Das schaue ich mir an.«

»Baum, bitte.«

»Ich kann das nicht ertragen, Andi, nicht schon wieder.«

»Wir schaffen das.«

»Aus dir spricht der Schock. Du hast die Situation noch gar nicht begriffen.«

»Das mag sein, aber ich laufe nicht davon.«

»Thessaloniki soll schön sein.«

»Vielleicht, aber jetzt bring mich bitte nach Salzburg. Ich muss eine Aussage machen.«

»Aber …« Jetzt ist es der Baum, dem nichts anderes mehr einfällt. Wir schweigen. Ein paar Minuten lang.

Bis Elena plötzlich Luft holt und sagt: »Andi hat recht. Eine Aussage ist der einzige Weg. Und gemeinsam schaffen wir das.«

Der Baum schüttelt genervt den Kopf. »Deshalb konnte ich euch beide noch nie so wirklich leiden.« Sagt er, und wir lachen.

Laut, brüllend. Befreit.

9

Wieder ein paar Stunden später.

Der Sommer in Salzburg. Blühende Rhododendren, der Mirabellgarten in seiner wundervollsten Phase. Die Festung Hohensalzburg, die über der Stadt thront. Ein einzigartiger Blick, wenn man vom nördlich gelegenen Müllnerhügel aus Richtung Altstadt spaziert. Wenn die Sonne über dem Mönchsberg steht und die Häuser in ein wohliges, gemütliches Licht taucht. Dann liegt ein Schleier über Salzburg. Ein morbider, doch einladender Schleier, den es zu erhalten gilt. Weil er die Schönheit dieser Stadt ausmacht. Und darüber hinwegtäuscht, welch grässliche Dinge einem im Leben zustoßen können, was alles passieren kann.

Stell dir vor, das Leben geht immer weiter. Ganz egal, was sich auch ändert, welcher Schicksalsschlag dich trifft, was dich mit voller Wucht aus der Bahn wirft, es geht weiter. Immer. Irgendwie zumindest.

Deshalb wundert es mich auch nicht, dass ich ein paar Monate nach einem derart einschneidenden Erlebnis in meinem Leben nun wieder hier bin: in der Polizeizentrale Salzburg in der Alpenstraße. Im schummrigen Licht, auf einem durchgesessenen Plastikstuhl, vor einem abgefuckten Resopaltisch.

Wie beim letzten Mal.

Der Burger vor mir, irgendein anderer Kollege wohl hinter der Scheibe stehend, die nur von einer Seite durchsichtig ist. Auch das wie beim letzten Mal, nur der Goldberger fehlt. Weil er im Irrenhaus seine Tage fristet, so heißt es.

Ich erzähle dem Burger alles. Vom Anfang bis zum Ende. Von der Schnitzeljagd bis zum Grande Finale in der Scheune mit dem durchlässigen Dach. Bis auf ein paar kleine Details, die den Maier betreffen, lasse ich nichts aus. Ich rede, rede, rede wie ein Wasserfall.

Irgendwann macht der Burger ein kurzes Handzeichen. Bittet mich zu stoppen. Er atmet tief ein und sagt: »Bis hierher alles klar, Herr Hofer. Ihre Aussagen decken sich mit der von Frau Maier.«

»Wirklich?« Ich kann meine Verwunderung nicht verbergen.

»Das überrascht Sie?«

»Ehrlich gesagt ja.«

»Nun, es ist aber so. Trotzdem bleibt eine Frage offen: Wo ist der Anwalt, der Bruder von Frau Maier?«

Ich schlucke, spüre die Gänsehaut, die über meine Beine, über meine Arme rieselt, und hoffe, dass der Burger nichts davon bemerkt. Ich blicke zu Boden. »Das weiß ich nicht.«

»Sind Sie sich ganz sicher?«

»Ja.«

»Er ist spurlos verschwunden.«

»Eine gute Entscheidung.«

»Wie meinen Sie das?«

»Nach allem, was er uns, mir, meiner Schwester, meinen Freunden, angetan hat, fragen Sie das noch?«

Jetzt ist der Burger an der Reihe, verstört den Boden zu betrachten. Er weiß, dass er mit der Andeutung zu weit gegangen ist und ich recht habe. »Entschuldigen Sie.«

»Kein Problem. Viel stärker beschäftigt mich die Frage, ob Bob und Michi das Ganze wirklich überstehen werden.«

»Es geht ihnen gut. Ich habe mich vor unserem Gespräch noch über ihre aktuelle gesundheitliche Lage informiert. Sie werden es schaffen, beide.«

Ein heißes Gefühl breitet sich in meinem Bauch aus. Glück, Freude, Anspannung, die nachlässt. Ich atme erleichtert auf, verändere meine Sitzposition auf dem ungemütlichen Stuhl. Kann nicht mehr hierbleiben, nicht mehr lange. Will weg, in die Freiheit, an die frische Luft.

»Eines noch, Herr Hofer, dann lassen wir Sie vorübergehend gehen.«

»Warum vorübergehend?«

»Sie müssen sich für weitere Fragen zur Verfügung halten, Verhöre et cetera.«

»Aber …« Mehr sage ich nicht. Weil es mir klar ist, alles. Weil mich der Baum darauf vorbereitet hat. Weil bis dato alles gut gegangen ist. Besser als erwartet.

»Eines noch, Herr Hofer: Haben Sie Informationen dazu, wer den Rechtsanwalt Maier und den Rauscher zu dem Hof gefahren hat? Dieses Puzzlestück fehlt mir doch, die Person.«

»Wie kommen Sie darauf, dass ich das wüsste?«, frage ich so überrascht wie möglich.

»Weil der Maier das nicht allein geschafft hätte. Den Rauscher zu überrumpeln, ihn abzutransportieren und so weiter. Also, was ist?«

»Davon weiß ich nichts«, lüge ich. Sage es so normal wie möglich. Nicht zu hastig, nicht zu aufgesetzt. Und denke dabei an den

Josef, wo immer der Hund sich gerade aufhält. Irgendwie hat er uns alle gerettet. Der Unbekannte, der Josef, der nie da gewesen ist, bisher in dieser Sache gar nicht existiert.

»Denken Sie noch einmal ganz genau nach«, fordert der Burger eindringlich und fixiert mich mit seinem Blick. Er will es in meinen Augen lesen. Dass ich lüge, ihm etwas verschweige. Doch er schafft es nicht. Zu viel ist in der letzten Nacht passiert. Zu viel Unausgesprochenes, das besser nie ans Tageslicht kommt. Ich halte dicht. »Das muss ich nicht«, entgegne ich deshalb trotzig. »Da war niemand.«

Der Burger nickt, nimmt meine Antwort zur Kenntnis. Obwohl ich an seinem Blick sehe, dass er mir nicht glaubt, lässt er mich mit einer kurzen Handbewegung von der Kette. Lässt mich gehen.

»Ach ja«, sagt er dann plötzlich noch, wie Columbo. »Ist Ihnen der Name Bundschuh geläufig?«

Wieder diese Gänsehaut, die über meinen Körper läuft. Die Panik, die in mir aufsteigt. Und ich, wie ich mir nichts anmerken lassen will. »Ja, der sagt mir was«, antworte ich.

»Inwiefern?«

»Darüber möchte ich nicht reden müssen.«

»Warum?«

»Weil er der Manager vom Rauscher war. Und ich diese Geschichte nicht ein weiteres Mal erzählen will. Das habe ich schon zu oft getan.«

»Das verstehe ich, Herr Hofer. Es geht mir auch nur um die Frage, ob Sie wissen, wo er ist. Und?«

»Warum sollte ich das? Ich hatte mit diesem Mann nichts zu tun.«

»Ich verstehe«, entgegnet der Burger, obwohl er nichts versteht, es gar nicht verstehen kann, das große Ganze.

»Fragen Sie doch den Rauscher nach dem Bundschuh«, setze ich noch nach, um von meiner Person abzulenken. Und das funktioniert.

Der Burger schaut mich erneut mit festem Blick an. Kein Blinzeln, keine Emotion im Gesicht. Und schüttelt den Kopf. »Mi-

roslav Rauscher ist vor zwei Stunden gestorben. Der Sauerstoffmangel war zu viel für ihn. Sein Gehirn hat ausgesetzt. Ihn ins künstliche Koma zu versetzen hat nicht mehr geholfen.«

Ich schlucke erneut, mein Adamsapfel hüpft auf und ab.

»Deshalb habe ich ja Sie gefragt«, sagt der Burger leise. »Weil ich den Rauscher nicht mehr fragen kann.«

Ich gehe, schließe die Tür leise hinter mir, höre noch, wie der Burger mir nachruft, er werde sich in Kürze melden. Mein Schritt wird immer schneller, raus aus diesen stickigen Räumen, raus auf die Straße, wo Elena und der Baum bereits auf mich warten.

Der Baum schaut mich erwartungsvoll an, sieht in meinem Gesicht, dass ich es geschafft habe, dass der Burger mich nicht festgenagelt hat. Noch nicht zumindest.

Elena fällt mir um den Hals, umarmt mich, drückt mich an sich. Wie früher. Nur irgendwie anders.

Aber immer noch schön.

10

Was uns verbindet, macht uns stärker. Hat Lilly Maier immer gedacht, danach hat sie ihr Leben ausgerichtet, an diesen Standards hat sie sich orientiert. Behütet war ihre Kindheit, trotz allem eigentlich schön. Sie kann es sich nicht erklären, was dann passiert, was aus ihr geworden ist. Und warum. Vielleicht, weil sie irgendwann eine falsche Entscheidung getroffen hat, an einer Ampel zu früh auf eine Straße abgebogen ist, die in ebendiesen anderen Lebensweg mündete. Irgendetwas muss es wohl gewesen sein, das dazu geführt hat, dass sie nun hier ist. In dieser Zelle, allein, einsam, verlassen.

Die Eifersucht übermannte sie. Jahr für Jahr, Beziehung für Beziehung. Die hübsche, treue Krankenschwester auf der Suche nach dem großen Abenteuer, nach der einen großen Liebe.

Hannes Maurer hieß er, ihr Erster, irgendwo im Dorf getroffen. Ein flüchtiger Kuss, dann mehr, hinter der Scheune. Sie hatte sich in ihn verliebt, wollte ihn nicht mehr hergeben, ihn heiraten, behalten, für immer. Doch für ihn war es nur eine Nacht gewesen. Mehr nicht. Er erwartete sich nichts davon, wollte nur Spaß haben, wie Jugendliche eben sind.

Aber Lilly Maier war anders. Verstand nicht, wie man so sein konnte, so rücksichts-, so emotionslos, wollte es nicht akzeptieren. Nachdem er ihr gesagt hatte, dass er sie nicht mehr wiedersehen wolle, verfolgte sie ihn. Ein Schalter in ihrem Gehirn legte sich automatisch um. Die Eifersucht raste in ihr, tobte wie wild, sie hatte sich nicht mehr im Griff.

Sie wollte wissen, wohin er ging und mit wem. Irgendwann erwischte sie ihn mit einem anderen Mädchen, gleiches Alter wie sie, lange blonde Haare, hübsch, zugegebenermaßen. Sie stand nur ein paar Meter entfernt, als Hannes Maurer dieses kleine Flittchen auf den Mund küsste, an die Wand hinter der Scheune gelehnt, dort, wo er auch sie geküsst hatte.

In diesem Moment brannten in Lilly Maiers Kopf alle Sicherungen durch. Sie rannte auf die beiden zu, über die Straße, ohne nach links und rechts zu schauen, ignorierte das Hupen eines vorbeifahrenden Wagens, packte Hannes Maurer am Hinterkopf und schleuderte ihn mit voller Wucht gegen die harte graue Steinmauer.

Blut quoll aus der Wunde, rote Flüssigkeit überall. Das Mädchen war schon davongerannt, schreiend, wild um sich schlagend.

Und Hannes Maurer weinte. Die Tränen liefen ihm über die Wangen, vermischten sich mit dem vielen Blut, das ihm unaufhörlich die Stirn hinunterfloss. »Du Irre!«, schrie er, doch Lilly Maier ließ sich nicht davon abbringen, seinen geschwächten Körper ein weiteres Mal gegen die Wand zu schubsen. Bis Hannes Maurer wimmernd auf dem Boden lag und seine Gliedmaßen zuckten. Dann erklang das Schluchzen. Aus Schmerz, Scham, Panik. Wohl eine Mischung aus allem.

Lilly trat noch einmal neben ihn, inspizierte sein Gesicht und verschwand dann mit den Worten »Das hast du verdient, du unehrliches Schwein«.

Das war das erste Mal in ihrem Leben gewesen, dass sie die Kontrolle über sich verlor. Ihr Herz war gebrochen worden, keine Liebe mehr in ihr.

Hannes Maurer sah sie nie wieder. Sie zog nach Salzburg, um ihre erste Arbeitsstelle im Landeskrankenhaus anzutreten. Als Hilfsschwester, so nannte man das damals noch. Maurer erstattete keine Anzeige. Auch das Mädchen von damals hielt still. Theresa heißt sie. Und mittlerweile Maurer, weil sie den Hannes geheiratet hat.

Es dauerte ein paar Jahre, bis Lilly Maier wieder verhaltensauffällig wurde. Sie hatte sich auf niemanden mehr eingelassen, hasste die Männer, die auf den Straßen unterwegs waren, auf der Suche nach dem einen schnellen Kick, nach der einen aufregenden Nacht ohne Verpflichtungen, ohne Rücksicht. Sie blieb Single, ging ab und zu mal auf ein Getränk mit ein paar Kollegen von der Arbeit, die hauptsächlich weiblich waren, mehr passierte nicht.

Auch weil sie sich um ihren Bruder kümmern musste. Hans Maier, der angesehene Salzburger Anwalt, viel älter als sie. Strafverteidiger mit Kanzlei in der altehrwürdigen Getreidegasse, in der teuersten Gegend der Stadt. Er hatte ein gutes Leben, zumindest nach außen hin. Geld war da, ein schönes Haus und Klienten, die bei ihm ein und aus gingen. Neukundenakquise quasi kein Problem, er war abgesichert.

Deshalb wunderte es Lilly umso mehr, als er eines Abends an ihrer Tür läutete. Es regnete in Strömen, er trug einen langen beigefarbenen Mantel und kauerte an ihrer Türschwelle, das Gesicht vom Heulen aufgedunsen. Sie müsse ihm helfen, flehte er, so könne es nicht mehr weitergehen.

Sie zog ihm die nassen Sachen aus, legte ihn aufs Sofa und breitete ein paar Decken über ihn. Damit er erzählen, ihr sein Herz ausschütten konnte. Und das tat er.

Sagte ihr, dass er Spielschulden habe, aber nicht damit aufhören könne. Ein paar Monate sei er abstinent geblieben, doch dann seien da wieder diese Party, das Hinterzimmer, seine alten Zockerfreunde gewesen. Fünfzigtausend Euro habe er verspielt, an einem Abend.

Lilly musste schlucken. So viel Geld. Um das zu verdienen, brauchte sie zwei Jahre. Irgendwie hasste sie ihren Bruder dafür, dass er so protzig und gleichzeitig so hilflos war. Einerseits ekelte sie sich vor ihm, vor diesem betrunkenen Häufchen Elend. Andererseits war er ihr Bruder, also musste sie ihm wohl oder übel unter die Arme greifen.

Sie tat es, indem sie ihn therapierte. Zweimal die Woche sprach sie mit ihm über seine Laster, seine Schulden, seine Probleme. Die Sitzungen schienen tatsächlich zu wirken. Hans Maier wirkte ausgeglichener, ruhiger, lebte gesünder. So wie früher. Monate später hatte sie das Gefühl, dass er es schaffen könnte. Von der Sucht wegzukommen und ein neues altes Leben zu beginnen. Sie glaubte an ihn, und er strengte sich an.

Eine ganze Weile lief alles gut, dann das Déjà-vu: Abend, Regen, Fußmatte, Tränen. Weitere Schulden und Körperverletzung. Er hatte eine Frau aus Wut darüber, verloren zu haben, getreten. All das galt es, unter den Tisch zu kehren, gemeinsam. Sie mit ihm. Womit sich das Leben von Lilly Maier wieder schlagartig änderte.

Sie fand den Mut, es in die Hand zu nehmen. Zu neuen Ufern aufzubrechen. Sie wollte sich wieder auf die Suche machen, sich sozusagen auf die Pirsch begeben. Doch manchmal spielt einem das Leben einen Streich und ändert von einer Sekunde auf die andere alles.

Der Mann, der plötzlich vor ihr saß, sich den linken Arm hielt, weil er gestürzt war. Nur ein Verband, den sie ihm anlegte. Wie sich ihre Blicke trafen, er sie anschaute, lange, unaufhörlich, unanständig fast.

»Ich bin Lilly«, rutschte es ihr heraus. Obwohl sie eigentlich gar nichts sagen wollte, mit dem Frosch im Hals.

»Schön, dich kennenzulernen, Lilly«, sagte er und verzog leicht das Gesicht, weil sie den Verband straff zog. »Ich bin Miro.«

Der Rauscher, wie er ihre Hand nahm und sie schüttelte. Der Beginn einer neuen Leidenschaft. Sie trafen sich, gingen essen, trinken, in Bars. Liebe auf den ersten Blick. Für Lilly zumindest. Auch er hatte sich ein wenig in sie verschaut, trotzdem würde es nicht zu etwas Langfristigem reichen. Jedenfalls aus seiner Sicht.

Die Geschichte verlief ähnlich wie die mit Hannes Maurer. Nur dass Lilly nicht die Fassung verlor, als Miro Rauscher ihr beizubringen versuchte, dass das mit ihnen schön gewesen sei, aber nicht mehr. Dass sie eine tolle Frau sei, sich aus ihrer Beziehung aber nichts Weiteres entwickeln werde. Zu unterschiedlich ihre Auffassungen, ihre Weltanschauungen, ihre Ziele. Lilly hielt sich an ihm fest, klammerte sich an ihn, weinte, ließ los, schlug um sich, doch es blieb dabei.

Schlaflose Nächte quälten sie. Nach der Trennung wurde es wieder schlimmer. Ihr Bruder, betrunken vor der Tür, mit überzogenen Kreditkarten und einer Familie, die keinen Wert mehr auf ihn legte. Alles wurde ihr zu viel.

Sie las über das sogenannte Othello-Syndrom. Eine psychische Erkrankung, Symptom ist krankhafte Eifersucht. Vor allem dann, wenn der Betroffene verlassen wird.

Lilly Maier war sich sicher, dass sie an dem Syndrom litt, dass sie Hilfe brauchte. Weil sie mittlerweile wieder mitten in der Nacht aufwachte, schweißgebadet von kruden Träumen. Wie sie dem Rauscher mit einem Holzscheit auf den Hinterkopf schlug, wie sie ihn mit einem Polster erstickte. Solche Sachen.

Bevor etwas passieren, bevor sie das Ganze unbewusst in die brutale Wirklichkeit umsetzen könnte, nahm sie Hilfe in Anspruch, ließ sich einweisen, behandeln. So ähnlich, wie sie es mit ihrem Bruder gehandhabt hatte.

Nach nur ein paar Wochen werde es ihr besser gehen, das versprachen ihr die Ärzte. Doch nichts davon bewahrheitete sich. Ganz im Gegenteil: Die Medikamente warfen sie komplett aus der Bahn. An manchen Morgen konnte sie nicht mal mehr aufstehen, so erschöpft war sie, so desillusioniert. Manche Tage schleppten sich dahin, die Zeit war kein Faktor mehr in ihrem Alltag. Alles schien zu schweben und zu verschwimmen.

Also setzte sie die Medikation ab, als sie nicht mehr stationär behandelt wurde und wieder arbeitete. Ohne es mit den Ärzten abzuklären, hörte sie auf, die Pillen zu nehmen. Anscheinend die richtige Entscheidung, denn von Tag zu Tag schien es ihr besser zu gehen. Bis sie den Rauscher im Fernsehen sah. Zuerst in Zusammenhang mit Anna Lebowski. Die Schöne und der Schöne sozusagen. Eine kleine Liebelei nur, die aber medial für Aufmerksamkeit sorgte. Wie sie sich vor der Kamera an ihn schmiegte, ihn küsste, ihn berührte. Später war er mit einer alten Dame aus Bad Gastein zu sehen. Am Salzburger Kapuzinerberg beim Promi-Fotoshooting, der It-Boy himself. Dann die Geschichte, wie er an die alte Meißelburgerin mit altehrwürdiger Villa im sauteuren Gasteinertal kam. Ein Aufstieg sondergleichen. Fünf Minuten, so lange dauerte der Beitrag in »Seitenblicke« nur, doch er reichte aus, um etwas in Lilly Maier in Gang zu setzen. Sie sah ihn sich wieder und wieder in der Mediathek an, ein ums andere Mal. Und ein ums andere Mal wurde ihre Wut auf den Rauscher größer.

Lange dachte sie über die Rache nach. Darüber, wie der Othello in ihr zum Leben erweckt werden könnte. Tage, Wochen, Monate vergingen, bis sie den Rauscher erneut im Fernsehen sah. Zuerst als Entführungsopfer, dann als Erpresser. Er würde nur kurz in den Knast gehen, das wusste Lilly sofort. Einer wie er saß nicht allzu lange hinter schwedischen Gardinen. Zu viele einflussreiche Bekannte hatte er, zu gerissen war er.

Anders als der arme Salzburger Wirt, der einen Tag, nachdem Lilly in den Nachrichten von der Erpressung gehört hatte, plötzlich vor ihr lag. Künstliches Koma, auf der Kippe, aber dann auf dem Weg der Besserung.

»Kümmern Sie sich um ihn, Schwester Lilly.« Der Arzt hinter ihr, der ihr auf die Schulter klopfte.

Wie Lilly nickte. Wie sie leise antwortete: »Natürlich.«

Manchmal kann es das Leben auch gut mit einem meinen, dachte sie und strich dem Hofer über sein verschwitztes Haar, als der Arzt verschwunden war. »Wir werden gut miteinander auskommen«, flüsterte sie ihm ins Ohr. »Sehr gut sogar.«

11

Wie Heimkommen fühlt es sich an, als ich das Krankenzimmer betrete. Behutsam öffne ich die Tür, weil ich nicht stören, weil ich niemanden wecken will. Wider Erwarten handelt es sich um ein Einzelzimmer. Blumen überall, Kekse und so weiter. Und im Zentrum davon: Bob.

Wie er leibt und lebt. Nun ja, nicht ganz, denn ich habe Bob noch nie in unserer gemeinsamen Zeit in einem so schlechten Zustand gesehen.

»Du siehst scheiße aus«, sage ich lachend, weil ich mich so unendlich freue, ihn zu sehen. Dass er noch da ist, unter uns, bei mir.

»I love you, man«, erwidert Bob, und seine Stimme klingt kratzig, rau, angeschlagen. Dann setzt er nach: »I'm so sorry, Andi. I didn't know it. Ich habe nicht gewusst, dass sie es ist. Sie hat mich erpresst, hat meine Spuren auf der Leiche drapiert, hat mir gedroht, zur Polizei zu gehen, sollte ich nicht mitspielen. Weil du jemanden umgebracht hättest und sie dich verletzen wollte. Ich dachte, ein Verrückter stünde hinter allem, but it was Lilly. Unbelievable!«

Sein Atem, so schnell gehend. Das Sprechen strengt ihn an, ich sehe es in seinem Gesicht, an den Adern, die an seinen Schläfen hervortreten und pulsieren.

»I only wanted to help you«, sagt er noch leise, bevor sein Körper in sich zusammensinkt. Ich merke ihm an, dass er das so schnell wie möglich loswerden wollte. Dass es ihm besser gehen wird, wenn ich ihm ein Zeichen gebe, dass es ihm nun besser gehen darf. Und das darf es, Bob, mein Held. Ich umarme ihn, und er lässt seinen Tränen freien Lauf.

»I'm so happy, you're good with me«, flüstert er.

Wie könnte ich ihm böse sein. »Du bist der Beste, Bob, wirklich. Ich bin dankbar, dass es dich gibt«, sage ich. Und dann muss auch ich weinen.

Dieselbe Geschichte einen Stock darunter, zwei Zimmer weiter den Gang entlang. Ich öffne die Tür und sehe bereits den grauen

Haarschopf von der Nonna, die auf einem wackligen Besucherstuhl sitzt, Michis Hand hält und auf sie einredet.

»Lass sie in Ruhe, Nonna, sie hat schon genug mitgemacht«, sage ich und muss ob ihres empörten Gesichtsausdrucks lachen.

»Das sagt genau der Richtige«, entgegnet sie laut, steht auf und versetzt mir mit der rechten Hand eine liebevoll sanfte Ohrfeige, um mich eine Sekunde später zu umarmen. »Schön, dass du da bist, du Sauhund«, sagt sie.

Und ich: »Schön, dass du da bist, du –«

»Spar's dir.«

»Okay.«

Dann lässt die Nonna uns allein, die Michi und mich. Ich setze mich auf den frei gewordenen Stuhl neben das Bett und nehme nun meinerseits ihre Hand. Meine Schwester lächelt mich an. Ihr Gesicht ist geschwollen, ein Verband um den Kopf gewickelt.

»Du Irre«, flüstere ich.

»Und du, sag noch einmal, dass mein Leben verrückt ist«, entgegnet sie. »Was ist nur los mit dir?«

Ich zucke mit den Achseln, würde ihr gern eine gute Antwort geben, doch mir fällt keine ein. Es gibt keine.

»Wie geht es dir?«, fragt sie mich, und erneut weiß ich darauf nichts zu sagen.

»Wie geht es dir?«, frage ich deshalb zurück.

Leise stöhnt sie auf. »Mir tut alles weh.«

Ich streiche ihr übers Haar, ganz behutsam, und doch zuckt sie sofort zusammen.

»Sorry«, sagt sie, »bin gerade etwas empfindlich.«

Dann lachen wir, und ich sage: »Danke, Michi.« Und: »Ich liebe dich.«

Sie zieht meinen Kopf zu sich hin und murmelt: »Ich dich auch. Aber sag's nicht weiter. Versprochen?«

»Versprochen.«

12

Franz Ferdinand Baum. Er hat schon schönere Tage erlebt. Einfachere vor allem. Nicht so komplizierte. Nie hätte er sich träumen lassen, dass sich das alles in diese Richtung entwickeln würde. Dass Lilly dichthalten würde. In einem kurzen Moment hat sie Schwäche gezeigt, wollte den Hofer mit in den Abgrund reißen, hat es aber zu guter Letzt nicht getan. Hat den Burger fast wahnsinnig gemacht, der sie immer wieder nach dem Bundschuh und dem Verbleib ihres Bruders gefragt hat, zu dem sie ja tatsächlich nichts sagen kann.

Sie ist bei ihrer Version geblieben. Dass sie hinter Gitter gehöre. Weil sie sich nicht mehr im Griff habe, sich und ihre Psychosen. Weil sie sich am Rauscher habe rächen wollen, nicht mehr und nicht weniger. Weil daraus ein Feldzug geworden sei, den sie so nie beabsichtigt habe. Irgendwann sei der Wahnsinn über sie gekommen und habe überhandgenommen. Der Hofer habe mit alldem nichts zu tun, beteuerte sie immer wieder. Es sei ihre Idee gewesen, nach Italien zu fahren, Urlaub zu machen, abzuschalten. Weil sie dem Hofer etwas Gutes habe tun wollen, ihm habe helfen wollen, wieder fit zu werden. Wegen ihres Helfersyndroms sozusagen, ihrer zweiten Krankheit. Zuerst sei er nur ein Mittel zum Zweck gewesen, ein Draht zum Rauscher, ein ahnungsloser Rachekomplize, an dem sie sich abputzen konnte, ohne Abdrücke zu hinterlassen. Der Bauer in einer grausigen Schachpartie.

Doch dann habe sie sich in ihn verliebt. In diesen trotzigen, melancholischen Mann, der plötzlich wirklich für sie da gewesen sei, obwohl sie ihn eigentlich nur für einen höheren Zweck gebrauchen habe wollen.

Die Zeit verging, und er habe sie nicht enttäuscht. Im Gegenteil. Der Hofer Andi habe sie hofiert und geliebt. So, wie es sein solle. So, wie sie es sich immer gewünscht habe. All das sei plötzlich in Erfüllung gegangen. Leider zu einem gänzlich falschen Zeitpunkt, in einer schwierigen Situation. Schließlich habe sie Anna Lebowski gar nicht mehr töten wollen. Weil sie zufrieden gewesen sei, in diesem Moment an der Adria. Das Meeresrauschen, der dunkle, klare Himmel über ihnen, der Sand zwischen den Zehen. Alles sei gut gewesen. Sie habe sich im Griff gehabt und den Plan begraben wollen. Den Plan, Anna Lebowski etwas anzutun. Dieser Schlampe, die sich zwischen sie und den Rauscher gedrängt habe. Die Alte aus Bad Gastein sei ja mittlerweile tot gewesen, es sei also nur noch dieses junge Ding übrig geblieben. So ihre Gedanken vor Wochen.

Aber in Italien sei plötzlich alles anders geworden. Sie habe sich wieder verliebt, habe einen Sinn in ihrem Leben, ihrer Zeit gesehen. Mit dem Hofer. Doch die Änderung habe nicht genügt. Denn als sie Anna Lebowski über den Strand spazieren sah, seien die Scheuklappen wieder hochgefahren, habe das Rot wieder ihren Blick verschwimmen lassen. Die Eifersucht, der rasende Zorn, der Wahnsinn, alles sei wieder da gewesen.

Und so habe eins zum anderen geführt. Und zu einer erdrosselten Anna Lebowski, die aufgrund der Unzulänglichkeiten der italienischen Polizei als Suizidopfer deklariert wurde. Während der Hofer noch seinen täglichen Drink an der Bar nahm. Allein, in dieser halben Stunde am Tag, die er gern für sich hatte.

Wäre nur nicht die besoffene Carina Moltova zufällig da gewesen. Sie hatte alles mit angesehen und musste als Zeugin nun auch noch entfernt werden. Sie, Lilly Maier, habe in diesem Augenblick eine Entscheidung treffen müssen. Die schwerste ihres bisherigen Lebens.

Und das habe sie getan.

Indem sie Carina Moltova umgebracht habe.

Die unschuldige Carina.

Elenas Schwester.

Die Tote aus Salzburg.

Mehr gebe es dazu nicht zu sagen.

Außer …

13

Dass Elena an dem Geländer der Treppe lehnt, die zur Polizeistation führt. Eine Zigarette zwischen Zeige- und Ringfinger, ihre eigenwillige Haltung, Gitanes.

»Das ist alles?«, fragt sie, und ihre Stimme klingt belegt, traurig.

»Leider.« Der Baum steht neben ihr, ebenfalls eine Zigarette rauchend, die Augen geschlossen. Die langsam hinter dichten Wolken hervorkommende Sonne beginnt, ihn zu blenden.

»Meine Schwester ist gestorben, weil sie zur falschen Zeit am falschen Ort war.«

Der Baum nickt.

»Diese verfluchte Schlampe«, zischt Elena, und Baum ist überrascht ob ihres harten Gesichtsausdrucks, dem Hass, der aus ihren Worten spricht. Obwohl er sie verstehen kann, obwohl er jede ausgespuckte Silbe, jeden einzelnen abfälligen Buchstaben voll und ganz nachvollziehen kann.

Elena nimmt einen tiefen Zug, inhaliert, atmet ein und aus. Dann noch einmal. »Aber wie hat sie die Leiche nach Salzburg gebracht?«

»Anscheinend gibt es illegale Sondertransporte zwischen Italien und der restlichen EU. Dabei wird alles geliefert, was nicht niet- und nagelfest ist. Ohne nachzufragen. Scheint ein lukrativer Geschäftszweig zu sein. Die Frage ist, ob man gegen solche Briefkastenfirmen überhaupt vorgehen kann, aber das ist ein anderes Thema.«

»Und wozu das Ganze?«

»Weil sie nicht riskieren wollte, dass jemand eine Verbindung herstellt. Zwischen ihr und Anna Lebowski.«

»Was ihr gelungen ist.«

»Grundsätzlich schon. Hätte sie es nicht übertrieben.«

»Was meinst du?«

»Lilly Maier reichte es nicht, Anna Lebowski aus dem Weg geschafft zu haben, als ihr klar wurde, dass ihr Tod den Rauscher nicht mal ansatzweise juckte. Und ihn schon gar nicht schmerzte.«

»Deshalb hat sie den Hofer eingespannt?«

»Ursprünglich hatte sie vor, alles auf ihn zu schieben, ja. Auch wenn in der Sache mit der Strandkabine in Caorle ermittelt worden wäre. Wenn die Beamten nicht an einen Selbstmord geglaubt hätten. Der Hofer war vor Ort, er hatte ein Motiv, zumindest indirekt. Die Polizei sollte denken, dass er sich am Rauscher rächen wollte, indem er eine seiner ehemaligen Gespielinnen aus dem Weg räumte. Alles schien auf der Hand zu liegen. Er war also die perfekte Begleitung für sie.«

»Aber dann hat sie sich in ihn verliebt.«

»Das auch, ja. Doch vor allem brauchte sie kein Bauernopfer mehr. Niemand fragte nach, niemand ermittelte.«

»Und trotzdem ließ sie nicht locker.«

»Weil sie mehr wollte. Mehr Rache, mehr Genugtuung.«

»Sie wollte den Rauscher umbringen.«

»Indem sie ihn folterte. Sie wollte ihm wehtun.«

»Inwiefern?«

»Als dass sie ihm eine Heidenangst einjagen wollte. Den Bauernhof als Ort für den Showdown hat sie erst kurzfristig ausgewählt, weil sie unter Druck gesetzt wurde. Als Gaby Mühlheimer zufällig an genau dem Tag die Leiche von Carina fand, an dem sie den Rauscher von ihrem Bruder, dem Rechtsanwalt Maier, entführen ließ, entglitt ihr die Situation. Sie musste handeln. Als Bob ebenfalls ins Krankenhaus eingeliefert wurde, nutzte sie den Umstand, ein paar Haare und Körperschuppen von ihm auf der Leiche zu platzieren. Nur ein schlechter Gerichtsmediziner wäre darauf hereingefallen. Bobs Haare in ihrer Vagina waren nicht besonders glaubhaft.«

Elena dreht sich weg. »Du sprichst immer noch von meiner Schwester, Baum. Ist dir das klar?«

»Sorry«, sagt der Baum betreten.

»Schon gut, red weiter.«

»Wirklich?«

»Natürlich. Ich muss alles wissen.«

»Nun gut. Jedenfalls blieb Lilly schließlich nichts anderes mehr übrig, als auch noch Bob zu benutzen. Um den Verdacht noch

stärker auf den Hofer und sein Umfeld zu lenken. Ein raffinierter Schachzug, das muss man ihr lassen.«

»Baum, meine Schwester ist wegen dieser Frau tot.«

»Es tut mir leid, Elena, bitte versteh mich nicht falsch.«

»Ich versuch's.«

»Okay.«

Kurzes Schweigen, betretene Stimmung, dann wieder der Baum: »Sie hat das alles inszeniert, um von sich abzulenken, um Spuren zu verwischen. Weil sie wusste, dass niemand dem Bob und dem Hofer glauben würde, wenn man sie in der abgelegenen Scheune fände. Mit einem aufgehängten Rauscher daneben. Man würde sie abführen, einsperren und nie mehr nach Carina fragen. Sie würde obsolet werden, sollte dieser Fall an die Öffentlichkeit kommen.«

»Aber sie hat es nicht geschafft, den Plan bis zum Ende auszuführen?«

»Nein. Weil sie wieder zu lange gezögert hat. Weil sie zu akkurat sein wollte. Ihre Spielchen so weit treiben wollte, dass dem Hofer gar nichts anders übrig blieb, als den Bob oder den Rauscher zu töten. Beide wären ihr recht gewesen. Entweder Schuldabwälzung auf einen Toten oder Rachegelüste an einem Scheintoten, der vor Kurzem aus der Untersuchungshaft gekommen war. Niemand hätte sie mit dem Mord in Verbindung gebracht. Blutrache unter Männern. Eine alte Geschichte und ein gefundenes Fressen für die Medien, für die Menschen.«

Elena nickt, zündet sich eine weitere Zigarette an. »Und der Anwalt?«, fragt sie daraufhin.

»Schuldete seiner Schwester zu viel. Sie hatte sich um ihn in seiner schwersten Zeit gekümmert. Wusste alles über ihn, kannte seine Schulden, seine Laster, seine Probleme. Mit einem Anruf hätte sie ihn hinter Gitter bringen können. Wegen sexueller Belästigung, Körperverletzung, illegalen Glücksspiels und so weiter und so fort. Sie hatte ihn in der Hand, sodass er ihr diesen Gefallen tun musste.«

»Aber sie rechnete nicht damit, dass noch mehr Personen am Spielfeldrand auftauchen würden.«

»Genau. Und dass die eingeplanten Protagonisten so hartnäckig sein würden. Dass Bob nicht sterben würde, der Rauscher nicht aufgeben und der Hofer nicht durchdrehen. Andererseits wurde sie von Michi und Josef überrascht, die ebenfalls drohten, ihr einen Strich durch die Rechnung zu machen. Wäre ihr Plan aufgegangen, wären Bob und der Rauscher tot. Und der Hofer säße hinter Gittern, Kollateralschaden sozusagen. Aber Lilly Maier sah keinen anderen Ausweg mehr. Trotz ihrer Liebe zu den beiden, zum Rauscher und zum Hofer.«

»Die Frau ist irre.«

»Das ist sie. Und weiß es selbst.«

»Das ist keine Entschuldigung.« Wieder dieser kalte, selbstgerechte Ton in ihrer Stimme, der ihr von nun an zusteht. Auf Lebenszeit.

»Stimmt. Natürlich nicht«, stammelt der Baum, drückt die Zigarette auf dem Boden aus, schaut Elena lange an. »Die zwei Küsse …«, sagt er plötzlich.

»Waren ein Versehen. In einer schrägen Situation. Ich war nicht ich selbst. Ich mag dich, Franz Ferdinand, aber –«

»Ich verstehe, kein Problem. Du musst dich nicht erklären«, sagt der Baum leise und geht schweigend davon.

Elena schaut ihm nach, traurig irgendwie.

Kurz darauf nähere ich mich ihr und berühre sie an der Schulter. Ich bin verschwitzt, gleichzeitig ist mir kalt, meine Klamotten kleben mir am Körper. Ich habe die beiden beobachtet, sie belauscht. Spüre, wie die Kraft aus mir entweicht, ich froh bin, endlich gehen zu können.

»Ihr habt euch geküsst?«, frage ich sie. Obwohl ich weiß, dass es mir nicht zusteht, sie darauf anzusprechen, dass es mir egal sein sollte, weil sie nicht mehr meine Frau ist. Schon seit Langem nicht mehr. Trotzdem: Elena. Meine Elena. Und der Baum. »Wirklich?«, hake ich nach.

»Es ist nicht so, wie du denkst«, sagt sie, und ich sehe die Tränen auf ihrem Gesicht. Heiß, fast dampfend. Sie berühren mich nicht mehr so wie früher.

Wie früher auch dieser Satz: Es ist nicht so, wie du denkst.

Irgendwie scheint es nie so zu sein, wie man denkt.
Denke ich und umarme sie.
Beurteile nicht mehr, schweige.
Bin leise.
Atme einfach durch und lebe weiter.
Jetzt.

Teil 5

Dann

1

Vermutlich kommt in unser aller Leben irgendwann einmal eine Zäsur. Ein Einschnitt, der uns dermaßen aus der Bahn wirft, dass er einen Neustart erzwingt, den wir gar nicht beabsichtigt haben. Was bleibt uns dann anderes übrig, als uns dem Schicksal zu beugen? Drüberstehen, lautet die Devise. Schließlich führt kein Weg daran vorbei.

Aufstehen, den Dreck abschütteln, weitermachen.

Denkt sich der Bob, als er den Kopfhörer aufsetzt, AC/DC, »Dirty Deeds Done Dirt Cheap«. Ein paar Tage muss er noch im Krankenhaus bleiben, Nachuntersuchungen und so. Er fühlt sich schon wieder fit, will in die Freiheit, in den Hirschen, der allerdings »wegen Betriebsurlaub vorübergehend geschlossen« hat. Weil die Nonna sich auch einmal eine Auszeit gönnen wollte, nach dem ganzen Schrecken. An dem sie zwar nur indirekt beteiligt war, der aber trotzdem an ihr gezehrt hat. Jedenfalls hat sie sich ein paar freie Tage mehr als verdient.

So wie der Bob. Dessen Wunden heilen. Die äußeren und die inneren. Nach wie vor schmerzt jede Bewegung, doch er lässt sich nichts anmerken. Drüberstehen, wie gesagt.

So ist der Bob. Und so wird er auch bleiben.

Eine Drei-Sterne-Pension mit Frühstück. Unter dem Motto »Enjoy your life«. Wie die Fritzi Kaltenbrunner, die Nonna, dasitzt, in ihrem Badeanzug. In Cattolica, wie vor vielen Jahren schon einmal, damals noch mit ihrem ehrenwerten Gatten. Sie schlürft einen nicht zu identifizierenden Cocktail aus einem bananenförmigen Glas durch einen Strohhalm. Und versucht, nicht daran zu denken, was in Salzburg passiert ist. Will Abstand gewinnen vom Hofer und dem ganzen Horror.

Dass der Hofer Andi diese Sachen aber auch immer anzieht,

denkt sie, schließt die Augen und genießt den Wind, der ihr sanft um die Nase weht.

Urlaub à la Nonna. Am liebsten für immer.

2

Das Smartphone vibriert, ich greife danach.

»He, das ist meins!« Die Michi haut mir mit der flachen Hand auf die Finger. Wie ein Automatismus ist es, beides. Dass ich nach einem läutenden Telefon greife und dass sie mich schlägt. Ich kann sie nicht unterdrücken, diese Angst vor neuen Nachrichten, Botschaften, Mitteilungen.

»Sorry«, sage ich leise und muss lächeln.

Die Michi liegt auf der Couch in meinem Wohnzimmer. Immer noch bandagiert, hin und wieder sirrende, stechende Kopfschmerzen, aber ansonsten scheint die Hofer Michi wiederhergestellt zu sein. Aus Alt mach Neu. Oder so ähnlich.

»Oh, oh«, murmelt sie, als sie mit einer Wischbewegung eine Nachricht öffnet.

»Was ist?«, frage ich nervös. Jede Regung bringt mich aus dem Konzept, lässt mich das Schlimmste befürchten.

»Sie hören nicht auf.«

»Wer?«

»Diese Nachrichten, die ich erhalte.«

»Wie jetzt?« Panik steigt in mir auf.

»Hier«, sagt sie und hält mir ihr Mobiltelefon hin.

Ich lese:

> *»Meine liebste Michi, wie sehr ich mich danach sehne, dich wiederzusehen. Ich schmachte nach dir, kann es nicht mehr erwarten. Wann wird es so weit sein? Morgen vielleicht? Bitte melde dich. Ich zerfließe.«*

Kurz muss ich lachen.

»Was lachst du so blöd? Dieser kranke Typ schreibt mir immer noch.«

»Aber dann hat das ja gar nichts mit dem anderen zu tun gehabt.«

»Nein, wahrscheinlich nicht, du Frauenheld.«

»Was soll das nun wieder heißen?«

»Dass du mit der Maier schon den wahnsinnigsten Vogel abgeschossen hast.«

Ich schlucke, ihre Worte sind so wahr. Leider.

»So irre wie die war noch keiner meiner Typen.« Jetzt lacht auch die Michi.

»Und was ist mit dem?«, frage ich und deute auf das Display. »Ist das doch der One-Night-Stand, von dem du behauptet hast, er sei schon längst wieder weg? Der aus Neuseeland?«

Sie nickt kurz. »Wahrscheinlich ist er doch noch hier.«

»Die Nachricht hört sich zumindest stark nach einer Google-Übersetzung an.«

»Sei nicht so unromantisch.«

»Du glaubst doch nicht wirklich, dass dein Lover so gut Deutsch kann? Shakespearehaft quasi.«

»Shakespeare konnte kein Deutsch.«

»Besserwisserin.«

»Nörgler.«

»Nervensäge.«

»Ärgerbringer.«

»Das sagt die Richtige.«

»Das musst du jetzt aber doch zugeben: Im Gegensatz zu deinem ist mein Ärgerkonto fast leer.«

»Damit hast du wohl recht.« Ich nicke. »Und was machen wir jetzt mit deinem Stalker?«, frage ich, als es auf einmal an der Tür läutet.

Wir erschrecken beide gleichermaßen, halten uns fest, können es nicht glauben.

»Meinst du, dass er das ist?«, fragt die Michi panisch, und ich schaue sie nur stumm und lange an.

Bis wir plötzlich eine glockenhelle Stimme hören: »Hallo, die Post! Ich hätte da ein Paket für Sie.«

Doch nicht einmal das trauen wir uns: die Tür zu öffnen, ein Päckchen entgegenzunehmen. Weil wir nicht wissen, was es enthält, was es verändern wird. Deshalb schweigen wir lieber und warten ein paar Sekunden, bis wir das Knarzen des Dielenbodens hören, bis die Postbotin sich wieder entfernt.

»Das war krass«, sagt Michi leise.

»Ja«, stimme ich ihr zu. Und: »Wir müssen wieder normal werden.«

Die Michi nickt. »Irgendwann mal, ja.«

»Irgendwann ist gut.«

»Und die einzige realistische Zeitangabe.«

3

Der Baum, wie er bei sich zu Hause sitzt und an die Küsse mit Elena denkt. So einzigartig, so anders. Wie ihn seine beiden Kinder begrüßen, ihm um den Hals fallen, wie seine Frau ihm ein Bussi auf die Wange haucht, alle herzlich, alle liebevoll. Wie er sich daran erinnert, was passiert ist. Wie er sich fragt, wie er damit weiterleben soll. Mit dem Wissen um das Erlebte. Er überlegt, ob er sein bisheriges Leben an diesem Punkt abbrechen soll, genau hier, genau jetzt, Neustart und Hundertachtzig-Grad-Drehung.

Das überlegt er, bis seine kleine Tochter ihm in die Augen sieht und sagt: »Ich hab dich lieb, Papa.«

Damit ist alles verflogen. Seine Zweifel, seine Ungewissheit, seine Angst. Es wird schon irgendwie weitergehen. Sagt er zu sich selbst, denkt an den Hofer und weiß, dass er es gut erwischt hat. Mit seiner Familie, seinen Freunden und ja, auch mit dem Hofer.

Der Baum wird weiterleben wie bisher. Und seiner Frau nie erzählen, dass er Elena geküsst hat. Niemals.

Der Maier Hans wird vermisst. Es wird nach ihm gesucht, aber bisher erfolglos. Niemand geht davon aus, dass er tot ist. Eher, dass er geflüchtet ist. Vor der Verantwortung, vor seiner Schwester, der er bei ihrer miesen Tat geholfen hat. Niemand glaubt, dass der angesehene Anwalt unter der Erde liegt, im Wald vergraben, so tief es eben auf die Schnelle ging. Würmer überall, Maden und Fliegen.

Wahrscheinlich wird man ihn in ein paar Jahren aufgedunsen und zerfressen finden. Den Maier Hans, der noch so viele Schulden hatte. Bei russischen Mafiosi und amerikanischen Lobbyisten. Bei Wiener Politikern und Salzburger Prominenten. Schulden, die er nie mehr begleichen wird.

So wie der Rauscher.

Miroslav Rauscher wird zu Grabe getragen. Kaum jemand will nach den ganzen Geschichten, in die er verwickelt war, noch mit ihm in Verbindung gebracht werden. Nur wenige nehmen an einem regnerischen Tag im September auf dem Salzburger Kommunalfriedhof von ihm Abschied. Sein Grab liegt im hinteren Abschnitt, Richtung Hellbrunn. Ein trauriges Ende.

Der Rauscher.

Wenn er in seinem Auto sitzt und sich seine Tätowierungen betrachtet, fällt es ihm manchmal schwer, sich zu konzentrieren. Das war schon immer so. Aufmerksamkeitsdefizit. Bereits als kleiner Jungen hat ihm das zu schaffen gemacht. In der Schule, am Esstisch bei den Hausaufgaben. Er tat sich einfach schwer, am Ball zu bleiben, die Dinge, die er angefangen hatte, auch zu Ende zu bringen. Nicht so dieses Mal. Dieses Mal hat er ganze Arbeit geleistet. Er hat jemandem einen längst überfälligen Gefallen getan. Und er hat noch dazu ein paar Leben gerettet, wie er ein paar Tage später aus der Zeitung erfuhr.

Der Josef wischt sich mit der Hand über sein müdes Gesicht. Die Augenringe, die immer tiefer werden, schwärzer. Die ersten wirklich guten Taten in seinem Leben. Auf die er stolz sein kann. Und so fühlt er sich in diesem Moment auch: stolz.

Deswegen legt er den ersten Gang ein und fährt los. Als Taxifahrer, in seinem alten Job, den er wieder aufgenommen hat. Seine ersten Fahrgäste hat er bereits an ihrem Ziel abgeliefert. So kann es weitergehen.

Vielleicht wird er irgendwann mal auf einen Schnaps beim Hirschen vorbeischauen, bei diesem Hofer. Um auf die alten Zeiten anzustoßen, auf diese gemeinsam verbrachte Stunde, die keiner von ihnen je vergessen wird.

4

Wenn Sonnenlicht in ihre Zelle fällt, die sie vorübergehend bewohnt, hält sie ihr Gesicht in die Strahlen. Damit sie von ihrer Haut reflektiert, zurückgeworfen werden, damit sie noch eine letzte Art von Daseinsberechtigung hat. So stelle ich es mir vor.

In genau einem solchen Moment hat sie auch diesen Brief geschrieben, den ich nun in der Hand halte. Den der Burger vorher noch gelesen hat, bevor er ihn mir aushändigte. Er fragte nicht nach, sah mich aber argwöhnisch an, verdächtig fast. Mit diesem Blick, der sagte, dass das alles noch nicht vorbei ist. Dass er mich noch drankriegen wird.

Ich spüre ihn sogar jetzt noch auf mir. Auf der Lauer hat der Burger gelegen, abgewartet. Doch ich habe mich nicht aus der Reserve locken lassen. Werde meine Geheimnisse mit ins Grab nehmen, das schwöre ich mir. Werde noch Jahrzehnte nicht darüber reden. Sofern ich damit überhaupt so lange leben werde. Das kann ich aus jetziger Sicht noch nicht sagen.

Jedenfalls ist der Burger dann wieder gegangen. Nachdem er mir gesagt hat, dass Lilly Maier sich in der Nacht von Sonntag auf Montag das Leben genommen hat. In ihrer Zelle. Schlaftabletten, Überdosis.

Woher sie die Tabletten hatte, ist bis jetzt nicht geklärt. Dreißig Stück, der Inhalt der gesamten Packung, alle auf einmal.

Am Morgen war sie tot.

Nichts von ihr übrig. Nur ihr Körper und dieser Brief. Adressiert an mich:

»Für den Hofer«, steht auf dem Kuvert.

Lieber Andi,

vorneweg: Ja, ich habe dich geliebt. Auch wenn du es mir nicht glauben wirst, es war so. Ich war sozusagen krank vor Liebe. Das bin ich immer schon gewesen, mein ganzes Leben lang. Die Liebe hat mich wahnsinnig gemacht, hat mir jegliche Vernunft aus dem Körper gesaugt. Die Eifersucht, dieses Monster, hat an mir genagt, Jahr und Tag. Ich konnte nicht anders. Immer wollte ich Rache, Genugtuung und Vergeltung für mein gebrochenes Herz.

Doch es hat nie wirklich funktioniert. Mit meinem Verhalten habe ich nur Menschen Verletzungen zugefügt, Schande über sie gebracht. Über die, die ich gemocht habe, die mir etwas bedeutet haben. So wie du.

Aber jetzt ist es zu spät, ich bin zu weit gegangen. Kein Weg mehr zurück, keine Entschuldigung, keine Wiedergutmachung. Ich kann dir nur sagen, dass es mir leidtut. Dass alles so weit gekommen ist. Du musst mir glauben, dass der Plan eine Kurzschlusshandlung war. Dass ich das nie in dieser Form gewollt habe. Dass alles aus dem Rahmen gekippt ist und ich es dann nicht mehr kontrollieren, nicht mehr stoppen konnte.

Ich wollte niemandem wehtun, schon gar nicht der armen Carina, deren Fehler es war, zur falschen Zeit am falschen Ort zu sein. Es tut mir leid für sie, für ihre Angehörigen. Sie hatte es nicht verdient, dass die Öffentlichkeit nun so über sie redet. Dafür möchte ich mich entschuldigen.

Und auch dafür, dass ich erst am Schluss gemerkt habe, was ich in meinem Wahnsinn tat. Und wie sehr ich dich liebe. Deshalb werde ich unser gemeinsames Geheimnis mit ins Grab nehmen. Niemand wird je davon erfahren, was du mir in unseren gemeinsamen Nächten im Schlaf und damit wahrscheinlich unbewusst erzählt hast. Es wird unter*

uns bleiben, das ist unsere Geschichte, die uns vereint. Auf immer.
Ich danke dir für alles.
Und entschuldige mich für das Leid, das ich dir und deinen Lieben bereitet habe. Gott steh mir bei, wir sehen uns wieder.
In Liebe deine Lilly

PS: Grüß bitte Hans von mir, solltest du ihn jemals wiedersehen.
PPS: Jetzt bin ich die Tote aus Salzburg.

Und in hastiger Schreibschrift unten dazugekritzelt:

** Alle Unterlagen sowie die Audioaufnahmen habe ich mitgenommen und auf der Fahrt vernichtet. Versprochen.*

Tränen laufen mir über die Wangen, als ich die Zeilen auf der Straße vor dem Hirschen lese. Obwohl sie keinen Sinn mehr macht, die Traurigkeit, nach all dem, was passiert ist: Sie ist da. Weil auch ich Lilly geliebt habe, auf eine ganz eigene Art und Weise. Irgendwie.

»Lass es raus«, sagt eine Stimme neben mir, die ich wie durch dichten Nebel wahrnehme. Weit weg. Es ist die von Elena. »Dann geht es dir besser.«

Ich nicke und weine. Wie ein kleines Kind ziehe ich die Luft durch die Nase ein, als bräuchte ich dringend Sauerstoff. Weil ich das alles nicht glauben kann. Weil ich jetzt hier stehe, vor der verschlossenen Tür des Hirschen, und reingehen möchte, es aber nicht schaffe. In diesem Moment bin ich ein gebrochener Mann. Einsam, verlassen, getreten vom Leben. »Ich kann nicht«, sage ich zu ihr. Weil ich gerade gar nichts mehr kann. Vor allem nicht mehr leben, nicht mehr sprechen. »Weißt du noch«, setze ich nach, »deshalb hast du damals aufgehört, mich zu lieben. Weil ich manchmal nicht mehr konnte.«

Elena schüttelt den Kopf. »Das war nicht der Grund.«

»Sondern?«
»Es gab keinen.«
»Das stimmt nicht.«
»Doch, das stimmt. Es hat einfach nicht mehr gepasst.«
»Und deshalb hast du aufgehört, mich zu lieben.«
»Ich habe nie aufgehört, dich zu lieben.«

Epilog

Jedes Ende kann ein Neuanfang sein. Jeder Neuanfang ein Ende. Warum sollte man nicht über Los gehen und das nötige Kleingeld kassieren? Vielleicht, weil es einem zuwider ist. Oder man es nicht benötigt, das Kleingeld. Weil es einem gut geht und man nicht will, dass einem etwas zustößt, nur weil man zu gierig war. Oder zu geizig. Oder beides.

Deshalb ist es wichtig, sich stets im Hintergrund zu halten. Eventuell sogar ein ganzes Leben lang. Wer von der hinteren Reihe aus agiert, der bleibt unbemerkt. Und am Ende vielleicht sogar am Leben.

Denke ich, als ich wieder ein paar Sätze in mein heimliches Tagebuch schreiben soll. Wie es mir die Therapeutin seinerzeit empfohlen hat. In der dritten Person Singular, um Abstand zu mir zu schaffen, zu meiner eigenen Existenz.

Deshalb schreibe ich:

Der Hofer hat ein weiteres Mal überlebt. Zwar nur knapp, aber doch.

Der Hofer wünscht sich sein Leben zurück, sein stinknormales. Aber sein Wunsch wird wohl nie mehr in Erfüllung gehen.

Der Hofer raucht jetzt wieder mehr. Gitanes. Auch Gras, wenn's sein muss. Hauptsache, das Rauchen bringt ihn runter. Anders geht's nicht mehr.

Der Hofer will sich nie mehr verlieben. Hat er schon zu oft probiert, und noch nie ist etwas Gutes dabei herausgekommen. Vergebene Liebesmüh sozusagen.

Der Hofer ist müde. Wieder einmal.

Der Hofer ist ein Bruder. Von einer Schwester, die er in den letzten Tagen wieder lieb gewonnen hat. Warum muss immer etwas Schreckliches passieren, damit man nach einer langen Zeit auf Distanz zueinanderfindet? Fragt sich der Hofer.

Der Hofer fragt sich aber auch, warum das passieren konnte. Wie er da hineingeraten konnte, in diese Misere.

Und findet keine passende Antwort darauf. Wie auf die meisten seiner Fragen.

Der Hofer denkt nach. Zu viel wahrscheinlich. Aber er versucht, durch das Nachdenken zu einer besseren Lösung zu kommen als zur bisher einzigen: aufzugeben. Bis dato allerdings ohne Erfolg.

Der Hofer kämpft also weiter. Weil er eben nicht aufgeben, nicht einknicken will.

Der Hofer ist ein Mörder. In Gedanken zumindest. Ein Leichenentsorger, ein Totengräber, ein Lebensentferner. So fühlt er sich. Seit Langem. Auf eine gewisse Art und Weise immer schon.

Der Hofer ist am Ende. Für dieses Mal zumindest, noch nicht für immer.

Der Hofer lehnt sich zurück.

Er schließt die Augen.

Er denkt an sie.

Er will nicht an sie denken.

Doch es gelingt ihm nicht.

Der Hofer verscheucht die Geister aus seinem Kopf. Dann steht er auf.

Blickt aus dem Fenster.

Nach draußen.

In die Zukunft.

Von der Gegenwart aus.

Der Hofer will lachen. Das macht er selten. Vor allem in letzter Zeit. Doch jetzt ist ihm nach Lachen zumute. Er bringt nur ein Lächeln zustande, aber immerhin.

Die Toten von Salzburg.

Während der Hofer lebt. Noch.

Denn stell dir vor:

Es ist noch nicht vorbei.

Sicher.

Noch immer nicht vorbei.

Ganz sicher.

Der Hofer und ein Dankeschön

A, b, c, d, e, f, g, h, i, j, k, l, m, n, o, p, q, r, s, t, u, v, w, x, y, z. Es ist immer dasselbe, ich weiß, aber warum sollte sich ein Dankeschön auch großartig ändern? In diesem Sinne:

Danke. An alle, die mich bei meiner »Schriftstellerei« unterstützen. An die, die mir helfen, das zu machen, was ich sehr gern mache. Auch wenn es manchmal schwerfällt. Und an die, die mir die Zeit schenken, um das zu tun, was ich sehr gern tue. Indem sie verstehen, dass die Zeit manchmal rar ist. Und deshalb so wertvoll.

An das wundervolle Emons-Team, die liebe Susanne Bartel, die sich meines wilden Textes wieder einmal angenommen hat, und an alle, die ihn lesen, mögen und hoffentlich lieben.

An alle von euch:

Danke.